AF290337

GALOS; Z J

DER FABRIZIERER
Leben & Tod für ein Gemälde

Novella

Impressum

Bibliographische Information der Deutschen Nationalbibliothek:
Die Deutsche Nationalbibliothekverzeichnet diese Publikation in der Deutschen Nationalbibliographie; detaillierte bibliographische Daten sind im Internet über http://dnb.dnb.de abrufbar.

©2021 GALOS, Z J

Herstellung und Verlag: BoD – Books on Demand, Norderstedt.

ISBN: 9783753420219

Prolog

Er fiel vom Himmel, ein junger und eigenwilliger Ikarus, der in der Dunkelheit der Unterwelt endete. Als er aufwachte, war seine Welt, einer glücklichen und farbfrohen Üppigkeit, desintegriert. Der Garten der goldenen Äpfel war verschwunden. Er war auf einer kahlen Insel mit Felsvorsprüngen inmitten einem tinten-blauen Meer, wo Wellen mit einem vernichtenden Schwall gegen die Felsen donnerten. Er schlief ein und erwachte im Eingang zu einer Höhle, wo andere auch, in Gewänder eingewickelt, warteten. Niemand sprach. Es wäre zwecklos seine Stimme, gegen den Lärm des stürmischen Meeres und dem heulenden Wind, zu erheben.

Mehrere Neuankömmlinge erschienen. Er setzte sich neben eine Frau mit einem verdeckten Gesicht, nur ihre Augen waren erkennbar. Er betrachtete ihr dunkelbraunes Farbenspiel im harschen Licht. Er spürte ihre flüchtigen Blicke auf seinem Körper, der nur mit einem halb-zerrissenen Kleidungsstück eng umwunden war. Er nickte ihr zu. „Ich bin Pablo", sagte er. „Ich bin Anna", sagte sie und nahm seine ausgestreckte Hand entgegen. „Bist du durstig?" fragte sie. „Ja" erwiderte er. Sie reichte ihm ein Flakon mit Wasser. Er trank gierig. Als er ihr den Flakon zurückgab berührten sich ihre Finger. Wie durch einen Funken entzündet schoss eine Flamme seinen Arm entlang. Seine Hand zuckte zurück. Sie lächelte. „Ich habe dich viele Male beobachtet", sagte sie.

„Wo?"

„Beim Zeichnen, Malen und Schreiben."

„Wo?"

„Im Sanktuarium zu Delphi." Seine Augenlieder wurden zu Blei und er konnte sie nicht länger offenhalten.

Als er erwachte war niemand zugegen. Jemand rief ihm, in einer ihm unverständlichen Sprache etwas zu. Er schritt aus der Höhle und erblickte den Fährmann der mit seinen erhobenen Armen winkte. Er musste seine Sonnenbrillen aufsetzen. Jetzt erinnerte er sich dass er diese in einem

Diskontgeschäft gekauft hatte. Der Verkäufer erzählte ihm dass diese ursprünglich für Steve Mc Queen modelliert wurden. Wie auch immer, er fand italienisches Design ästhetisch, und so hatte es wohl der Film Star damals auch gefunden.

Der Fährmann verlangte das Fahrtgeld. Er suchte in seiner Tasche und fand eine Münze die er dem großen, sehnigen und sonnengebräunten Mann gab. Dieser warf einen Blick auf die Münze bevor er sie einsteckte. Pablo wunderte sich of vielleicht die freundliche Frau ihm die Münze zusteckte. Wie auch immer, er streckte sich zurück und starrte auf das türkisgrüne Meer das still vor ihm lag. Es schien als würden sie auf einem riesigen See von einer reinen transparent-türkisen Farbe dahintreiben, die sich mit heller und dunkelblauer Farben zu vermischen begann. In einer Entfernung wurde ein gelber und grüner Streifen von Land sichtbar.

An Land angekommen bedankte er sich beim Fährmann und stieg vom Boot in den warmen Sand. Seine Kleider waren getrocknet und er merkte dass er neue Kleider anhatte, aber er konnte sich nicht mehr erinnern wo er sie gewechselt hatte. Während er an die mysteriöse Frau mit den braunen Augen dachte, die sich in sein Herz verankerten, schritt er einem Hügel entgegen, wo eine Stadt dahinter lag. Die Welt drehte sich um ihn, der Himmel rotierte und die Hügel drehten sich .Er fiel erschöpft in den warmen Sand.

Er war ein kleines Kind mit goldenem Haar und mit sonnigem Naturell. Hoch auf einem Heuwagen aufrecht sitzend bewegte sich Großvaters Gefährt zum Hof seines Hauses. Seine Mutter erschien und schrie: „Duck dich mein Kind, schnell, ducke dich!" Im selben Moment spürte er wie die Wäscheleine sich um seinen Hals spannte und ihn in einem Purzelbaum hinunterschleuderte. Er landete auf seinen Füssen. Seine Knie zitterten. Mama hatte die Wäscheleine, die sich über den Hof spannte, vergessen abzunehmen. Als der Schock verging da er unverletzt geblieben war, lachten alle befreit auf und witzelten über diese ungewöhnliche und unfreiwillige turnerische Leistung: „Mein kleiner Ikarus", sagte Mama, „aber ich bin hocherfreut dass dir nichts arges zugestoßen ist.“ Sie küsste und umarmte ihn. Nur Großvater schimpfte dass Mama die Wäscheleine vergessen hatte.

1.

Pablo erwachte von einer rastlose Nacht. Sein tiefer Schlaf war schon für einige Zeit durch Alpträume unterbrochen. Seine Freunde hatten das Land verlassen und wenn sie auch noch über erforderliche Mittel verfügten, emigrierten sie nach Australien und Canada. Pablo hatte als unabhängiger Architekt hart gearbeitet um seinen Lebensunterhalt zu erwerben, aber er verspürte wie seine hart erarbeitete Kundenbasis, Monat für Monat, dahinschrumpfte.

Zudem arbeitete er an der Restaurierung seines Hauses in einem der nördlichen Vororte von Johannesburg, und falls er einen erträglichen Agenten finden sollte, würde er sein Haus auf dem Immobilienmarkt anbieten. Aber die bevorstehenden Monate erschienen ihm beschwerlich. Die logistische Planung, einen Platz zu verlassen wo er für eine lange Zeit gelebt hat, war schmerzhaft. Wie auch immer, seine Freunde empfahlen im zu gehen, da es unmöglich wurde in einer Stadt zu überleben, wo die Kriminalität derart zunahm: Täglich gab es bewaffnete Überfälle, viele Carjackings, sogar nachts hörte man Schießereien. Fortwährend Einbruchsdiebstähle und Vergewaltigungen.

Pablo konnte noch sein Haus rechtzeitig restaurieren und er hoffte dass er auch seine Habseligkeiten verkaufen konnte. Aber einige spezielle Möbel und Memorabilien würde er wahrscheinlich mitnehmen. Außerdem würde er seine geliebte Bibliothek unter keinen Umständen zurücklassen. Er verfasste eine Packliste und suchte ein Umzugsunternehmen.

Seine Arbeit als Architekt war interessant und ereignisreich. Er traf viele verschiedene Menschen und konnte mit der Zeit ihre Charaktereigenschaften erkennen. Dies half ihm bei der Verhandlung von Verträgen. Aber die Zeiten wurden äußerst schwierig und die meisten der verbliebenen Klienten wollten einen guten Handel für sich herausschlagen. Nur Carl, ein Bauingenieur und Freund, hatte immer etwas Arbeit und konnte sein Leben aufrechterhalten. Pablo hatte mit Carl an vielen Projekten zusammengearbeitet, aber an einem Projekt war ein Vorarbeiter auf der Baustelle beschäftigt, der ihnen einen Anteil an einem profitablen Geschäft mit Edelsteinen, für eine Investmentsumme, anbot. Die Edelsteine kamen von einem Nachbarland. Pablo lehnte ab und Carl war ganz seiner Meinung.

Pablo lud Carl zum Lunch ein, wo sie über ihre Projekte diskutierten, meistens kleinere Änderungen und Zubauten zu bestehenden Gebäuden. Nun, kürzlich hatte ein Unternehmer ihnen Dr Noah und seine Frau vorgestellt, beide potentielle Klienten. Pablo entwarf eine gut durchdachte und originelle Erweiterung zu ihrer bestehenden modernen Residenz, die bei dem Ärzteehepaar gut ankam. Nun, da Pablos Entwurf drei Bauunternehmen für ein Angebot überreicht wurde, verlor der empfohlene Baumeiste-Entrepreneur durch ein zu hohes Angebot seines Baumeisters. Dr Noah entschied sich für den besten Preis eines kleineren Bauunternehmens, das Carl sehr gut kannte. Auf der Baustelle lernten Carl und Pablo den dunkelhäutigen großgewachsenen Mann kennen, der sich ‚Der Kenianer‘ nannte.

„Danke für die Einladung", sagte Carl als sie in einem Restaurant in Greenside-Village Platz nahmen. Es war nur ein paar Minuten Fahrtzeit von Pablos Residenz entfernt. Die italienischen Gerichte waren sehr gut präpariert und Pablo kannte Giorgio durch seine Geschäfts-lunches.

„Klare Sache, Carl. Es ist mir ein Vergnügen dich hier in einer angenehmen Atmosphäre, in einem Vorort bekannt für Intellektuelle, die Verantwortlich für die Veränderungen in den sozialen Strukturen waren".

„Tatsächlich. Ich erinnere mich an Frau First und ihren Freund".

„Ja, Herr Slovo wurde ihr Ehemann".

„Du kennst deine Geschichte". Ein leicht-bitteres Lächeln breitet sich auf Carls Gesicht aus.

„Nicht wirklich. Ich erzähle es dir wie ich es von meinen Freunden gehört habe. Aber nun zu unserem Geschäft". Pablo lehnte sich etwas vor.

„Was ist letztlich auf unserer Baustelle passiert?"

„Es gibt wenig Fortschritt momentan. Aber Joe wird den Vorarbeiter abziehen".

„Oh, den sie den Kenianer nennen?"

„Ja". Carl pausierte. „Lass uns zuerst bestellen, wollen wir?" Der Ober, ein junger Schwarzer erschien und nahm die Bestellungen auf. In kurzer Zeit brachte er Gläser und eine Flasche Bellingham Riesling, den Carl bevorzugte. Er füllte die Gläser. Die Freunde prosteten sich zu „Gesundheit". Der Wein schmeckte fruchtig und trocken. „So wie ich es mag", sagte Carl. „nun zu unserer Baustelle. Der Kenianer wurde von der Polizei mehrere Male über seinen Verbleib verhört. In letzter Zeit kam er nicht mehr zur Arbeit und Joe musste ihn entlassen. Er nahm sein Abfindungsgeld und als er aus der Bauhütte auftauchte verhaftete ihn die Polizei.

„Mit welcher Begründung?" fragte Pablo.

„Besitz und Verteilung von Drogen". Carl seufzte. „Joe war mit ihm soweit zufrieden und er fand heraus dass die Drogengeschichte von der Polizei hochgespielt wurde, nur um einen Schraubenschlüssel in den Fortschritt seiner Arbeit zu werfen".

„Du meinst dass diese gespielte Politik nicht reversiert wurde?"

„In etwa. Aber Frau Noah erfreute sich am Kenianer“. Carl lächelte.

„Oh, du meinst…?“

„Nein ich meine nichts, aber berichte nur was Joe mir auf
einer Bauinspektion mitgeteilt hat“. „OK, es wird immer Gespräche über Rassenfragen geben…“

„Natürlich. Diese Cannelloni sind exzellent“, Carls Augen leuchteten auf. Er hob sein Glas. „Gesundheit!“

„Das Beste für dich, Carl. Ich beabsichtige von hier fortzugehen sobald ich mein Haus
verkaufe“.

„Nun“, Carl pausierte. „Ich habe vermutet dass dies schon für einige Zeit dein Vorhaben war“.

„Ja, aber ich will noch meine Inspektionen für House Noah zuerst beenden, bevor ich einen Container bestelle“.

„Nimmst du deinen Haushalt mit?“ Carls Gesicht wurde fahl.

„Teilweise, meine Bücher und einige Möbelstücke“. Dann beendeten sie ihre Mahlzeit schweigend. Carl rührte sich. „Ich veranstalte eine Party in meiner Bleibe diesen kommenden Samstag. Bitte komm, willst du?“

„Danke. Natürlich komme ich. Du bist bekannt für den besten Barbecue in Joburg“. Carl lächelte. „Danke. Es ist immer gut dich dabei zu haben! Wir könnten etwas Rugby ansehen und einige Biere vorerst trinken“. Pablo lachte auf, sein Freund würde sich niemals ändern.

Als sie fertig waren zahlte Pablo und sie verließen Giorgios. Sie scherzten als sie zu ihren geparkten Autos gingen.

„Bis Samstag, Carl“. Pablo fuhr die kurze Distanz zu seinem Haus, holte sein Notizbuch und die Notizen von der letzten Baustellenversammlung und fuhr nach Rivonia, zur Baustelle der Noahs.

Die Baustelle war von der Hauptstrasse zugänglich. Als Pablo am Rivonia Shopping Zentrum vorbeifuhr, musste er an der folgenden Straße abbiegen. Bei diesem Eckgrundstück wurden einst die Rivonia Gerichtsverhandlungen abgehalten, wo Nelson Mandela und viele andere für eine Konspiration gegen den Staat schuldig befunden und mit einer langjährigen Haft auf Robben Island verurteilt wurden. Von hier fiel die Straße etwas bergab und wurde zunehmend abfallend. Bei der folgenden Querstraße bog Pablo ab und kam zur Einfahrt der Gruppenhäuser, die mit dem Gedanken für ein sicheres Gemeinschaftsleben in der gut-erhaltenen Grünzone der nördlichen Vorstädte geplant waren, wo auch immer ein größeres Shopping Centre in die Städteplanung integriert war.

Pablo parkte seinen alternden Mercedes in einer Seitenstraße bei Dr Noahs Haus. Die Fassade der Erweiterung war fertiggestellt und das tonnengewölbte Dach saß in einem angenehmen Wiederspruch zu dem Flachdach der bestehenden Residenz. Pablo näherte sich der Erweiterung, prüfte den Grundriss der Schlafzimmer und der Bäder. Er erfreute sich an den runden Felsvorsprüngen, ‚Boulders‘ benannt, die eingeplant wie dunkle Skulpturen in zwei Räumen emporstanden. Er konnte Frau Noah dazu überreden diese in das Habitat zu integrieren. „Letztendlich werden sie die Funktion als ‚pet-rocks‘ – Lieblings Felsen – für die Kinder einnehmen", sagte er zu ihr und sie lächelte. Sie war mit den meisten seiner Vorschläge einverstanden. Ihr Ehemann war da pragmatischer. Pablo fand diese Erweiterungen als eine spezielle Aufgabe und wollte eine beleuchtete Glasstiege einbauen, die vom Erdgeschoß in das Spielzimmer über der Garage führte und einen Fischteich, der durch einen begehbaren Glasboden in der Passage sichtbar blieb.

Leider war dem Dr Noah, der anfänglich von Pablos Ideen fasziniert war, dies zu romantisch oder einer zu poetischer Natur und er stimmte gegen den Entwurf als nicht notwendige Budgetübertretung. Leider hatte der Bauunternehmer zu viel Profit eingebaut, da er wohl einige seiner Fehler und auch Abänderungen durch den Bauherrn gutmachen wollte. Enttäuscht von der veränderten Attitüde des Bauherrn, der ihm vortäuschte auf seine Ideen von sehr schönen Details einzugehen, um sie wiederum zu verwerfen, schaltet sich Pablos kreative Seite vollkommen ab. Er hatte auch eine Rückendeckung vom Baumeister verloren. Pablo besprach sich mit Frau Dr Noah und beendete seine unvollständige Arbeit, die er mit zwei Gegenspielern als verloren betrachtete. „Wo kein Wille ist, ist auch kein Weg", erklärte er dem Baumeister, der dagegen war, dass Pablo weiterhin die Baustellenüberwachung über hatte. Aber dies ging von Dr Noah aus.

Bei einem Seminar der ‚Stainless Steel Association' wurde sein Entwurf vom Direktor für Design gelobt und in seine Präsentation eingebracht, aber auch das ignorierte Dr Noah und schloss die Tür vor ihm und damit zu einem exzellenten Design der einen Architekturpreis, auch für alle Beteiligten, gewinnen konnte. Pablo verließ die Baustelle Noah.

Die 30 Minuten Fahrt zu seinem Haus verlief ohne Zwischenfälle und die Straßen waren überfüllt mit Lastwägen und Menschen in ihren Automobilen, die es eilig hatten von der Arbeit nach Hause zu gelangen, oder aber, beim Gegenverkehr, die von der Innenstadt zu ihrem nördlich gelegenen Domizil kamen. Überfordert, aber wieder gefasst, gelangte er nach Hause und stoppte sein Auto am Abstellplatz vor seiner Garage, öffnete die hochklappende Garagentür und stellte sein Fahrzeug in die Einzelgarage.

Dann schloss er die Tür ab und ging zum Hauseingang um die Ecke, da die Einzelgarage, getrennt vom Haus, etwas später errichtet worden war. Die Arbeiter hatten bereits die Fassade gestrichen und waren mit dem Saubermachen des Gartens beschäftigt.

Pablo schloss die Sicherheitstüre auf und öffnete die hölzerne Eingangstür. Das Wohnzimmer hieß ihn mit der angenehmen Atmosphäre willkommen, vorwiegend in gedämpften weißen Farbtönen gehalten. Er ging in die Küche und füllte Eiswürfel in einen Glaseimer. Dann ging er in seine Bibliothek, füllte Whisky in sein bereitstehendes Glas und gab einige Eiswürfel dazu. Er setzte sich in seine komfortable Couch und nahm einen Schluck. Dann gleich noch einen. Er betrachtete seine Bücher und begann diese auszusortieren. Es verblieb nicht mehr viel Zeit. Wenn jemandem sein Haus gefiel und es gekauft war, musste er baldigst ausziehen. Das war klar. Er hatte ja selbst die Erfahrung gemacht, als er dieses Viktorianische Kleinod von einer Frau kaufte. Sie unterrichtete Englisch und Französisch in einem Gymnasium, das sich in der Nähe befand. Zu dieser Zeit musste er eine unmittelbare Entscheidung fällen. Er war von einem Job gekündigt worden, fand aber sofort einen anderen. Obwohl dieses Haus etwa mehr als zwanzig Minuten von seiner neuen Arbeitsstelle entfernt war, sah er ein gutes Potential in dieser etwas vernachlässigten Immobilie. Er könnte es renovieren und etwas Profit machen, da dieser Vorort nur der eine von zweien war, wo Stadthäuser auf kleineren Grundstücken gebaut waren.

Der Agent für den Verkauf war über seine schnelle Entscheidung verblüfft. Pablo bevorzugte sofort die Privatheit dieses Hauses, das auf einer Seite an eine kleine Anglikanische Kapelle mit einem Kindergarten grenzte, und auf der Gegenseite zu einem ähnlichen Haus mit einem freundlichen Besitzer. Der Vertrag war schnell erledigt und unterschrieben. Er konnte in 14 Tagen einziehen. Sofort nach dem Einziehen begann er das Studio, welches ebenfalls vom Haupthaus getrennt war, einzurichten. Er installierte seinen Arbeitsplatz für seine gegenwärtigen Baustellenprojekte. Es gab aber noch einige, wo er versichert wurde, dass sie bald genehmigt wären. Er kaufte sich einen Computer und einen Drucker. Das Büro, wo er noch angestellt war, gab ihm einen Stahlschrank und einen Aktenschrank, die man abgeben wollte, da dort ebenso renoviert wurde. Er dachte, sollte er seine Arbeit verlieren, dann wollte er sofort auf ein selbstständiges Arbeiten als Architekt, vorbereitet sein. Er beendete seinen Drink und ging in sein Studio, wo er sein Protokoll für seine letzte Baustellenverhandlung prüfen wollte. Jetzt würde er auch noch dazu das letzte Protokoll fertigstellen.

Ein Artikel in der Tageszeitung über die Schauspielerin Juliet Prowse, die in Südafrika aufgewachsen war, erinnerte ihn an Ana. Beide Frauen waren brillante Persönlichkeiten, begabt, liebten das Leben, und teilten dasselbe Schicksal: Noch immer im besten Alter, an einer terminalen Krankheit der Bauchspeicheldrüse zu sterben. Der schrecklichste Krebs von allen, wie Ana ihm sagte, als sie ihr Testergebnis in der Hand hielt. Es traf ihn sehr hart, aber er versuchte ihre Gefühle, so gut wie er nur konnte, zu besänftigen. Sie zu lieben würde für sie wie ein Wundpflaster für die bevorstehenden schwierigen Tagen sein, aber er erinnerte sich noch an die Szene als Ana weinte nachdem sie sich geliebt hatten. Ihre Tränen bildeten ein Rinnsal auf ihren Wangen und tropften auf seinen Körper, erregten ihn, aber verursachten eine große Traurigkeit in ihm.

Er erledigte seine Arbeit, speicherte die Daten von allen seinen Ordnern auf einem äußeren Laufwerk, bevor er alle Ordner löschen würde und den Desktop Computer auf die Werkseinstellung zurücksetzte, zugleich mit dem Drucker. Es war unmöglich alle dieses Software Programme für ein faires Geld zu ersetzen. Außerdem konnte er sofort mit seiner Arbeit weitermachen. Er hatte seine Bücher sortiert und auch den Inhalt seiner Laden. Dies alles würde er dem Unternehmen, welches Versteigerungen von Büromöbel und Haushaltsgüter tätigt, überlassen. In einer Woche würden sie es abholen. Diese Art von Arbeit belastete ihn mehr als die Stunden die er auf Baustellen verbrachte.

Joe sandte ihm eine Nachricht auf seinen Computer. Sie sorgte sich um ihn, seit er sie vor einem Jahr besucht hatte. Sie war eine gute Freundin. Er würde ihre Nachricht beantworten, damit sie über seine Büroauflassung informiert wäre: „Die leeren Packkartone werden morgen geliefert. Ich werde eine intensive Woche mit dem einpacken meiner Habseligkeiten verbringen. Ich spreche mit die noch später". Er goss sich noch einen Scotch-on-the-rocks in sein Glas, trank in großen Schlucken und ging zu Bett.

Die Auktioniere holten seine Büromöbel. Sein Studio war ausgeräumt. Mittlerweile reinigte er den verfliesten Boden und putzte die Fenster. Laut seinem Agenten sollten am kommenden Wochenende die ersten potentiellen Käufer erscheinen. Freitag räumte er die Küche auf. Carl telefonierte und kam auf Besuch. Er gratulierte Pablo für seine erfolgreiche Sanierung des Hauses, da er es ja über die Jahre, wo sie zusammen arbeiteten, verfolgen konnte.

„Du musst Pause machen, Pablo", meinte sein Freund.

„Na gut, lass mich noch diese beiden Kartone zu meinem Auto tragen".

„Ich helfe dir, lass mir eine Box", sagte Carl und half mit der Box, die mit Bücher zum Verkauf angefüllt war. Er platzierte die Box in den Kofferraum von Pablos Auto.

„Ich muss sie zur Bibliothek beim Shopping Center bringen".

„Ich kenne es", sagte Carl. „Werden sie diese auch nehmen?"

„Ja, die Bibliothekarin sagte mir zu, aber ich muss sie alle hinbringen".

„OK, viel Glück!"

„Danke Carl, ich brauche alles Glück das ich kriegen kann". Pablo sperrte seine heruntergelassene Garagentor und das benachbarte Sicherheitsgitter zu. Dann gingen sie zu Fuß die Zwölfte Straße zum kleinen Shopping Centre hinauf. Auf einem reduzierten Maßstab erinnerte es an ein typisches Einkaufszentrum von Cotswold, in der Nähe Londons. Der Architekt wollte dies architektonisch in die existierende Struktur in einem harmonisch-gestaltetem ebenerdigen Gebäude, mit einer Anzahl von kleineren Geschäften, derart einbinden, damit die Atmosphäre des Dorfcharakters beibehalten wurde.

Die Stimmung der Teilnehmer bei Dr Noahs letzter Baustellenverhandlung war angespannt. Dr Noahs Vater äußerte sich über die eigenartigen Schuhe, die Joe, der Baumeister, aus praktischen Gründen, anhatte. Joe hatte sein letztes Budget präsentiert, welches durch die zuzüglichen Kosten, entstanden durch zusätzliche Forderungen des Bauherrn, erweitert worden war, wie das Wohnquartier für zwei Bedienstete und ein Weinkeller. Unglücklicherweise wurden die Details für den Übergang der Außenwände zu dem profilierten Metalldach – ein architektonisches Element welches auch technisch wichtig war – von Dr Noah als überflüssig abgetan. Er und Joe waren mit ihrem gemeinsamen Übereinkommen, öfters durch unprofessionelle Entscheidungen, in Pablos Rücken gefallen. Dr Noahs Ehefrau unterstützte Pablo, aber ihr Ehemann handelte energisch und Pablo wurde abgewählt. Es war bedauerlich eine sonst erfolgreiche und interessant gestaltete Baustelle auf diese Weise zu verlassen, aber Pablo spürte, dass Dr Noah kein Honorar mehr für die Bauüberwachung eines Architekten bezahlen wollte. Zweifelsohne hatte auch sein Vater damit etwas zu tun. Enttäuscht, seinen genehmigten Entwurf bis zum Ende nicht durchführen zu können, fuhr Pablo, der sich mit dem Kanzellieren seiner professionellen Arbeit, um sein volles Honorar betrogen fühlte, gleich nach der Verhandlung nach Hause. Das letzte Kapitel in seinem Buch über seine Südafrikanischen Erfahrungen war geschrieben. Sein Freund, Carl, sprach am mobilen Telefon mit ihm und lud ihn zu einem Diner, im griechischen Restaurant in den ‚Firs, in ‚Rosebank' ein. „Gleichzeitig möchte ich Dir eine Freundin vorstellen, die meine Bücher macht. Sie ist Griechin und könnte dir vielleicht mit einigen Ratschlägen behilflich sein".

„Danke Carl, das ist sehr aufmerksam von dir".

„In Ordnung, weißt du wo das Restaurant sich befindet?"

„Ja, wir waren dort einmal auf einen Drink".

„Sei einfach pünktlich, OK?" Carl lachte.

„Ich werde es ganz bestimmt sein".

Die Fahrt nach Rosebank dauerte nur zehn Minuten. Der sympathische mehrgeschossige Shoppingkomplex war an eine Parkgarage angeschlossen. Durch einen gläsernen Windfang gelangte man direkt zur ersten Geschäftsetage. Rolltreppen vernetzten die Geschosse. Das Restaurant war auf derselben Etage wie das Italienische

Restaurant und das bekannte ‚Xclusive Books‘ Geschäft. Pablo betrat das griechische Restaurant, welches eine angenehme Atmosphäre mit einer niederschwelligen Beleuchtung hatte. Die feierfreudige Musik im Hintergrund verriet sogleich die Herkunft des Eigentümers, wenn man das Eingangsschild übersehen hatte. Carl erblickte Pablo, der sich noch mit seinem Sehen nicht an das gedimmte Licht gewöhnt hatte, und begrüßte ihn schon von der Entfernung. „Darf ich dich mit meiner Freundin Helen bekannt machen, die griechischer Herkunft ist?“

„Schön dich zu treffen, Helen“. Pablo nahm ihre Hand und setzte sich dann neben ihr nieder. Carl erhob sein Glas und alle Gäste hoben ihre Gläser. „Ich feiere dieses Zusammensein mit Euch, wie jedes Jahr, aber diesmal etwas früher. Mein Freund, Pablo, wird in kurzer Zeit Afrika hinter sich lassen und nach Europa abreisen. Er war einer meiner Lieblingsarchitekten, der für unser letztes Projekt für Dr Noah verantwortlich war. Er hat mich als seinen Bauingenieur eingesetzt. Prost und gute Gesundheit! Obwohl wir ein etwas auf und ab mit Dr Noah hatten, hat sich der Entwurf und die fast fertiggestellte Erweiterung als hervorragend erwiesen! Herzliche Glückwünsche Pablo!“

„Danke Carl. Ich fühle mich mit diesem Diner sehr geehrt. Bitte schicke mir die Rechnung damit ich diese dem Klienten zur Bezahlung vorlege. Sicherlich hatten wir ein exzellentes Team und zeitweise waren die Umstände sehr herausfordernd. Alles Gute für euch alle! Gesundheit!“ Das Eis war gebrochen und wir unterhielten uns prächtig. Der Wein floss in Strömen. Carl war immer ein exzellenter Gastgeber und die Zusammenarbeit mit ihm eine werte Erfahrung. Für einen Architekten war ein besonderer Bauingenieur, einer der sein Herz für gute Designideen offenhielt. Er hatte die menschliche Größe dass seine strukturellen Ideen, nicht nur vom planenden Architekten absorbiert, sondern stets durch seine positive Mithilfe, in den endgültigen Entwurf sehr leicht integrierbar waren Er kümmerte und sorgte sich um das Gesamtbild der Projekte, da er Architekten und den Prozess um das Entwerfen verstehen konnte.

Spät in der Nacht als alle gegangen waren, saß Pablo mit Carl zusammen und Lud ihn auf ein Abschiedstrunk in einer nahen Bar ein. „Lass mich wissen wie es geht", meinte er.

„Natürlich werde ich das. Ich habe noch zwei Wochen um auf die Selektion der potentiellen Hauskäufer zu warten".

„Wenn du etwas brauchst, lass es mich wissen".

„Ja, werde ich, Carl. Ich sehe dich wieder spätestens in zwei Wochen".

„Trinken wir noch einen Espresso, bevor wir nach Hause fahren". Sagte Carl.

„Gute Idee, etwas zu ernüchtern".

„ja, aber in dieser Gegend ist es nicht gefährlich. Leere Straßen und keine Polizei". Carl lachte auf.

„In der Tat, aber besser auf sicher gehen als leidtun".

2.

Während seines Fluges von Joburg via Dubai nach Athen pendelten seine Gedanken zwischen den goldenen Zeiten, die er das letzte Mal genossen hatte, und was ihn nun erwartete. Das letzte Mal feuerte seine Muse seine Vorstellungskraft an. Sein Blut kochte jedes Mal als sie sich trafen. Im Ganzen waren es 21 Tage in Liebe. Und so waren auch seine unmittelbaren Verse darüber.

Seine Zweifel, dass er dieses Mal die Stadt nicht mögen würde, verschwanden bereits als die kurz quietschenden Reifen des Jumbo-Fahrgestells auf die Betonlaufbahn des Athener internationalen Flughafens auf setzten. Er wartete auf sein Gepäck, stapelte es auf einer Handkarre und schob diesen zu einem Taxistand. Sobald der Fahrer an der angegebenen Adresse ankam, sagte er ihm er solle warten, während er mit dem Hausherrn sprechen wollte. Als er in der Halle den Hausherrn, wie ursprünglich vereinbart, nicht antraf, ging er zum Taxi zurück und fragte ihm dass er den Hausherrn für ihn anrufen sollte. Der Sohn des Hausherrn entschuldigte seinen Vater, der erst morgen ab 10:00 Uhr kommen könnte. Pablo war verärgert dass die Kommunikation mit dem Vermieter der Wohnung so beschwerlich war. Nun, Joe hatte diesen Vermieter ursprünglich ausgesucht. Verdammt! Jetzt musste nun ein Zimmer für die Nacht in einem Hotel in der Nähe buchen. Er kannte ein Mittelklasse Hotel wo ihn die Geschäftsleitung kannte. Tatsächlich, die Rezeptionistin erkannte ihn und konnte ihm ein Zimmer zuweisen. Er zahlte das Taxi und brachte sein Gepäck auf sein Zimmer. Nachdem er das Notwendigste ausgepackt hatte, ging er zur Bar im Erdgeschoss und bestellet einen Scotch. Nina, die Rezeptionistin, die auch die Bar bediente, unterhielt sich mit ihm über alte Zeiten mit lustigen Anekdoten über einige Gäste. Besonders amüsant war die Geschichte über eine Frau aus der Schweiz, die glaubte dass sie auf der Fährte war ‚Athenas Gold' zu finden, den Schatz, der angeblich unter der Akropolis versteckt war. Als er schläfrig wurde, verließ er die Bar und ging auf sein Zimmer.

Am nächsten Morgen bestellte Nina ein Taxi und er kam rechtzeitig zum nördlichen Teil von Glyfada. Der Vermieter wartete schon vor der Eingangstür zum Wohngebäude. Sein Name war Jack, ein kräftiger Mann, der seine Koffer nahm und sie in den ersten Stock hinauftrug. Er entschuldigte sich dass er gestern wegen eines Familienproblems nicht kommen konnte. Er zeigte Pablo die Wohnung und erklärte die Handhabung der Elektrogeräte. Pablo überzeugte sich das alles funktionierte. Der Kühlschrank und das TV funktionierten beim Einschalten. „OK Jack, scheint alles in Ordnung zu sein“.

„Ja, ich habe alles selbst geprüft“.

„Wo ist das nächste Einkaufszentrum?“

„Ich nehme dich dorthin mit. Du wirst sehen es ist auch zu Fuß nur eine kurze Entfernung“.

„OK, danke!“ Jack nahm Pablo in seinem Auto mit. Der nördliche Teil des Zentrums endete hier. Pablo bedankte sich. Er ging sofort zu einem Kiosk und wollte eine Sim-Karte für sein mobiles Telefon. Der freundliche Besitzer installierte ihm die Karte. Er rief sofort Jo an. „Willkommen in Glyfada, Pablo!“

„Danke“.

„Wo bist du?“ Sie war enthusiastisch.

„Ich bin in einem Shopping Centre in der Nähe des Hondos Zentrums.

„Oh, aha. Bist du mit deiner Unterkunft zufrieden?“

„Als ein temporärer Unterschlupf ist es in Ordnung“.

„Lass uns morgen treffen, ich hole dich um 11:00 ab“.

„Ja, passt mir. Ich freue mich dich zu sehen“.

„Ich mich auch“. Jo beendete das Gespräch.

Dieser Standort für einen temporären Verbleib war nicht so übel, wenn man die Mieten in diesem vornehmen Vorort vom Süden von Athen in Betracht zieht, in der Nähe von der Riviera Athens mit dem zentralen Teil von Voulagmeni. Pablo erfreute sich an einem Bummel entlang diesem Stadtteil, den er nur von einem kurzen Aufenthalt im Blue

Clouds Hotel vor einem Jahr kennengelernt hat. Die meisten Leute sprachen auch Englisch hier, da viele der Bewohner eine höhere Erziehung genossen hatten und erfahrene Reisende waren. Außerdem war bei der Jugend der Trend aufgekommen Englisch zu lernen, im Ausland zu studieren, und viele hatten Verwandte in der USA, außerdem war English die erste Sprache der Kommunikation. Als er von seinem Spaziergang zurückkam, verspürte er Hunger und ging zum Hondos Centre. Er erinnerte sich an ein Café am obersten Stockwerk mit einer Panoramaaussicht über den Yachthafen von Glyfada. Der größte Teil des Erdgeschosses war, mit allen erdenklichen Parfummarken, ein Traum für jede Frau. Viele lokale Frauen und Touristen tummelten sich hier um von Sonderangeboten Gebrauch zu machen.

Im Mittelteil des Erdgeschosses wartete eine Schlange von Besuchern auf einen der zwei Aufzüge. Am obersten Geschoss angekommen musste man durch das Buchgeschäft durchgehen um zum Café-Restaurant zu gelangen. Im Buchgeschäft gab es griechische und englische Bücher, aber auch viele Sprachbücher für Touristen. Man konnte Taschenbücher in Türkisch, Russisch, in slawischen Sprachen, und auch in Chinesisch erwerben.

Bei der Selbstbedienungstheke wurde im ersten Teil ein Tagesmenu angeboten, aber weiter vorwärts auch Kuchen und Kaffee. Pablo verlangte einen Obstkuchen und einen Espresso. Er hatte noch keinen Geschmack für griechischen Kaffee entwickelt, verwendete aber einige griechische Wörter die er von den Bezeichnungen ablas. Die Serviererin lächelte ihn an, als er ein paar Wörter in Griechisch verwendete, und schnitt ihm ein extra großes Stück von einem Mandel-Marillen Kuchen ab. „Efharisto", bedankte er sich und sie antwortete „Parakalo". Das waren seine ersten meist verwendeten Wörter für Danke und

Bitte, die er schon beim Besuch seiner ‚Griechischen Muse' gelernt hatte. Er setzte sich zu einem Fensterplatz, wo er schon mit Ana einen Kaffee getrunken hatte. Sie waren verliebt und Pablo benützte sein unliniertes Taschennotizbuch um Anas Profil zu skizzieren, wann immer er eine Gelegenheit hatte sie zu treffen. Einmal als Ana neugierig über seine Skizzen war und sie ihm das Notizbuch mit einer schnellen Bewegung entwendete, rief sie aus: „Das bin nicht ich!"

„Natürlich nicht". Erwiderte er. „Es ist keine photographische Reproduktion deines Gesichtes. Es hat deine charakteristischen Gesichtszüge, aber so wie ich sie sehe. Außerdem …" er pausierte, „…dein Inneres strahlt durch". Er lächelte. Ana sah ihn mit ihren dunklen Augen an und er verspürte das Feuer ihrer Passion das in sein Wesen einstrahlte. Er lehnte sich zu ihr und küsste sie. Zärtlichkeit war eine ständige Begleiterin zu ihrer ungewöhnlichen und oft stürmischen Beziehung. Pablo war erstaunt wie sein Dasein in ihrer Präsenz zu schmelzen begann, als sie sein Herz in ihren Händen hielt und es sanft streichelte. Ana lächelte und Pablo konnte ihre Gedanken lesen: Pablo der Künstler, der Rilke, den Poeten gelesen hat.

Seine Augen flogen über den Yachthafen wo eine Vielzahl von Booten in geordneter Reihenfolge verankert war. Dies war schon vor Jahren so, als wären die Segelboote nie benützt worden. Die meisten wohlhabenden Griechen konnten sich ein Boot leisten, außerdem gab es eine langbestehende Tradition von Seefahrern. Geschichten über Onassis tauchten in seinem Kopf auf, der seine Freiheit im Mittelmeer auf seiner Luxusyacht ‚Christina' genoss. In der Nachmittagssonne glänzte das Meer und die wellenspitzen funkelten wie Diamanten. Das Meer wechselte seine Farbe, jedes Mal wenn ein Boot vorbeisegelte, mit den Sonnenstrahlen in den Segeln eingefangen. Die Palmen bewegten sich wie große Fächer in der aufkommenden Brise.

Etwas aufgewühlt regte er sich, erhob sich spontan und ging zum Aufzug. Der Geschmack von Mandeln war noch auf seinen Lippen. Eine junge Frau stieg hinter ihm in den Lift. Er lächelte sie an. Im Erdgeschoss umgab ihn der Hauch von verschiedenen Parfums das sich anfühlte wie eine Wolke von himmlischen Schönheiten die um eine Umarmung wetteiferten. Er ging durch einen kleinen Park zur Station der Straßenbahn und besorgte sich eine Seniorenkarte. Athen war wirklich sozial generös, da sie den halben Preis für eine Karte, im Vergleich zu allen anderen europäischen Ländern, verlangten. Er holte sein Notizbuch heraus und schrieb seine Eindrücke nieder, als er das erste Mal, nach einem Jahr, in das Stadtzentrum fuhr. Obwohl die Tram ungefähr 40 Minuten dazu benötigte, erfrischte er gleichzeitig seine Erinnerung an die Namen der Stationen auf, wobei viele an einer Orthodoxen Kirche vorbeiführten. Dann natürlich, als die Tram eine scharfe Linkskurve nahm, sah er die Reste der riesigen Säulen, die den Tempel des Olympischen Zeus begrenzten. Sein mobiles Telefon piepste. „Hallo Jo".

„Wo bist du?"

„In der Tram, komme bald am Syntagma Platz an".

„Aha, das ist großartig. Erinnere dich dass wir uns treffen wollten".

„Ja, natürlich. Kannst du in den Plaka kommen? Wir könnten etwas essen gehen".

„Nun, es ist der siebente…"

„Ja, was heißt das?"

„An ungeraden Tagen ist mir erlaubt in die Stadt zu fahren".

„OK. Wir können uns in drei Stunden treffen. Ich möchte zur Akropolis hinaufgehen".

„Aha, ja, dein Lieblingsweg?“ Jo wusste über seine Muse, Ana. Jedoch, er hatte ihr keine Details erzählt, aber sagte ihr dass sie über Ana in seinen publizierten E-Books darüber lesen konnte.

„Wirklich?“

„Ja, wir werden uns später verständigen, Jo, OK?“ Seine Gedanken waren schon bei seinem Aufstieg zur Akropolis.

„Ja, gut, wir werden das“. Jo hängte auf.

Als die Tram bei der Haltestelle zum Olympischen Zeus anlangte, entschied sich Pablo auszusteigen, um die traditionelle Route zu nehmen, die er mit Ana einst gegangen war, wann immer sie sich trafen. Als er sich der Amalias Straße näherte, blickte er zur beeindruckenden Akropolis hinauf. Der Parthenon schien unverändert, im gleichen Glanz als er ihn zum letzten Mal gesehen hatte. Aber etwas von seiner luziden Eigenschaft, die er erlebte als er mit Ana zusammen ging, war verblasst. Er ging entlang Amalias Straße und bog bei der Büste von Melina in die Dionysion Areopagitou Straße – diesen Namen musste er wiederholt nachlesen, um sich die Schreibweise einzuprägen – und vorbei am großartigen ‚New Acropolis Museum‘, einer exzellenten kontemporären Architektur. Er hatte dieses Weltklasse Museum feinster antiker Artefakte von der Eröffnung an, mehrere Male besucht. Der schmale Pfad der zum Herodes Attikus Theater hinaufführte, lag zu seiner Rechten. Die Holzbank bei der Natursteinwand war noch immer da. Ana hatte mit ihm hier einige Zeit geruht und sie sinnierten über seine Faszination mit der Akropolis. „Ich werde heute nicht hinaufgehen“, sagte sie

„Warum nicht?“ erwiderte er.

„Es ist zu viel für mich“. Er war enttäuscht, aber sie war zumindest hier mit ihm. Er drehte sich zu ihr. „Nun, dann lass uns einen abgelegenen Platz finden, wo ich dich intimer küssen kann". Ana seufzte und stand auf. „Komm", sagte sie und nahm seine Hand. Sie ging mit ihm auf die Eingangsterrasse des Herodes Attikus Theaters hinauf, eine kurze Entfernung zum Kartenbüro für die Akropolis. Eine kleine Gruppe von jungen Bäumen bot ihnen eine gute Privatsphäre. Er küsste sie. Sie küsste ich zurück. Er wurde erregt und seine Energie und Virilität sprang auf sie über. She wurde erregt und seufzte als er sie berührte. Durch seine intimen Berührungen erlebte sie ihre Klimax, während er noch immer eine Erektion hatte. Er war zärtlich mit ihr und sie genoss den süßen Augenblick. Er wollte sie und sie wollte ihn. Es begann zu nieseln. Sie hielten inne, und als sie Kleidung arrangierten fühlten sie sich wie zwei junge Liebhaber während ihrer Studentenzeit. Ana bemerkte dies zu ihm zuerst und sie mussten beide lachen. Sie nahm seine Hand. „Komm". Als er unter den Bäumen hervortrat richtete sich sein Blick aufwärts. Der Giebel des Parthenontempels war sichtbar von hier. „Wunderschön", sagte er und sie teilte seine Emotion.

Ana beeilte sich plötzlich auf den abfallenden Weg nach Anafiotika. Auf einem kleinen Vorsprung blieb sie stehen. Die Stadt Athen lag ausgebreitet unter Ihnen, eine Agglomeration von weißen Würfeln und Formen, erinnerte ihn an einen Strand mit Kieselsteinen. Etwas weiter hinunter war eine weiße Kapelle, wo sie wieder anhielten. Ana öffnete die Eingangstür. Drinnen betete eine ältere Frau, in schwarz gekleidet, bei der Ikone einer Madonna mit Kind. Ana sah zur kleinen lieblichen Kuppel hinauf. Pablos Gedanken waren mit seiner Liebe zu ihr beschäftigt, die zusammenkamen und ihre Herzen zur kleinen Kuppel aufwärts schweben ließen, wo der Himmel dargestellt war. Er spürte dass Ana Gedanken über ihre Union hatte, die sie in dieser kleinen Kapelle, am Fuß der Akropolis, aktivieren

28

wollte. Als ob sie wünschen würde mit ihm ein Leben lang zusammenzubleiben. Dann nickte ihm Ana zu und sie verließen die Kapelle, mit einem glücklichen Gefühl, gereinigt von negativen Geschehen, mit dem Blick auf vorwärts, in eine großartige Zukunft gerichtet. Poet und Poet, wie sie sagte. Künstler und Künstler, schloss Pablo ab.

Für drei Jahre ging er diesen Weg, sakral für sie. Doch bei seinem letzten Besuch benahm sich Ana anders, beinahe ablehnend. Ihr Treffen war kürzer und sie forderte mehr Privatheit und mehr Zeit für ihre Familie, die sie, wie sie bemerkte, sehr vernachlässigt hätte während der intensiven Jahre mit Pablo. Sie glaubte dass er sie besitzen wollte und sie zu seinem Sexsklaven unterwerfen wollte. Überhaupt doch nicht. Pablo hatte niemals solche Intentionen. Er verehrte ihre Poesie, teilte mit ihr gemeinsame Interessen in Literatur, und unterhielt gute und fruchtbare Diskussionen über die Nobel Laureaten der Dichtkunst. Sie nahm Pablos Hände in ihre, und Pablo umarmte ihr Sein, verschlang sie physisch und verschmolz leidenschaftlich mit ihrer Seele. Fühlte sie dies nicht? Sicherlich musste sie es gefühlt haben, da sie ihn mit ähnlicher Leidenschaft zurückliebte. Aber dann, wie kam es dass sie sich plötzlich verändert hatte?

Pablo bekam ihre Antworten als er sie zum letzten Mal in Athen sah. Sie hatte ihn ermuntert in ihrem Ferienplatz am Meer zu bleiben. Da könnte er schreiben und zeichnen. Dies war eine kreative Zeit für Pablo, und Ana erfreute sich an seiner Poesie die er für sie schrieb. Liebesgedichte, die Pablo als seine besten Poeme bezeichnete. Aber Ana war krank und sie litt. Pablo fühlte als würde er in einen Abgrund von unendlichem Schmerz fallen, und einer plötzlichen Entziehung ihres süßen Zusammenseins. Sie wurde – als seine andere Hälfte – von ihm abgeschnitten, ein zusammengewachsener Zwilling vom Skalpell eines Chirurgen getrennt, und sie war das Opfer für sein weiterleben. Die Zeit damals als er nach Joburg zurückfliegen musste, fühlte es sich für ihn so an, als wäre eine Tonne Ziegel auf ihn gefallen.

Es war September. Als er von ihrer Tochter die Nachricht ihres Todes erhielt, hat es ihm so hart getroffen dass er weinte und schluchzte, als ob der Teil seines Lebens von ihm weggenommen wurde, der ihm seine Welt bedeutete. Seine Emotionen überwältigten ihn erneut, als er zum Aerides Monument hinunterkam. Er ging rechts zu dem Teil der Plaka, wo das kleine Café-Pizzeria und Restaurant situiert war, welches für seinen Stammplatz gewählt hatte.

Er blieb ein paar Mal stehen, als er die leicht gewundene Adrianou Straße entlangging, das seinen natürliche Gestaltung seit der Antike nicht mehr verändert hatte, um zu Atem zu kommen. Als er sich wieder gesammelt hatte, bog er in die Kidathineon Straße ab, die er gut kannte, wo er bei Brettos, der bunt beleuchteten Cocktail bar vorbeiging. Er kam beim Eiscremegeschäft des freundlichen Griechisch-Amerikaners vorbei, der ihm jedes Mal die Neuigkeiten von Stadt und Land bekanntgab. Dann bog er nach rechts in die Farnaki Straße ab, Die Trattoria, die er viele Male besucht hatte, war am Ende der Straße, und grenzte an den Filomousou Eterias Platz. Sein mobiles Telefon rührte sich. „Hallo Pablo". Es war Jo.

„Wo bist du?"

„Ich bin bei Brettos".

„Gut. Komm ein bisschen weiter zum Café an der Ecke, sofort rechts in die Farnaki Straße. Ich komme an die Ecke und warte auf dich".

„OK". Pablo wartete beim Café und studierte das Menu, welches auf einem Pult am Gehsteig, wie es in der Plaka üblich war, ersichtlich war. Er sah Jo. Sie hatte einen eigenartigen Gang durch einen behinderten Fuß, aber sie bewältigte es gut. Er winkte ihr und sie winkte zurück. Er nahm sie in seine Arme und küsste sie. „Dies ist ein super Platz, Pablo, und ich hatte Glück einen nahen Parkplatz von hier zu finden".

„OK. Lass uns zur Trattoria gehen, es ist gleich nebenan, siehst du es?"

„Ja, es sieht wie eine echte griechische Taverne aus".

„Es ist sehr besonders, da sie griechische und italienische Speisen kochen. Du wirst sehen".

Takis, der kurz-gewachsene Ober ging aufrecht, mit einer leichten rückwärts gebogenen Gang, sah Pablo kommen und begrüßte ihn. Pablo stellte ihm Jo vor. Sie schüttelten sich die Hände und sprachen einige Wörter in Griechisch. Spiros, der Ober der gebückt ging, brachte einen Brotkorb und Pablos Lieblingswein in einer Karaffe. Er begrüßte ihn auf Griechisch, und Pablo grüßte auf Italienisch zurück. Spiros bedankte sich für sein Kommen. „er war längere Zeit in Italien", sagte Pablo zu einer erstaunten Jo. Pablos Kommentar über die beiden Ober brachte Jo zum Lachen. Das Eis war gebrochen. Sie küssten sich.

Das Essen war hervorragend: Karpathos Ziege, Röstkartoffel und Gemüse. Spiros brachte eine neue Karaffe Wein und sprach wieder Italienisch „Ich wusste nicht wie gut du Athen kennst", sagte Jo.

„Nun, ich liebe Griechenland und auch seine kulinarische Kultur, neben den Stätten der Antike". Pablo lachte. Nach ihrer köstlichen Mahlzeit servierte Takis einen komplementären Drink. „Raki", sagte er und seine Augen leuchteten. Es war sein Lieblingsgetränk von Kreta. Als Pablo zahlte, murmelte er „Kommt wieder". Jo bedankte sich und er eilte weg.

Pablo half Jo zurück zu ihrem Parkplatz. „Ich denke ich
werde dich zuerst zu deiner Wohnung bringen", sagte Jo
als sie in Glyfada ankamen. „OK, komm rauf, ich mache
dir einen Kaffee".

„Ja, danke, ich könnte einen jetzt gebrauchen". Sie gingen zu Pablos temporären Bleibe hinauf. Er half ihr die
Stiegen zu meistern und sie fühlte sich sehr wohl in seiner
Begleitung. Pablo hatte einige Flaschen auf seiner kleinen
Bar. Als Pablo sich neben Jo setzte, küsste er sie und Jo
küsste ihn zurück. „Ich möchte gerne feiern", sagte Jo und
Pablo gab ihr seinen Drink. „Ich mache noch einen"; sagte
er und feierte mit ihr. Sie küssten sich mehrmals und Pablo
öffnete die Knöpfe ihrer Bluse. Dann befreite er sie von
ihrem Oberteil und küsste ihre schönen Brüste. „Lass uns
zu Bett gehen", sagte Pablo. Jo lächelte. „Ich glaube ich
habe den Kaffee morgen früh".

„Willkommen Jo."

3.

Jo: ‚Die Frau mit einem Bein', wie er sie nannte, hatte
ihn willkommen heißen. Sie waren Freunde auf dem Internet und unterhielten sich regelmäßig, und wurden miteinander familiär. Er schätzte ihre unbelastete Persönlichkeit, als ob es ein Kontrapunkt zu ihrer Behinderung wäre,
welches ihr Leben beschwerlich machte. Er bewunderte
sie wie mit ihrem täglichen Leben zurechtkam, ihre Besorgungen und Einkäufe erledigen konnte. Sie beklagte sich
niemals. Sie erzählte ihm von ihrem tragischen Unfall, der
darauffolgenden Operation, die sie mit einem brauchbaren
natürlichen Fuß zurückließ und einer Gehschiene für den

anderen, wo ein Hauptnerv geschädigt war. Trotz alledem war sie fröhlich und nahm das Leben wie es kam.

Pablo verstand Joe sehr gut, nicht weil sie auch eine Landsmännin war, die mit einem Griechen verheiratet war, sondern weil sie auch künstlerisch talentiert war. Ihre Kollagen waren exquisit und Pablo war sehr interessiert alle ihre Arbeiten zu sehen. Aller um Kunst und ihrer Ambiente interessierte Pablo. Es gab immer Überraschungen und eine Menge zu absorbieren und zu lernen. Genauso wie beim Schreiben, als Ana einmal ihm erklärte. ‚Lese die Nobel Laureaten, lerne von den Besten!" Er tat es und Ana brachte ihn auf den Weg zur Kreativität. Sie war ein großer Einfluss und eine kontinuierliche Anbieterin täglicher Hinweise um sie stimulierte seine Intuition für eine neue Story. Er war ein guter Student, lernte schnell, und absorbierte das Wesentliche ihrer Lehren. Hatte sie nicht erfolgreich Literatur an einer Mittelschule unterrichtet? Hatte sie ihm nicht unzählige Bücher mit Poesie geschenkt, um seine Hoffnung selbst ein anerkannter Poet zu werden, am Leben gehalten? Ja, sie hatte. Sie sagte ihm auch, als sie sich von ihm verabschiedete, er sollte sich auf den Weg zu einer neuen Liebe begeben. Dies konnte er am Anfang nicht tun. Die emotionellen Wunden über die Tragödie ihres Todes im besten Alter, schmerzten wie tiefe Einschnitte in sein Herz.

Für zwei Jahre kämpfte Pablo mit Selbstmordgedanken bis zur schrittweisen Überwindung seiner tiefen Trauer, die plötzlich durch seine Bekanntschaft mit Jo, der ‚Frau mit einem Fuß' überlagert wurden. Er konnte zu ihr über seine große Liebe sprechen und ihr den Weg zeigen, auf dem Ana ihn gelenkt hatte, um sich in einer Welt der Kunst eine Nische zu schaffen. Er hatte es stets in sich, aber es benötigte Ana, eine griechische Muse, um die Tür zu seinem kreativen Schaffen zu öffnen. Und dies geschah hauptsächlich durch die Liebe zur Poesie und der Ermutigung durch Ana, an einem Workshop für Schriftsteller teilzunehmen. Er musste lernen sich zu verbessern, eine Menge zu lesen und Erfahrung mit neuen Liebhabern zu sammeln.

Als er Jo online kennenlernte, spürte er dass dies der Weg nach vorwärts bedeutete, worüber Ana gesprochen hatte. Plötzlich erinnerte er sich an diese besinnliche und emotionelle Konversation über den bevorstehenden Tod von Ana. „Merke dir, sei immer wachsam und aufgeschlossen. Du wirst wieder jemanden treffen. Aber welche Person soll ich die schicken?" Er sah sie in diesem Moment genau an, als sie diese traurige und seriöse Offenbarung von sich gab. Sie sprach über ihren Tod als eine Tatsache, der durch nichts mehr abgewendet werden konnte. Sie hatte ihr Schicksal akzeptiert, nach einem jahrelangen Kampf mit sich selbst, und er hatte ihr mit seiner Liebe geholfen. Wenigstens konnte er ihr helfen, wenn auch dies den Knochenmann nicht abhalten konnte ihr etwas mehr Zeit einzuräumen bevor er sie ihm wegnahm. Nun, er würde ihren Körper wegnehmen, aber er könnte niemals ihre Seele mitnehmen, ihren Geist, und ihr Leben im Universum. Dies glaubte er mit seinem ganzen Herzen.

Als er Jo kennenlernte, spürte er die Gegenwart von Ana. Sie würde stets zugegen sein. Dies merkte er als allererstes, als er Ana das erste Mal begegnete: Die Essenz aller seiner Liebesbeziehungen waren in einer Liebe für Ana konzentriert. Er verspürte diese enorme Energie die es ihm erlaubte mit ihr über die Akropolis zu fliegen, um beim Apollo Tempel in Delphi zu landen. In diesem Heiligtum war ihre Vereinigung besiegelt und für heilig erachtet. Als ob sie durch eine höhere Macht für ein Paar, durch ein Geheimnis der Götter, ausgewählt wurden. So verstand er seinen persönlichen Antrag. Dann folgte eine Zeit der

Selbstreinigung, als ob er eine wirkliche Person geworden wäre, die in das Reich hervorragender Künstler Zugang erhalten hätte. Er demütigte sich, doch etwas in seinem Inneren trieb ihn wie einen Dampfer an, der die Wellen der Meere durchschneidet. Träumte er? Es machte alles keinen Sinn, sagten seine Freunde, aber er hatte kein Verständnis für Menschen mit Augen die nicht sehen konnten, und keinen Sinn für das Mystische hatten. Schließlich, konnte die Wissenschaft alles über das Leben erklären? Konnte es alle Fragen über unsere Existenz beantworten?

Ich bin froh dass Joe daherkam, dachte er. War sie die Frau die Ana mir schicken wollte? Es machte ja nichts aus wie auch immer er sich dabei fühlte, starke Gefühle öffnen die eigene Persönlichkeit, und etwas wird geschehen. Andererseits war Joe eine Lebenserfahrung auf emotioneller Ebene, und ein Widerspruch zu der Persönlichkeit von Ana. Aber da dies eine neue ungewöhnliche Erfahrung war, erachtete er es als einen Kontrapunkt zu seinem Leben mit Ana. Es war auf jeden Fall Wert dieses ungewöhnliche Verhältnis, welches am anderen Ende seines Verhältnisses mit Ana befand, zu erleben. Genauso wie in J.S.Bachs Musik, sinnierte er, die Ana widerholte Male erwähnte.

Sein mobiles Telefon meldete sich. Es war Jo. „Hallo Jo, wie geht's dir?"

„Mir geht's gut, danke. Kannst du mich am späten Morgen treffen?"

„Klar, was gibt's?"

„Ich muss einige Besorgungen machen und auch etwas zum Essen kaufen".

„Ja, ich helfe dir. Ich beende nur meine Journalnotizen. In einer Stunde vielleicht?"

„Ja, das passt mir. Ich hole dich ab, da das Postgebäude gleich neben an ist“.

„OK, gut. Ruf mich an wenn du dich meiner Wohnung näherst, dann komme herunter“.

„Mach ich“. Er beendete das Gespräch und dachte über Jo und Athen nach. Wie gut war es dass er hier gelandet war und nicht in einem miserablen Vorposten mit unbekannten Zeitgenossen, die ihn vielleicht nicht mochten. Aber er hatte keine Ahnung was auf ihn noch zukam.

Als Jo Pablos Telefon mit zwei Klingeltönen aktivierte, stand er auf, nahm seinen Rucksack und versperrte seine Wohnungstür von außen. Sobald er das Gittertor zum Grundstück erreichte, blieb Jo bei der Einfahrt stehen. „Hallo Jo, perfektes Timing“. Sie lächelte. Jo war wachsam und pünktlich bemerkte er. Schließlich war sie keine Griechin. Er musste lächeln. Jo lächelte zurück. Er setzte sich neben sie und küsste sie. „Du küsst gut“, sagte Jo and er lobte ihr Kleid. ‚Der Roma-stil‘ passt zu dir. Er berührte ihr Knie. „oh bist du ein Charmeur“, erwiderte sie, „gleich werde ich dich aufessen“.

„Wow!“ er atmete tief ein, „das wäre fabelhaft“. In seiner Vorstellung ging sie auf ihn runter. Der Gedanke erregte ihn. „Ist klein Pablo wach?“ Sie neckte ihn, und als sie ihn berührte strahlte sie. „Hm, schön, aber später. Zuerst muss ich meine Besorgungen erledigen“. Er seufzte. „OK, lass uns gehen, Jo“.

Sie parkte beim Büro der Post und er warf ihre Briefe in die Postbox. Dann fuhr sie zum öffentlichen Parkplatz in Glyfada, wo der wöchentliche Markt abgehalten wurde. Er musste ihr verschiedene Dinge vom Eisenwaregeschäft besorgen, die auf einem Zettel in Griechisch aufgelistet waren, während sie zu Pleisio für Schreibwaren eilte.

Jo hatte ihre Erledigungen beendet. Als er sie dann traf, warnte sie ihn damit er sie nicht vertraut anfasste, da sie in dieser Vorstadt sehr bekannt war, und die Trauerzeit für ihren verstorbenen Mann noch nicht abgelaufen war. „Es ist dumm, aber die Leute hier sind eigenartig und fordern von einer Witwe dass sie sich an die Tradition halten sollte. Sie lieben den Tratsch und ich möchte mich da heraushalten".

„Na klar", erwiderte er, „mach dir keine Sorgen, I werde mich an die Regel halten und mich an dir erfreuen wenn wir nicht mehr in der Öffentlichkeit sind". Sie lächelte. Pablo hatte das Gefühl dass sie dies ebenso wenig mochte wie er, da sie gerne ihre Lustgefühle zum Ausdruck gebracht hätte, wann immer es ihr passte. Jedoch sie war hier bekannt und er war ein Fremder.

„Lass uns nach Voula fahren", sagte Jo als sie mit ihren Erledigungen fertig waren. „Es ist ein netter Bezirk und ich kenne dort eine gute Taverne".

„Sehr gut", sagte Pablo, „ich sterbe vor Hunger". Jo lachte auf und fuhr die kurvenreiche Straße der südlichen Bezirke zu einem Dorf-ähnlichen Hauptplatz. Sie parkte ihren kompakten Saburu in den nächsten freien Parkplatz und ging voran zur Taverne. Man konnte schon das gegrillte Fleisch riechen. Welche Fleischart man wollte, es wurde zufriedenstellend gegrillt. Jo bestellte eine Karaffe Wein und einen Mixed-grill. Dazu gab es hausgemachte Chips und Salat.

„Esse so viel du willst, sie sind sehr generös hier". Sagte Jo. Das Essen war saftig und schmeckte hervorragend. Pablo bestellte eine zweite Karaffe Wein. „Wir beide können diese leicht verdrücken", lachte Pablo, als Jo ihm zutrank. Seine Hand bewegte sich unter dem Tischtuch und berührte Jos Oberschenkel. „Mhh", Pablo seufzte und Jo mochte seine erotische Annäherung. „Gutes Essen geht gut mit Sex zusammen", flüsterte sie und er bemerkte dass Jo auch erregt war. „Später", flüsterte sie, nicht hier!"

Er musste innerlich auflachen. Jo lebte für sex. Tatsächlich. Jo hatte auch guten Appetit und sie mochte griechische Weine. Pablo entwickelte einen Geschmack für Tavernen Kost und er hörte Jo zu wie sie auf Griechisch bestellte, und merkte sich dies. Es würde ihm von Vorteil sein, wenn er eines Tages für sich etwas bestellen müsste. Jo entschuldigte sich kurz und Pablo zahlte einstweilen. Es war nicht schwierig sich zu verständigen, da die meisten Ober Englisch sprachen.

Als Jo zurückkehrte schalt sie Pablo die Rechnung bezahlt zu haben. „Es wird noch eine Zeit kommen, wenn Du bezahlen wirst, da ich kein Geld mehr habe", sagte er.

„Nun, da wir in guter Laune sind, will ich Dir eine romantische Strecke zeigen", sagte sie, nahm seinen Arm und sie gingen zu ihrem Auto. In fünfzehn Minuten waren sie außerhalb von Voula. Als Jo langsamer fuhr um einen Parkplatz zu finden der abseits der Hauptstraße war, bewegte Pablo seine Hand entlang ihres Schenkels. Er berührte sie. Seine Finger bewegten sich zu ihrer Muschi und als er ihr Höschen zur Seite schob rutschte sein Finger in ihre Vagina. Er spielte mit ihr. „Du tust das gut", sagte sie und küsste ihn. Sie wollte mehr, als sein Finger sie erregte. „Ah", seufzte sie und küsste ihn mehr. Langsam sank ihr Kopf hinunter in seinen Schoß. Sie öffnete seinen Zipp und Ihre Lippen bewegten sich auf seine Erektion. Ihr weicher warmer Mund erinnerte ihn an ihren Uterus in seinem Gehirn, und ihre züngelnde Zunge brachte ihn zusehends schnell zu einer Klimax. Er spritzte in ihren Mund und sein Penis stieß einige Male unkontrolliert in die Enge ihrer Kehle. Sie würgte. „Entschuldige", keuchte er und schnappte nach Luft, „ich konnte mich nicht besser kontrollieren". Jo seufzte und ihr Kopf bewegte sich zu ihm hinauf und sie küssten sich. Ihr nasser Mund und ihre suchende Zunge erregten ihn wieder.

„Gosch, bist Du geil", sagte sie.

„Du tust es so gut dass ich wünschte ich könnte Dich gleich hier ficken". Er keuchte und seufzte. Solch einen guten oralen Sex hatte er schon lange nicht mehr. „Ich liebe es wie du mich tust", sagte er als sie wieder normal atmeten.

„Wir sind ein gutes Team und haben großartigen Sex", sagte sie.

„Ja, wirklich", erwiderte er, „lass uns so weitermachen". Jo lächelte, „ich habe dies für einige Zeit nicht mehr gemacht. Es ist so gut mit dir". Sie ordnete ihr Kleid und ließ die Wagenfenster etwas herunter, da sie etwas angelaufen waren. Dann fuhr sie von dem Platz für romantische Paare von der Südküste zurück zur Vorstadt. Beim Eingangsportal zu seiner Wohnung blieb er stehen. „Ich muss jetzt gehen und meine Familie besuchen", sagte sie. „Ich rufe Dich morgen an und lasse Dich wissen wann ich frei bin".

„OK, Jo, wünsch Dir einen schönen Abend".

„Du auch und lass mich dich überraschen".

„Hmm?" Pablo sah noch das spitzbübische Lächeln auf ihrem Gesicht, bevor sie wegfuhr.

4.

Pablo sah sich eine Sendung auf dem lokalen TV – Programm an und versuchte ein Paar griechische Wörter zu lernen. Dann schrieb er etwa in sein Journal. Später in der Nacht sah er den Anfang eines erotischen Films an, schlief aber ein. In der Früh brummte sein mobiles Telefon. Halb verschlafen antwortete er. „Ich bin's, Jo, kann ich zu Dir hinaufkommen?" Plötzlich war er wach. „Natürlich, komm herauf, bin noch immer im Bett".

„Bleib da wo Du bist, Ich habe eine Überraschung für dich". Jo lächelte, er mochte Überraschungen, dachte sie. Aber was ging vor? Murmelte er vor sich hin. Er mühte sich vom Bett heraus und ging zur Tür. Er öffnete den Riegel um Jo hereinzulassen „Schau", sagte Jo und berührte seine Erektion. „Klein Pablo hat seinen Kopf gehoben". Er musste lachen. Sie küssten sich und Jo sagte er sollte im Bett bleiben und sich entspannen, während sie ihm ihre Show vorführen wollte. Sie schaltete seinen TV-set auf griechische Musik und begann einen Striptease. Ihr Akt hatte einige groteske Bewegungen, aber ihre schwarze Spitzenunterwäsche war erotisch. Ihre rhythmischen Bewegungen endeten in einem gewagten verführerischen Tanz der sie forderte. Als sie ihren Schlusstanz endete, war sie höchst erregt. Pablo beobachtete ihren erotischen Tanz mit einer Vorfreude und spürte wie sich sein Penis erhärtete. Er nahm sie in seine Arme und sie küssten sich leidenschaftlich. Plötzlich, durch eine Intuition drehte er sie auf die Seite und küsste sie unter ihrem Nabel. Langsam bewegten sich seine Lippen auf ihr hinunter, während Jo dasselbe auf seinem Körper tat. ‚Französisch', dachte er, perfektes Timing für ‚Französisch'. Sie schmeckte gut und gleichzeitig aß sie ihn auf, so wie er es mit ihr tat, bis er ihre Kontraktionen spürte. Zeit für ihn zu kommen, dachte er. Er schloss seine Augen, hörte wie Jo schwer atmete. Sie murmelte einer süßen Klimax nahe zu sein. Er sah vor sich ein Liebespaar in einem Auto heiße Liebe machen, was er gestern Nacht am TV gesehen hatte. Dies erregte ihn zusätzlich. Als ihm Jo zum Gesicht der Frau im Auto wurde, spürte er plötzlich seine Klimax mit einem brennenden Stich. Er murmelte noch „Ich komme". Dann flog er fort wie ein Griff der sich von einem Topf losriss und landete im warmen Sand an einem Meeresstrand, wohin er aus dem Meer, von einer nackten Frau gezogen wurde, die ihn vor dem Ertrinken rettete. „Ahh", seufzte er und kollabierte auf ihr. Eine Zeitlang lagen sie da ohne sich zu rühren. Langsam bewegte er sich von ihr weg. Er öffnete seine Augen, Jo schlummerte. Er streckte sich längs neben ihr aus und driftete in einen Schlaf.

Als er etwas Gekochtes roch, wachte er auf. Jo kochte womit er vertraut war. Ja, seine Großmutter hatte schon so etwas gekocht. In seinem Kopf hatten sich die Zutaten versammelt: Paprikaschoten, Paradeiser, Zwiebel, und Rühreier zum Schluss. Er stieg aus seinem Bett, ging auf sie zu und umarmte sie bei der Arbeit. Sofort nahmen seine Geschmackswärzchen die Vorliebe zur Mahlzeit, über seinen aufgeregten Penis, auf. Das Wasser sammelte sich in seinem Mund und sie setzten sich an den gedeckten Tisch zu einer nackten Mahlzeit. Er musste lachen und teilte mit ihre seine Gedanken. „Du bist mit Erotizismus erfüllt, Pablo", sagte Jo und lächelte. „Es ist das wirkliche Ich, OK". Jo aß schweigend.

„Mhh", murmelte er zwischen Bissen, „es schmeckt genauso wie es Großmutter kochte".

„Danke für das Kompliment", sagte Jo. „Das Gemüse ist frisch".

„Hast du es am Markt besorgt?"

„Ja".

„Den du mir gezeigt hast?"

„Aha". Sagte Jo. Sie beendeten ihre Mahlzeit schweigend. Jo nahm die Teller zur Spüle. Dann ging sie zur Dusche. Pablo ging hinterher. „Eines Tages werden wir in der Dusche Liebe machen, aber es muss mehr Platz haben als diese". Jo lachte auf. „Pablo und seine Welt des Eros". Sie seiften sich gegenseitig ein und wuschen sich, fühlten sich gut und waren besorgt sich gegenseitig zu entspannen. Es nahm etwas mehr Zeit um Jo zu waschen, da sie nicht so flexibel wie Pablo war.

„Ich möchte dir etwas zeigen. Zieh dich an", sagte Jo. „es ist an der Zeit dich der lokalen Kunstszene vorzustellen". Pablo sah sie groß an.

„Nun, das ist noch eine große Überraschung". Jo lächelte und schlüpfte in ihr Kleid. „Hilf mir mit den Schuhen, Pablo". Er half ihr die Schuhe anzuziehen, besonders mit dem rechten Schuh, auf ihren beeinträchtigten Fuß. Er verschloss die Velcro-bänder. Als Pablo im bequemen kompakten Auto von Jo saß, wollte er sich den Tagträumen hingeben, aber Jo erklärte ihm die geplante Tour. „Zuerst fahren wir zum Art Café, wo wir diesen G-Mann treffen werden. Er ist Arzt und betreibt eine Café-Gallerie".

„Warum heißt er G-Mann?" Pablo runzelte seine Stirne. Es klang ihm zu militärisch, und er hatte eine Abneigung zu allem Militärischen, seitdem sein leiblicher Vater im Zweiten Weltkrieg als verschwunden erklärt wurde.

„Nun das hat mit einem anderen Arzt etwas zu tun".

„So?"

„Ja einer, der ein Revolutionärer wurde, und für soziale Gerechtigkeit kämpfte".

„Aha, wer war denn der?"

„Hast du über Che Guevara gehört?" Jo sah einen erstaunten Pablo an. Sein Freund war ein Chirurg und jetzt würde er wieder einen Arzt treffen.

„Was für ein Arzt war denn der Besitzer vom Art-Café?"

„Er ist Chirurg", sagte Jo. Sie parkte ihr Auto in einer Seitenstraße zum Art-Café. Ein Mann saß neben dem Eingang an einem kleinen Tisch und las die Zeitung.

„Kalimera", Jo grüßte den älteren Mann.

„Kalimera", erwiderte er und blickte auf.

„Ist der Doktor zugegen?"

„Nein, er ist heute nicht da, er hatte einen Notfall. Aber seine Sekretärin ist drinnen" Er beschäftigte sich wieder mit seiner Zeitung.

Im Innenraum hatte das Portrait von Che Guevara einen besonderen Ehrenplatz erhalten, der unübersehbar für den Besucher war. Im rückwärtigen Teil eines größeren Raumes saß eine Frau und arbeitet an einem Desktop-computer. Sie stand auf und Jo begrüßte sie, sprach kurz über den Grund ihres Besuches, und stellte mich als den Künstler vor. Elena grüßte zurück und sie kam auf Ausstellungen zu sprechen. „Ich denke dass du gerne ausstellen möchtest". Pablo bejahte.

"Der Doktor wird morgen zu Mittag hier sein, aber ruf mich vorher an". Elena gab ihm eine Visitenkarte. „Bringe einige deiner Arbeiten mit". Sie lächelte und Pablos Augen blieben an ihrem Dekolletee hängen, wo ihre gut-geformten Brüste sich hoben als sie sich niedersetzte. Sie war stolz auf ihr Aussehen und lächelte provokativ zurück.

„OK, werde ich dann tun", sagte er und betrachtete die gegenwärtige Ausstellung mit Motiven aus dem Stillleben. „Nicht sehr kontemporär", sagte Pablo, „aber schön". Er sagte es laut und sah zu Elena hinüber. Jo enthielt sich einer Kritik, da sie sie spürte dass sie besser nichts sagen sollte. Elena blickte auf „Die Künstlerin ist eine ältere Frau und die Ehefrau eines Freundes", sagte Elena und begann wieder mit ihrer Arbeit.

Pablo sah sich die Gallerie genauer an und fand die Atmosphäre sehr angenehm, die Raumgestaltung gut genützt, auch mit einer kleinen Bühne versehen. „Auch kleinere Theaterstücke werden hier aufgeführt", sagte Jo, „mein Arbeitgeber hatte sich unlängst ein modernes Stück, von einem jungen griechischen Autor, angesehen.

„Ja gut, es ist ein kultureller Platz und nicht nur für Kunstaustellungen geplant", sagte Pablo.

„Eine großartige Einrichtung hier in den südlichen Bezirken. Es ist wohl das einzige dieser Art hier"

„Tatsächlich. Es ist sehr interessant und ein guter Platz um hier, im anspruchsvollen Bezirk von Voula, auszustellen", Jo lächelte.

„Ich bin froh dass du den Ort und die Räumlichkeiten mit dem grünen Ambiente magst, die der Doktor hier an einem grauen, traurigen Platz geschaffen hat".

„Ja wirklich. Er bemüht sich etwas Kultur zu den Einheimischen zu bringen". Jo kicherte.

„Ja, das auch". Pablo dachte über das Vermögen des Arztes nach, welches ihm ermöglichte so ein schick aussehendes Art-Café zu etablieren, ein kleines Kulturzentrum für visuelle und darstellende Künste. Jo war an der Ecke von zwei Straßen vorbei, etwas weiter vorne stehengeblieben. Er konnte die Straßennamen nicht so schnell lesen. Sie wollte ihm ein Haus zeigen, welches ihr befreundeter Agent zur Miete anbot. Jo ersuchte Pablo mit ihr zu einer Besichtigung mitzukommen. Das Haus war grau und brauchte notwendige Reparaturen, vielleicht mehr als bloß einen neuen Anstrich für die Fassade. Das Layout war einerseits sehr wichtig, aber auch die Höhe der Miete. „Es sieht außen etwas verwahrlost aus, aber im Inneren ist es gut erhalten. Ein ganzes Erdgeschoss mit vier Zimmer und zwei Bäder". Pablo nickte. „Es ist abhängig wie gut die Räume gestaltet sind und ob die Miete nicht zu hoch ist.

„Ich möchte dass du es dir ansiehst", sagte Jo. „Es ist nahe zum Art-Café, wenn du dort eine Ausstellung hast. Mit einem oder zwei Räumen, wo du deine Malereien ausführen kannst. Ganz ideal". Pablo musste ihr zustimmen. Es ging nun um eine erschwingliche Miete.

„Wenn der Agent es uns das Apartment zeigen wird, könnte ich eine schnelle Bewertung machen und auch die Miete verhandeln." Sagte Jo. Pablo bekam vertraut mit diesem Vorschlag von Jo und war von der Position des Apartments begeistert. Aber eine innere Stimme sagte: ‚Abwarten'.

„Ich zeige dir die Gegend, dann die Geschäfte und auch meine Wohnung, da ich nicht weit von hier lebe".

„OK, das wäre super", sagte er und dachte dabei an eine Chance ein Apartment zu kriegen, ohne des Risikos hintergangen zu werden. Er saß als aufmerksamer Beobachter im Auto, während Jo ihm die nächstgelegenen Geschäfte, eine Apotheke, ein Spirituosenladen, und ein sehr bekanntes Shopping Center zeigte. Jo fuhr die Voulagmeni Straße nach Glyfada und bog einige Male ab, Ihre Wohnung nur fünf Minuten Fahrtzeit entfernt. Auf einer Nebenstraße zur Hauptstraße fand sie einen Parkplatz genau vor ihrem Wohngebäude.

„Wir sind hier, folge mir!" Sie ging voran und entsperrte die Eingangstüre neben einem Schönheitssalon für Hunde. Der Lift, der Platz für drei Personen hatte brachte sie zum vierten Stock. Jo entsperrte die Eingangstüre und bat Pablo einzutreten. Ihr Apartment war geräumig und war farblich auf Erdtöne abgestimmt. Eine Wand war in einer hellen Elfenbeinfarbe gestrichen, erhellte den Raum und bot einen Kontrast zu ihren Holzmöbeln. Die gemütliche Stimmung gefiel Pablo, der im Gegensatz eine lausige Akkommodation hatte.

„Du hast ein nettes Apartment, Jo", war sein sofortiges Kompliment.

„Komm auf den Balkon", sagte sie und ging voran. Als Pablo auf den Balkon kam, war der plötzliche Panorama Blick, von den Bergen im Osten, bis zum Meer im Westen, atemberaubend. „Wow, das ist eine großartige Aussicht", kommentierte er, „es muss großartig sein von hier einen Sonnenuntergang zu erleben"

„Bleib wo du bist und setz dich, ich bringe etwas zu trinken". Pablo genoss die Aussicht und bald würde die Sonne im westlichen Meer untergehen, als würde sie ertrinken. Er spielte mit diesen Gedanken einer Illusion, als Jo mit einer Karaffe Wein erschien. Sie brachte zwei Gläser auf einem Tablett, setzte es auf den Tisch und schenkte den Wein ein.

„Zu deiner Gesundheit", prostete Pablo.

„Zu unserer Liebe", erwiderte sie.

„Zu unserer gesunden Liebe", erweiterte Pablo den Trinkspruch und beide mussten lachen. Tatsächlich, er musste mit Jo übereinstimmen. Sie waren ein gutes Team. Er wunderte sich wohin diese Reise ihn bringen würde, und ob er jemals ein verlässlicher Partner mit einer Frau werden könnte, da er vom Tod um seine große Liebe, Ana, betrogen wurde. Jetzt konnte er es spüren und schätzen was sie für ihn war. Aber ihr tragischer Tod hatte ihn verändert und in einen introvertierten Mann verwandelt, der sich nur wünschte, mit seinen Talenten erfolgreich zu sein.

Der Wein schmeckte ihm wie die meisten griechischen Weine. Dieser war leicht, trocken und sehr angenehm. Er war beschwipst. „Jo darf ich dich küssen?"

„Nicht hier, meine Freunde leben in der Nähe und schauen immer zu mir herauf. Mein Nachbar nebenan ist sehr neugierig und etwas seltsam seit ihr Ehemann sie verlassen hat".

„OK, lass uns hineingehen". Der Sonnenuntergang begann erst in einer Stunde, und sie könnten dies noch genießen, nachdem sie sich geliebt hatten. Oder so dachte er.

Ihr Schlafzimmer war gepflegt, ein Doppelbett mit einer hölzernen Kopfstütze und sanfte Farben herrschten vor. Die kürzere Wand war dunkelblau bemalt und hob die pastellfarbenen Vorhänge hervor. Er mochte ihre Farbgeschmack. Da man das Klimpern des Nachbarn hören konnte, flüsterte Jo Pablo ins Ohr dass er so ruhig wie möglich sein sollte, da auch die Trennwand von einer Mindestdicke war. „Komm", sagte Jo und nahm Pablo ins Badezimmer, auf der gegenüberliegenden Seite mit. „Hier sind wir nicht belauscht", sagte sie und seufzte, als ob ein Stein von ihrem Rücken genommen wurde. Pablo wunderte sich darüber, sagte aber nichts. Er wollte Jo keinesfalls aufregen. Sie hatte genug Stress seit der Trennung von ihrem Ehemann. In der Dusche passsten sie zusammen wie eine Hand im Handschuh. Mit dem bequemen Wand sitz war es eine interessante Idee, sich diesmal unter dem fließenden warmen Wasser zu lieben. Es war sein erstes Mal seit er sich mit Ana, in einer Nische im Archäologischen Museum, leidenschaftlich geliebt hatte. Aber damals war er so verrückt wie sie es war, und seine erotischen Ideen waren ziemlich ungewöhnlich, aber Ana liebte sie alle. Sie erregten sie riesig und schlussendlich erreichte sie endlich eine höhere sexuelle Befriedigung, die ihr für mehrere Jahre nicht vergönnt war. Nun war Jo an der Reihe und sie blühte dabei richtig auf. „Nun setz dich hin Pablo, lass mich auf dir sitzen", sagte sie und begann ihn zu reiten.

Am nächsten Tag traf Pablo Jo bei der Ioanni Metaxa Straße, einige Schritte von der Hauptstraße weg, wo sie auf den Agenten warteten. Ein älterer Mann erschien mit seiner deutschsprechenden Assistentin, namens Trudy. Sie hatten schon die Räumlichkeiten inspiziert und in Ordnung befunden, Iann de Agent bestätigte es. Er war eigenartiger Mann und Pablo mochte Trudy nicht, die ununterbrochen redete und dabei ihre Brüste schüttelte. Pablo inspizierte die Räume, prüfte die Rollläden vor den französischen Fenstern zur Terrasse und öffnete alle Armaturen in den Bädern und der Küche. Die Agenten waren amüsiert als Pablo die Toiletten spülte. Aber er hatte auf die harte Tour gelernt Gebäude zu inspizieren die für Bezugsfertig erklärt waren, als er noch in Joburg arbeitete. Zufrieden mit dem Interieur, erkundigte er sich über die Miete und die durchschnittlichen Betriebskosten, als der Vermieter erschien. Verhandlungen waren einseitig, da weder er noch Jo angehört wurden, da Iann sich auf die Seite des Vermieters stellte, seinem Klienten, einem dunkelhaarigen Mann im mittleren Alter, der ein Rechtsanwalt war. Die Miete war zu hoch angesetzt und Pablo ersuchte Jo ihnen dies auf Griechisch mitzuteilen. Er bat um Berücksichtigung des alternden Hauses, einigen feuchten Stellen in den Außenmauern des Hauses und die schäbige Erscheinung der Hauptfassade. Der Hausherr versprach dies zu verbessern, und Pablo mit Hilfe beizustehen um die Kästen erdbebenfest an den Wänden zu verankern. Auch würde er mit dem Hängen der Lampen helfen. Nach einer intensiven Verhandlung von einer Stunde konnte Pablo die Miete um zehn Prozent herunterkriegen, und die Hilfe des Rechtsanwaltes beanspruchen für eine permanente Residenzerlaubnis, bei der lokalen Dienststelle für auswärtige Angelegenheiten, zusätzlich zu seiner Möblierungshilfe

„Du hast eine gutes Abkommen fertiggebracht", sagte Jo, „und du verhandelst wie ein Grieche". Sie lachte und Pablo freute sich.

„Ich lerne schnell", sagte Pablo. „Morgen kommt schon mein Container aus Joburg an, so bin ich nun bereit einzuziehen und mir ein zuhause zu gestalten". Jo rührte sich. „Ich helfe dir die Böden, die Rollläden, und die Bäder zu reinigen bevor du einziehst und die Möbel stellst". Was für ein Schatz Jo war, dachte er. „Danke Jo, ich schätze alle Hilfe die ich kriegen kann".

„Ich werde auch meine Freundin fragen, sie ist erfahren mit Wohnungswechsel" Pablo lächelte. Der Beginn sich in seinem neuen zuhause niederzulassen hatte erfolgreich gestartet.

5.

Die Transformation von vier weißen Räumen in ein bewohnbares Zuhause war spektakulär. Der Transporter traf mit seiner Habe an und die Möbelpacker machten gute Arbeit. Er überwachte die Aufstellung und das Platzieren der Möbelstücke, die auf den Terrazzofußböden, gesäubert von Jo und ihren Freundinnen, aufgestellt werden konnten. Das Timing war genau richtig. Für ihn war am wichtigsten dass alle seine Malutensilien intakt waren. Er stellte seinen Arbeitstisch in sein zukünftiges Studio, und da er noch keine Tische besaß, stellte er seinen Desktop Computer und Drucker auf den Fußboden. Bald hatte er etwas Geld und würde einige Montagemöbel von Ikea kaufen. Diese Firma verwaltete ein Warenhaus in Flughafennähe. Einstweilen stellte er seine Couch in das Wohnzimmer und dazu zwei Stühle auf einem Teppich. Mit der Zeit würde er die Räume nacheinander einrichten. Der Speisesaal benötigte einen großen Tisch, den er auch für das Malen seiner großformatigen Bilder nutzen konnte. Es gab zwei Schlafzimmer, eines davon würde er als Gastzimmer nutzen, da es auch als eine En-Suite-Einheit gestaltet war, mit einem eigenen Eingang durch die Küche und hintere Terrasse.

Jo gefiel seine Idee der Raumnutzung und sie half Pablo es komfortabel einzurichten. Der G-Mann hatte seine Malereien akzeptiert und fixierte eine Vernissage in zwei Monaten. „Ich werde für dich kochen, während du dich für deine Ausstellung vorbereitest", sagte Jo. „Mach dir keine Sorgen, arbeite nur für deinen Erfolg in der Kunstwelt". Er lächelte. Jo verstand seine Mission und dem Drang mit dem er voranging und hartnäckig daran arbeitete, damit er etwas Ruhm in der Griechischen Welt der Kunst erreichen könnte. Aber er dachte auch über Jo nach.

„Hör zu meine Liebe, Ich werde mir immer Zeit nehmen dir mit deinen Erledigungen zu helfen". „Danke Pablo", sie strahlte.

„Jo, versuchen wir deine Erledigungen in den späten Morgenstunden zu tun, gleich nachdem ich aufstehe". Er dachte dass er doch spät in die Nacht hinein arbeitete, da oft der Fluss seiner Kreativität sich zeitaufwendig schlängelte. Außerdem war es ruhig in der Nacht und er konnte sich konzentrieren. Jo verstand Pablo, oder jedenfalls schien ihm dies so. Sie würde niemals klagen, sondern helfen wo immer sie konnte, da sie wusste dass eine Menge Geld für seine Ausstellung nötig war, besonders für seine erste in Athen: Im Art-Café, unter dem bekannten Porträt von Che Guevara, mit G-Mann als Kurator, der als glanzvoller Doktor und als Sponsor unbekannter Künstler sich einen Namen gemacht hatte.

Pablo kaufte sich einen Satz Wasser- und Acrylfarben. Jo half ihm. Sie fuhr mit ihm in die Stadt zu einem guten Laden für Künstlerbedarf, in der Nähe des Archäologischen Museums. Pablo kaufte Papier für Aquarelle und dazugehörige Pinsel. Er konnte sich in eine unglaublich kreative Rille einrichten, konsumierte Wein und Spirituosen und arbeitet bis zur Erschöpfung. Der kreative Bazillus hatte ihn gebissen, und G-Mann spornte ihn an und sprach von 20 Aquarellen, die er auszustellen hatte. Pablo der den Raum im Kopf hatte, sah dass 30 Bilder Platz hätten. In den Nächten skizzierte er seine Themen für abstrahierte Zeichnungen und integrierte Gruppen von Gliedmaßen, Gesichtern, Pflanzen, Symbolen, Vögel und Menschen. Niemand in der Kunstwelt vom G-Mann hatte solche Zeichnungen und Aquarelle jemals gesehen. Jeder wollte wissen wo er diese fantasievollen Formen herhatte. War er auf Drogen? Pablo lachte, schloss sich ein und arbeitete wie besessen. Fünf Wochen später waren seine Arbeiten fertig und G-Mann gab ihm einen Kontakt eines früheren Patienten, der Bilderrahmen fertigte.

G-Mann mochte Pablos Aquarelle und freute sich ihn auszustellen. Jedoch der drahtige Rahmenmacher aus Piräus verhunzte das fachgemäße Rahmen der Aquarelle, indem er sie auf eine Hartfaserplatte Klebte. Pablo hatte sich auf seine erste Ausstellung gefreut, hatte aber am Abend seiner Vernissage Ameisen in seinem Bauch, durch sein Manko an Wachsamkeit und seiner Unerfahrenheit mit dem Albanischen Rahmer. Der Mann hatte keine Probe eines eingerahmten Aquarelles geliefert. Da die Zeit knapp wurde, vertraute Pablo dem ‚Mann aus Draht' seiner Methode zu rahmen, da er annahm dass der Mann wusste was er tat. Zumindest sagte er es und pries seine erfolgreiche Methode zu rahmen an

Am Abend vor der Vernissage kam Jo zu Pablo. Sie Hatten einige Drinks um die Schmetterlinge im Magen zu beruhigen. Als sie zum Art-Café kamen, war schon eine Gruppe Interessierter versammelt. Eine Amateurband spielte einige populäre Lieder und wechselte langsam zu einer Improvisation mit Jazzklängen. Alles war gut, oder so fühlte es sich an. Elena servierte Drinks und Pablo bestellte Scotch. Jo nahm ein Glas Wein. Sie hatte ihre

Freundinnen eingeladen und auch Bekannte aus ihrer unmittelbaren Nachbarschaft. Viele kamen und Jo begrüßte
sie alle. Einige stellte sie Pablo vor.

Generell war die Aufmerksamkeit der Besucher kurzle-
big. Die meisten gingen herum, sahen sich, mit einer plötzlichen Neugierde, einige Aquarelle an, aber sie konnten
nicht viel mit den Malereien anfangen, da Pablo ihre Kom-
mentare hören konnte. Da ihr Kunstverständnis auf rein fi-
gurale Darstellungen und Ansichtskarten-Stil fixiert war,
war es ihnen unmöglich zu verstehen was Pablo mit seinen Malereien erreichen wollte. Manche Besucher mein-
ten dass seine Aquarelle wie Drucke aussahen und nicht
wie originale Aquarelle. Das war alles. Niemand hatte die
mystische Qualität von Pablos Arbeiten gesehen oder erwähnt, obwohl er diesen Aspekt auf den Flyer erwähnt
hatte, die Elena für ihn produziert hatte. Jeder Besucher
nahm sich eine. Zumindest hoffte Pablo einige Aquarelle
verkaufen zu können, aber er verkaufte kein einziges. Innerlich war er aufgewühlt.

Pablo trank in dieser Nacht, abgekämpft von seinem
Schöpfungstrieb, der so kleinlich und mit einem negativen
Resultat behandelt wurde. Pablo grübelte über G-Mann
nach. Dieser erschien ihm als ein nicht engagierter Ver-
markter, obwohl er mit bunten Sätzen über seine große
Anzahl von Klienten gesprochen hatte, die regelmäßig Gemälde von seiner Gallerie erwarben. Pablo hatte keinen
einzigen Sponsoren bei seiner Vernissage getroffen. Natürlich war er selbst kein Grieche. Konnte er es wohl erwarten, in dieser Stadt von reichlicher Kunst und einer My-
riade von Künstlern, bekannt zu werden? Er fiel in sein gut
bestelltes Bett und schlief für zwei Tage.

Jo kam und tröstete ihn. Ihre Liebe hielt ihn am Leben
und vor dem verrückt werden. Langsam erholte er sich.
Elena hatte ein wunderbares Plakat verfertigt, welches auf

A4 Blattgröße zusammenfaltbar war, und einige seiner Aquarelle beinhaltete. Eine Freundin von Joe lud Pablo ein, seine Werke demnächst in ihrer Privatgallerie auszustellen.

Die Gruppe der Aussteller wurde mit Aurora, einer amerikanischen Künstlerin und Kunsthandwerkerin, bekannt. Auch ihre Freunde kamen. Sie stellten selbstentworfene Schmuckstücke und Kunsthandwerk aus. Pablo war der einzige kontemporär-visuelle Künstler. Er lernte Val kennen, eine junge Frau, die an Kunst interessiert war. „Ich arbeite in einer Gallerie in Marousi“, sagte sie und lud ihn und Aurora, die auch malte ein, in der Gallery auszustellen.

„Nun, wenn wir uns die Gebühren deiner Arbeitgeberin leisten können, dann kommen wir“, sagte er und Aurora stimmte überein.

„Sie gibt euch einen guten Preis für eine Ausstellungsfläche von 3-5 m2“, sagte sie zu Pablo. „Sage ihr, dass ihr von mir kommt“. Sie gab Pablo ihre mobile Telefonnummer und die von der Galerie.

„Danke Val, dass ist sehr nett von dir“, sagte Pablo und erfreute sich sie näher zu betrachten. Val merkte Pablos Interesse. Sie sprach so oft wie möglich mit ihm, war immer bereit in seiner Nähe zu sein, während er ihr Interesse nicht nur auf physischen Kontakt mit ihm weckte, sondern auch mit Konversation über Kunst. Er unterhielt sich mit ihr für eine lange Zeit. Aurora, die Val ersucht hatte, ihr mit ihrer Webseite für Kunstausstellungen ihrer Freunde und Bekannten zu helfen, wurde zusehends eifersüchtig und begann sich zwischen ihnen zu zwängen, stets Val mit irgendeinem Vorwand von Pablo wegzukriegen, da sie ihr etwas ausdrucken musste, oder die Daten aller Teilnehmer auf ihrer Webseite zu ergänzen hatte.

Pablo sprach seine amerikanische Kollegin an, lobte ihre Bemühungen intuitive-abstrakte Malereien zu produzieren, indem sie die Pollock-Maltechnik ganz sicher anwandte. Sie war ein Ästhet und dadurch konnte Pablo sich auf ihre Arbeiten als Fotografin und Künstlerin beziehen. Melany interessierte sich für eine von Pablos Novellen. Er hatte drei Novellen, in englischer Sprache, zu verkaufen, die in den USA gedruckt waren. Melany bevorzugte *The Informer,* einen Thriller, der über einen Künstler handelt, der sich in einen PI – einem Privatdetektiv – verwandelt. Aber sie beabsichtigte einen Tausch. Pablo wählte eine Fotografie, in der sie das Farbspiel von Licht und Schatten auf Felsen unter Wasser eingefangen hatte.

Eine rassige Mexikanerin, die Schmuckstücke, selbstgefertigte Geschmeide und mexikanische Souvenirs ausstellte, erkundigte sich über seine Bücher. Er resümierte für sie jeweils den Inhalt und sie kaufte, *The Greek Muse,* da das Hauptmotiv dieses Romans Menschenopfer darstellte, die der Antagonist von uralten Maya Ritualen nachempfand. Sie zahlte in bar. Pablo war begeistert, schließlich hatte er doch einige seiner Novellen und Romane verkaufen können. Einige Kopien blieben ihm noch. Später, als Wein eingeschenkt wurde und sich eine feierliche Stimmung durch alle Teilnehmer verbreiterte, machte Pablo seine Runden um alle Aussteller persönlich zu treffen. Eine junge blonde Frau wetteiferte mit den Ausstellern um ihre Strickwaren zu verkaufen, die sehr originell waren, aber doch viel zu heiß für den milden Winter in Griechenland. Es erinnerte Pablo an das ähnliche Klima in Johannesburg.

„Ist sie nicht reizend?“ Die blonde mit dem Sexappell zeigte auf eine junge griechische Frau. Pablo dachte sie sei ein Kind mit Charakteristika einer Frau. Hübsches Gesicht mit einem unschuldigen Lächeln, aber mit der -Modellfigur einer Frau. Sie stand mit ihrer Schwester bei einem Tisch und verkaufte bemalte Kieselsteine. Abgerundete Steine jeder Form und Größe, mit griechischen Wörtern bemalt, manche sogar mit Portraits. Pablo sprach sie an und verliebte sich sofort in sie. Es war unmöglich sich nicht in sie zu verlieben, jeder wollte sie. Ihr Name war Maria und die Frau neben ihr, die Pablo als ihre Schwester glaubte, war ihre Mutter. „Wow!" sagte er erstaunt zu ihr, du bist mit außergewöhnlichen Genen der Schönheit gesegnet. Er mochte Mutter und Tochter und sagte es ihnen. Sie hatten eine angenehme Zeit mit Späßen und mit zuprosten zu ihrer aller Gesundheit. Pablo kaufte Maria einen ‚Lieblingsstein' ab den er auf seinem Schreibtisch stellen wollte. Maria übersetzte ihm den aufgemalten Text:

Η αγάπη που νιώθεις στην καρδιά σου είναι το πιοσημαντικό πράγμα στη ζωή –

‚Liebe die du in deinem Herzen fühlst, ist das Wichtigste in deinem Leben'. Süße Maria. Er verehrte sie.

Sogar hier, in Auroras privater Gallerie, gab es nur wenige die Pablos Kunst verstanden. Er sah sich selbst als einen Außenseiter, durch seine Erfahrungen und seiner Entwicklung im kreativen Prozess, dem er sein ganzes Leben lang widmete und der sich in seinen Zeichnungen, Aquarellen, und Malereien wiederspiegelte wünschte er sich alle diese konzipierten Erfahrungen auf Leinwände zu transferieren, die er in einer der hundert Galerien Athens ausstellen wollte.

Seine Malereien im Art Café mussten nun in vierzehn Tagen abgenommen werden. Er fragte Jo für ihn als Model zu sitzen, da er ihr Portrait malen wollte. Er hatte vor sie zu malen, seit dem Tag als sie sich das erste Mal physisch liebten, aber dann wurde sein Leben hektisch mit der Vorbereitung und Administration seiner beiden Ausstellungen.

Die eine im Art Café, musste er bereits in einer Woche abnehmen. Jo half ihm seine Aquarelle in seine Wohnung zu transportieren, wo er zum Glück genug Platz zum Speichern hatte. Möglicherweise würde er einige davon an seine leeren Wände hängen. Es gab genug freien Platz an den Wänden.

Er saß mit Jo zusammen, ein Glass Wein in der Hand, und sie wählten die Aquarelle aus die an bestimmte Wände zugeordnet wurden. Er ließ die Wandflächen leer, an die er die Bücherregale für die 1000 Bände bestehend aus Literatur, Kunst, Archäologie und Poesie stellen wollte, die er über seine Jahre in Südafrika gesammelt hatte. Dies musste er angehen, wenn er seine Ausstellungen abgeschlossen hatte, und fünf Zeichnungen und zwei Malereien zur Marousi Galerie geben würde, wo Val arbeitete.

Jo schlug Pablo vor, endlich eine Pause einzuschalten. Sie wollte schwimmen gehen, da der Wind vom Land zur See wehte, und daher das Meer sauberer war als umgekehrt. „Wir könnten einen Strand finden der Privatheit bot und nackt baden". Pablo liebte das. „OK, gute Idee, Jo, aber solange keine Quallen herumschwammen".

„Nein, sorge dich nicht, Ich kenne die Strände hier". Jo lächelte über seine Furcht vor Quallen. Das aktuelle Thema war eher die Sorge über das verschmutzte Meereswasser durch den Bootsverkehr, als alles andere, dachte sie, sagte aber nichts. Die Einheimischen hatten ihre eigene Beurteilung wann das Schwimmen noch erträglich war. Jo hatte ihre Kontakte und überprüfte jedes Mal bevor sie zu einem der naheliegenden Strände fuhr.

„Natürlich ist es nicht wie auf einer der Inseln, aber dennoch angenehmes Meerwasser, ohne Quallen". Sie lachte und Pablo war verlegen. „Nimm deine Badehose für den

Notfall mit“, beendete Jo ihre Erfahrungen mit dem Schwimmen in der Meeresnähe zu Athen.

„OK, werde ich machen“. Pablo nahm ein Badetuch mit einem Tigermotiv und seine schwarze Badehose mit. Er erinnerte sich plötzlich. „Der Wein!“ Er nahm eine Flasche vom Kühlschrank und steckte es in eine Kühltasche, nahm seinen schwarzen Sportsack, gab noch einige Nüsse und Kekse zusammen mit der Kühltasche hinein, dann Badehose und Badetuch. Sie gingen vor die Tür und er versperrte die Eingangstür, während Jo schon zu ihrem metallblauen Saburu zuging, aufsperrte und Pablo sich neben ihr platzierte. Er liebte diese Intimität, nahe zu ihr zu sein, seine Hand ihr Knie berührte und sich auf ihren Schenkel hinaufbewegte. Jo war an seine erotische Aufmerksamkeit gewöhnt, es lenkte sie nicht ab solange seine Berührungen sanft waren. Schon vom ersten Augenblick als er sie berührte, hatte sie mit ihm dies festgelegt. „Du machst das sehr gut Pablo“, lobte sie die Erkundungen ihres Oberschenkels während sie ihr kompaktes Auto lenkte.

Die kurze Fahrt zur unteren Küstenregion von Voulagmeni war ein Vergnügen mit ihr. Jo war eine außergewöhnlich gute Autofahrerin, trotz ihres Handikaps, aber vielleicht dadurch. Ihre Konzentration war notwendig. Man musste plötzliche Manöver griechischer Fahrer vorhersehen, die vollkommen zerstreut waren und mit ihren Gedanken irgendwohin abschweiften.

Jo fuhr langsam zu einer Erweiterung der Straße, wo die Badenden gewöhnlich ihre Autos parkten und dann zum Strand hinunterliefen. „Nicht mehr dieser heute“, als sie auf den Strand blickte und weiter fuhr. Nach dem dritten Versuch stoppte sie. „Schau doch, dieser Strand ist geschaffen für Verliebte“. Pablo stieg aus ihrem Auto und ging auf den Teil zu wo die Straße zum einem Pfad führte, der sich zum Strand hinunterschlängelte. Der sandige

Streifen war frei von Badenden und das Meer sah genauso blau aus wie der Himmel. Es war äußerst schwierig das Ende des Meeres und den Beginn des Horizontes zu unterscheiden. Er kam zu Jo zurück. „Es ist super hier". Jo parkte ihr Auto nahe einer Gruppe von Bäumen, damit ihr Auto später etwas Schatten von der Nachmittagssonne erhielt. Sie nahmen ihre Sportsäcke und gingen gelassen zum Strand hinunter. Jo folgte Pablo, der ihr behilflich sein könnte wenn sie mit ihrer Balance nicht zurechtkam. Nach fünf Minuten öffnete sich eine Bucht. Sie standen unter einer Pinie. „Wir bleiben hier", sagte Jo, „niemand kann uns von oben sehen, und wir hören wenn sich jemand nähert".

Sie legten ihre Badetücher nebeneinander und entkleideten sich. Pablo, angeregt den üppigen Körper von Jo zu berühren, drückte sich an sie. Es war besonders aufregend Liebe am Strand zu genießen, in der Mitte von Natur und ohne die geringste Sorge in der Welt.

„Dies", seufzte Pablo „ist wohl das Süßeste der Dinge, Manna von den Göttern". Er begann an Jo zu nibbeln und sie schlussendlich ‚aufzuessen', als sie sich völlig ausgestreckt hatte.

6.

Elena rief Pablo an und erkundigte sich, ob er an einem Workshop für Kunst teilnehmen wollte. G-Mann hatte Zoran, einen serbischen Künstler, aus Belgrad, eingeladen, der ein Workshop im Art Café halten wollte. Pablo meldete sich sofort an. Er wollte eine Konfrontation mit der Entwicklung seines eigenen Stils, wert einer Diskussion mit einem anderen Künstler, aber die Gebühr war sehr hoch.

Bis zum Start des Art Café Workshops hatte Pablo schon einige Leinwände gemalt, die er von seinen Skizzen entwickelt hatte und mit Wasserfarben ausführte. Am ersten Nachmittag des Workshops kam Pablo etwas spät. Die meisten Plätze an Tischen waren schon mit Teilnehmern besetzt, meistens mit jungen Frauen. Pablo wählte einen Platz beim Fenster, neben einer sexy Frau mit dunklen Haaren, gutaussehend und mit dunkelbraunen Augen.

G-Mann eröffnete den Workshop mit Musik und tanzte mit allen Teilnehmern, auch mit einem überraschten Pablo. G-Mann wisperte in sein Ohr, dass die Frau neben ihm sehr sexy ist, und obwohl verheiratet, sicher ein sehr guter Fick ist. Pablo richtet seinen Arbeitsplatz ein, und setzt sich sofort an die Arbeit seine Leinwand, die er schon zuhause präpariert hatte, zu bemalen. Der Workshop Leitende, Zoran, erschien. Pablo dachte dass er sehr arrogant wirkte. Sein Malstil, ausgestellt durch einige Leinwände, um die Bar des Art Cafés gehängt, beeindruckten Pablo überhaupt nicht. Aber dann sind Künstler doch Individualisten und kämpfen für ihre persönliche Art, Kunst auszudrücken. Zoran korrigiert die Malerei von ‚Superfrau‘, die sexy Frau neben ihm. Ihre Freundin, Martha, neben ihr, war über Zorans Mangel an Sensibilität entsetzt. Pablo musste ihr zustimmen, aber er malte weiter und zwinkert mit keinem Augenlid zu Zoran. Er bleibt besser weg von mir, denkt er und verlässt seinen Platz um Mario zu besuchen, der mit wilden roten und schwarzen abstrakten Malereien an seine eigenen Arbeiten während seiner Studienjahre erinnert.

Zoran hat Pablo noch nicht geärgert, und wenn er etwas über Kunst erwähnte, entgegnet er mit seinen eigenen Definitionen. „Alles ist Kunst“, sagte Pablo, als Zoran den Künstlern im Workshop einprägen möchte was nach seiner Meinung Kunst ist. „Ja“, stimmte Zoran überein, „aber da gibt es Techniken und Stile". Pablo antwortet mit seiner Idee von individueller Entwicklung. Zoran wird ihm nichts beibringen, denkt Pablo. Schade dass er schon die Teilnahmegebühr bezahlt hat. Jedoch will Elena ihm hie und da ein Bier servieren, da es unglaublich heiß in Athen ist, besonders im July. Das würde seine Bezahlung, für diese unglaubliche intolerante Behandlung von Zoran, etwas ausgleichen. Hie und da prüft G-Mann den Fortschritt seiner Workshop Teilnehmer. Pablo hat nach einer Woche schon drei Leinwände ausgestellt, die er bisher dort gemalt hatte. Die meisten Frauen in der Gruppe, auch Superfrau in enganliegender Schwarzer Kleidung mag Pablos Stil und Fantasiekunst, wie sie es nennt. Als der Workshop vorbei ist und Mario mehr Zeit hat, ladet ihn Pablo auf ein Bier ein. Mario unterrichtet Kinder und seine Gruppe ist erfolgreich, bemerkt Pablo. Er ist sicherlich ein besserer Lehrer im Vergleich zu Zoran, dem akademischen Maler, der stolz auf seine akademisch-basierten Leistungen ist und diese Pablo erklärt, der den anmaßenden Mann nicht mag, der täglich seinen Krug Lagerbier beansprucht, aber den anderen Künstlern ein freies Beer bestreitet. Er beklagt sich bei G-Mann über sein missbrauchtes Privileg, das nur ihm täglich einen freien Drink gestattet. Mario und Pablo werden Freunde und halten ihrer Position als unabhängige Künstler stand. Sie wollen auch von Zoran, dem akademischen Maler, respektiert werden, diesem geschmeidigen Operator, der seine Intrigen ausdenkt und gegen Mario und Pablo anwendet. Nun, an einem seiner letzten Handlungen unterrichtet Zoran die Ehefrau eines lokalen Fußballstars in abstrakter Kunst. Mario hat sich in seine Ecke zurückgezogen um seine Kinder zu belehren. Pablo beobachtet wie Zoran Gebühren von der untalentierten Frau herausholt, die glaubt über Nacht eine Künstlerin zu werden. Zoran organisiert eine

Ausstellung für sie, und hilft ihre großformatigen Leinwände fertigzustellen Viele Besucher, Art-groupies, Kunstfreunde, und ihre Frauen und Freundinnen erscheinen. Zoran hat die Presse und Photographen eingeladen. Während die Party immer lauter wird, ehren die Kollegen des Olympiacos-Teams die Frau eines ihrer Mitglieder zu ihrer ersten Kunstausstellung. Gut. Pablo hat sich einen Platz an der Bar gesucht, wo Elena ihm Wasser serviert. G-Mann erscheint und sagt Elena sie sollte doch Pablo servieren was er trinken möchte. Er bestellt sich einen doppelten Whisky und sie lässt die Flasche neben ihm stehen, da sie sich um die zahlenden Gäste kümmern sollte. Natürlich. Pablo ist niemals durch Trivialitäten verletzt, nur wenn jemand seine Kunst unberechtigt kritisiert, besonders jemand, der keine Ahnung über Kunst hat. Dann wird Pablo zu einem Tiger der seine Reißzähne und Krallen zeigt.

Mario erscheint und hat mit ihm einen Drink, aber sein Ego ist, durch eine Konfrontation mit G-Mann, etwas verbeult, trotzdem Pablo mit ihm einige Drinks hat. Mario lädt Pablo in seine Wohnung ein wo er einen Drink besser verträgt. „Nun Mario, lass uns diese Flasche zuerst austrinken", sagt Pablo, „dann können wir Kaffee bei dir trinken". Mario entschuldigt sich, er möchte seine Freundin begrüßen, die gerade mit einem Fußballspieler erschienen ist. Es bedeutet Pablo nichts, da er sich von Jo vernachlässigt fühlt, die zu einem Familiendiner eingeladen war. Er flirtet mit Elena, aber sie ist an einer romantischen Affäre nicht interessiert Mario kommt zurück und nimmt Pablo auf seinem Motorrad zu seiner Wohnung mit.

„Setzen wir uns. Lass uns etwas trinken". Sagt Mario, öffnet seinen Tabakbeutel und rollt einen Joint. „es ist gute Ware", versichert er Pablo, der einen Zug versucht als Pablo ihm den Joint offeriert. In kürzester Zeit lachen und

Scherzen sie. Es läutet an der Tür. „Ah", ruft Mario, „es sind die Mädchen". Er begrüßt die zwei jungen Frauen, und stellt sie dann Pablo vor, der sich nicht an ihre Namen erinnern kann. „Wir wollen sie malen", sagt Mario und dreht Musik auf. Die Girls ziehen sich aus. „Ihr Lieblinge seht wunderschön aus", singt er zu der sanften Jazzmusik. Die Frauen nehmen ihre Positionen ein und Mario holt zwei Skizzenbücher aus der Lade, wovon er Pablo eine gibt. Dann öffnet er eine Schachtel auf dem Teetisch und Pablo nimmt sich einen schwarzen Stift.

Die zwei Künstler arbeiten fieberhaft und zeitweise adjustieren sie die Posen der Modelle. Das zierliche Model, Afroditi, wird ihrem Namen gerecht. Sie ist hübsch und ihr Körper ist gut proportioniert, ihre Brüste sind schön geformt und ihr Gesäß ist birnenförmig, genauso wie Pablo es vorzieht. Er hatte es vorgezogen Afroditi zu zeichnen, obwohl er eine Komposition mit beiden Modellen fertigt. Mario bevorzugt das andere Modell, mit kleinen straffen Brüsten und einem festen apfelförmigen Hintern. Nach einer Stunde Aktzeichnen stoppt Mario die Sitzung und ladet die Mädels auf einen Drink ein. Sie sitzen zusammen und plaudern, studieren die Zeichnungen der Künstler und kommentieren. Mit mehreren Drinks ändert sich die Szene vom Schauen und Scherzen zu verliebten Wortwechseln. Mario erhebt sich und ermuntert alle ihm zu seinem Schlafzimmer zu folgen. „Ich habe nur ein großes Bett, aber wir sollten alle gut hineinpassen". Die Mädels kichern, Pablo umarmt Afroditi und lobt ihre Schönheit. „Mit so einem Namen werde ich Schönheit kosten, gerade wiedergeboren von der Schaumkrone des Meeres".

„Oh, du bist ein Poet!" Sie nimmt einen Schluck vom Raki.

„Tatsächlich, besonders wenn mich so eine liebliche Muse hochhebt". Pablo lacht und Afroditi zieht sein Hemd aus. „Wir werden jetzt sehen was sie hier findet". Sie fallen ins Bett, neben Mario und seinem Model. „Hintern zu Hintern und Haut zu Haut…"Afroditi küsst ihn und stoppt sein poetisches Murmeln. Sie werden zu einem Quartett, Pablos erste solche Erfahrung. „ich liebe euch alle". Pablo seufzt als Afroditis Lippen sich an seinem ausgestreckten Körper hinunterbewegen.

Pablo erwacht in der Nacht. Arme und Beine sind überall. Er weiß nicht wie alles zusammengehört, aber er spürt dass er mit dem anderen Mädel liegt, die ihren kecken Hinterteil gegen seinen Penis drückt. Durch das Schlafen hat Pablo wieder Energie getankt und von Marios frischem Joint hat sich seine Begierde gerührt. Er hat sich über die griechische Art des Liebesakts informiert, und was er hier erlebte war eine kleine Orgie. Wie schon sein Freund in Südafrika sagte: Jeder sexuelle Begegnung mit mehr als zwei Personen ist eine Orgie. Nun ja, lachte Pablo. Er liebte es. Noch nie in seinem Leben hatte er diese sexuelle Freiheit und Freimütigkeit mit jungen Leuten erlebt, wo Liebe machen, sich natürlich von einem Abend über Kunst, Freundschaft und das Teilen von Begierden, entwickelte. Ganz sicher hatten Marios Joints für zusätzliche Stimulation gesorgt, sozusagen die Zuckerglasur auf dem Kuchen. Er flüsterte zu Afroditi, aber es war das andere Mädel, Ife. Jetzt erst erinnerte er sich und neckte sie. „Magst du es gewellt?"

„Du meinst auf griechische Art?" Er hatte darüber viel gehört, aber niemals die Gelegenheit gehabt eine geeignete Partnerin dafür zu finden. Ife war heiß, die Joints hatten einen großen Effekt auf ihre Libido geübt. „Ife, Liebes…" gurrte er als sie ihr Hinterteil an ihn drückte. Lust hatte für ihn eine neue Ebene erreicht. Nach dieser Liebesnacht würde er nie mehr derselbe sein. Mario war eingeschlafen und Pablo genoss beide Frauen in Reihenfolge, und zusammen. Sie schienen nie Müde zu werden, aber er wurde es und fiel in einen erlösenden Schlaf.

„Kalimera Pablo!" Er rührte sich und wachte auf. Er war allein im Bett. Mario hatte Kaffee gekocht und ein Frühstück vorbereitet. Wow! Er war hungrig, und seine Augen hatten Schwierigkeiten mit dem Fokussieren. Er ging ins Bad und duschte sich ausgiebig, zuerst heiß, dann kalt. Langsam kehrte er zum Erdboden zurück. Er gesellte sich zu Mario auf die Terrasse. „Kalimera Mario, ti kanis?" begrüßte er ihn auf Griechisch, mit der üblichen Ansprache die er sich gemerkt hatte. „Kalo, kalo, Pablo", erwiderte Mario und schenkte schwarzen Kaffee in seine Tasse ein. Pablo setzte sich und nippte an dem erfrischenden und vitalisierenden Getränk. Er brach sich ein Stück von einer Koulouraki ab, aber es war der starke Kaffee nach dem sein Körper verlangte.

Als sie ihr Frühstück beendet hatten, wollte Mario mit Pablo in die Stadt fahren um einen Freund zu treffen, der für die Galerie der Akademie der Schönen Künste verantwortlich war. „Du wirst diesen Platz mögen", sagte er, „warte nur bis du dort die magnetischen Kräfte der Akropolis verspürst". Pablo absorbierte Marios lebendige Beschreibungen dieses magischen Platzes, wo die Gebäude der Galerie situiert waren und magische Kräfte auf den ausstellenden Künstler ausübten.

Mario fuhr in einer halben Stunde zum Plaka Bezirk, ortskundig der kleinen Straßen und schmalen Fahrbahnen, die unter dem Labyrinth der Anafiotika ein kompliziertes Verkehrsmuster webten. Ein paar Blocks von Monastiraki, vorbei an der Römischen Agora, zeigte die schmale steile Panos Straße, mit einem Schild über den steinverkeideten Eingang ‚EPASKT' an. „Wir sind hier", sagte Mario und stellte sein Motorrad nahe dem Eingangsportal ab.

„Wir müssen von hier bald weg", sagte er, "aber ich zeige dir schnell die Galerie". Vom Eingang stiegen sie über ein paar Stufen zum Anfang des Innenhofes, mit einem riesigen einheimischen Baum, hinter dessen weitverzweigten Ästen einige Zypressen in den Himmel wuchsen. Mario hatte schon gesagt, dass dieser Platz eine magnetische Kraft ausströmte, und man dies spüren könnte, welche vom ‚Heiligen Felsen' – Der Acropolis – ausging.

„Wir sollten an einem Abend hierher kommen", murmelte Pablo. Mario ging auf den Mann zu der die Galerie führte. „Das ist Iannis", sagte er und Pablo gab ihm seine Hand. Während die Freunde sich besprachen besuchte Pablo beide Gebäude, die dem Hof einsäumten. Eine Ausstellung war zu sehen. Der Künstler hatte sein Curriculum im Erdgeschoß des ersten Gebäudes, in der Nähe der Bar, angeschlagen. Pablo ging die Treppen zum ersten Stock hinauf und sah sich die Gemälde an. Es waren interessante abstrakte Gemälde in blassen Farbtönen gehalten, als ob sie Details von einem alten Putzfurnier enthalten würden. Erst dann konnte er den griechischen Namen von Mario sehen und wusste instinktiv dass es seine Ausstellung war.

Im zweiten Gebäude, auf der anderen Hofseite wurden einige Räume benützt um Bildhauerei zu unterrichten, während im ersten Stock waren die einst einzelnen Räume zu einem einzigen großen Raum geöffnet worden. Dieser Raum war ideal für ein langes großes Gemälde, oder für eine Serie von größeren Leinwänden. Pablo schritt die Länge und Breite des Raumes ab und notierte die Maße in sein Taschennotizbuch. Dann vermaß er auf dieselbe Art den zweiten Block, wo er dachte dass er Zeichnungen hängen würde, da die Räume kleiner waren. Mario kam zu ihm hinauf. „Wie findest du die Räumlichkeiten?"

„Ich denke sie sind großartig. Ich sehe es sind Malereien von dir". Mario lächelte. „Ja, ich muss diese abhängen, da eine neue Ausstellung kommt". Sie unterhielten sich über Methoden der Präsentation in diesen Räumen. Mario hatte seine Leinwände ohne Rahmen an die Wände genagelt. „Es ist eine billige Methode", lachte er und steckte sich eine Zigarette an.

„Allerdings, sehr genial". Pablo gab ihm einen Klaps auf seine Schulter.

„Ich habe mit Iannis gesprochen, er nimmt dich in zwei Monaten". Pablo lächelte. „Das ist eine großartige Nachricht, Mario! Danke". Mario nahm einen Zug an seiner Zigarette. „Sichere Sache", sagte er und blies den Rauch aus. „Du bist ein bemerkenswerter Künstler, Mario". Pablo bedankte sich und ging die Treppen hinunter die zur Bar führten. „Ich möchte dir einen Drink kaufen". Bei der Bar, mit Iannis gegenwärtig, servierte eine junge Frau den Besuchern Drinks. „Was wollt ihr beide haben?" Fragte Iannis. „Zwei Biere", bestellte Pablo.

Sie nahmen ihre Getränke und setzten sich in den Schatten des riesigen Baumes. „Eine Platane", murmelte Mario und sah hinauf. „Dieser muss ein ziemlich ausgedehntes Stück Geschichte gesehen haben", meinte Pablo.

„Ja, hat sie", erwiderte Mario und nippte an seinem Bier. Pablo nahm einen Schluck und genoss den kühlen Drink. Es war heiß, aber er war Hitze gewohnt und hatte sich, während seiner Zeit in Südafrika, daran gewöhnt.

„Wir sollten einmal abends hierherkommen", sagte Mario. „Die Atmosphäre ist hier elektrisierend". Pablo nickte ihm zu. „Ja, wir sollten das tun". Einige Besucher erschienen, und da sie Touristen waren, kauften sie zunächst einige Drinks, setzten sich am unteren Ende des Innenhofes nieder, wo eine Terrasse auf zwei Ebenen zu höheren Sitzen einlud.

„Pablo, lass uns gehen", sagte Mario, „sonst muss ich Strafe zahlen, wenn die Verkehrspolizei hier vorbeikommt. Mario fuhr nach Voula zurück, aber ließ Pablo von seinem Motorrad absteigen, als er in Glyfada ankam. Pablo bedankte sich bei ihm. „Ruf mich zum Wochenende an. Wir könnten die Ausstellung eines Freundes ansehen".

„Klar, werde dich kontaktieren", sagte Pablo. „Pass auf dich auf Mario".

„Du auch". Er gab Gas und schoss wie ein Rennfahrer davon.

7.

Mario telefonierte am Samstag. „Komm zu mir um sechs Uhr nachmittags. Wir trinken etwas und mein Freund Costas wird uns zu EPASKT fahren". Pablo unterbrach die Zeichnung die er auf die Leinwand übertrug, welche Joe mit ihm aus der Stadt besorgt hatte. Mario hatte ihm ein Geschäft für Künstlerbedarf empfohlen. Die Preise waren für Kunststudenten ermäßigt, und Mario sagte ihm er sollte nur mit Mina, der älteren Hauptverkäuferin sprechen. Er sollte Iannis und Ihn erwähnen, sodass er einen guten Preis erhalten würde.

Pablo hatte schon ein Konzept für den langestreckten Raum, beim zweiten Gebäude von EPASKT, entworfen. Durch Intuition hatte er eine Serie von Leinwänden konzipiert, die er aneinandergereiht, *Die Musen* nennen würde. Es waren neun Musen für Apollo, plus die zehnte Muse für den Künstler. Die Musen würden in fünf Leinwänden zu linker Hand und fünf zur rechten Hand eines Zentralstückes, des Apollo Musagetes neben Apollo Phoebus gehängt. Das Zentralstück bestand aus je zwei Leinwänden, mit den Schmalseiten untereinander gehängt, somit in der Höhe viermal so groß wie die Leinwand die eine Muse darstellte. Apollo ist der größte Gott in der griechischen Mythologie, neben Zeus, und seine große Bedeutung wurde im Tempel zu Delphi verifiziert. Pablos Fries streckte sich über dreizehn Meter. Ausgangspunkt war die Dekoration eines fast quadratischen Raumes, der sein Arbeitsraum war. Hier hatte der Fries seinen richtigen Platz, da es einen Gesamteindruck vermittelte, wenn man sich am selben Platz drehte, und es im Raum, von jedem Platz aus genießen konnte. Er wollte es, *Das Apollo Fries* nennen, als ein Hommage für Gustav Klimt, der seinen 100-sten Geburtstag feierte. Pablo erinnerte sich an Gustav Klimts ‚Beethoven Fries' in der Wiener Sezession, welches ihn zu diesem Fries inspiriert hatte.

Er arbeitet rastlos daran, skizzierte seine Ideen mit einer Zeichnung die in seinem emotionellen Unterbewusstsein entstand, und die er mit Hilfe eines Freundes in einem freundlichen Kopierladen in der Nähe vergrößern ließ, wo ihm nur eine nominale Zahlung verlangt wurde. Der Besitzer, ein Kunststudent, schätzte nicht nur seine interessanten Konzeptionen, sondern respektierte Pablos Bemühungen, eine ungewöhnliche Kunst zu kreieren. Die meisten Beobachter hatten nicht die geringste Ahnung was Pablo beabsichtigte, indem er seine Zeichnungen vergrößern und auf Papier ausdrucken ließ. Diese kopierte er dann auf seine großformatigen Leinwände von 1,0 x 1,25 Meter. Auf diese Art versuchte er die Frische und das Image der ersten Basiszeichnung, die er dann an der vergrößerten Kopie noch korrigierte, in gutem Fluss zu erhalten. Als er sich versicherte dass das Image den gewünschten Effekt hatte, legte er die großformatige Leinwand auf den großen Tisch in seinem Workshop, um diese zu präparieren. Dann nahm er die präparierte Leinwand zu seinem Zeichentisch, den er horizontal umstellte und die Leinwand anheftete. Das natürlich gefilterte Licht von seiner linken Seite war ideal zum Malen. Schicht für Schicht nahmen die original abstrakten Strichkompositionen Form an und zeigten teilweise Images von Gesichtern, Körpern und deren angedeuteten Teilen, die er für seine intuitive Art zu malen und mit seiner reinen Farbauswahl in eine neuartige Komposition transformierte

Er musste im richtigen Modus sein, in der richtigen Rille, wie er es nannte, um auf seiner Leinwand zu arbeiten, wo er reine Farbe in vielen Schichten auftrug. Er wollte sich von traditionellen Regeln der Malerei wegbewegen und ließ sich auf der euphorisch-emotionellen Welle dahingleiten und surfen, wodurch die kreative Kunst aus ihm herausdrang. „Es ist so wie Poesie und folgt den gleichen Wellen eines Dialoges mit dem Innersten des Künstlers", sagte er zu Mario, der mit ihm regelmäßig Kontakt hielt, und sich über seinen Fortschritt erkundigte.

„Ich werde die Arbeit für mein ‚Apollo Fries' rechtzeitig beenden und für meine Ausstellung in der Galerie installieren" erklärte er Mario. „Aber danke für deine Besorgnis". Mario wollte ihn während seiner kreativen Tätigkeit nicht stören, aber brachte ihm einige Joints, die er für ihn extra gefertigt hatte. „Für deine Entspannung", sagte er und ging, ohne Pablos Arbeit anzusehen, die dieser abgedeckt für den großen Tag bereithielt.

Pablo vollendete Melpomene, die Muse der Tragödie, mit dem Symbol einer Maske. Es war die erste der Musen, die er fertigstellte, auch sein erstes Gemälde. Er hängte es mit einigen Stiften an die Wand des Gästezimmers, wo er es zwischendurch besichtigen konnte. Er war dabei sein zweites Gemälde zu beginnen, als er sich erinnerte mit Jo zu telefonieren, ob er sie bei ihren Erledigungen begleiten sollte. Sie bedankte sich für seine Sorge, aber er sollte lieber seine Arbeit für seine Ausstellung weitermachen. Ihre Freundin Thalia würde ihr helfen während Pablo mit seinem Fries beschäftigt war. Pablo dankte ihr. Sie war ein Schatz, mit einem großen Verständnis seines kreativen Prozesses, den sie bei seinen Vorbereitungen zu seiner ersten Ausstellung im Art Café miterleben konnte, als sie sich um seine Mahlzeiten sorgte.

Seine zweite Muse, Euterpe, Muse des Gesanges und der elegischen Poesie, ist mit einer Flöte als Symbol gezeigt. Die abstrakten Teile des Gemäldes wurden mit der Idee des Fließens von Gemälde zu Gemälde verbunden, da sie um Apollo, der sie anführte, herumtanzten Die fünf originellen Gemälde würden zur linken Seite des Gemäldes von Phoebus Apollo positioniert, der auf einer Leinwand von 1,0 Meter Breite und 2,4 Meter Höhe dargestellt wurde. Er trug weiterhin seine A3 Skizzen zum Kopierladen, wo sie ihm, diese zur Leinwandgröße angepasst, vergrößerten. Er erschien dort am späten Vormittag, sodass, wenn er nach Hause zurückkehrte, das gedämpfte Licht von der Terrasse benutzen konnte, welches durch die Papierkopie auf die Leinwand durchschien und der Entwurf entsprechend zum Kopieren benutzt werden konnte. An das hohe Glas der Terrassentüre angeheftet, half es ihm in dieser stehenden Position die Umrisse seiner vergrößerten Entwurfsskizze auf die Leinwand zu kopieren. Er hatte seine eigene Methode perfektioniert, um das gemalte Resultat zu erreichen, welches er sich vorstellte. Obwohl er seine erste Malerei, Melpomene, noch in einem etwas unfreieren Stil darstellte, konnte er es durch seine eigene Farbgebung von ihrer Starre lösen. Seine zweite Leinwand war erfolgreicher, und von seiner dritten bis zur fünften Leinwand war er am besten Weg, sich durch seine Kunst auszudrücken. Als er die dritte Muse, Terpsichore, auf seiner Leinwand skizziert hatte, begann er mit den Vorbereitungen für die vierte Muse, Polyhymnia, und der fünften, Kalliope. In einer Woche hatte er seine Zeichnungen in seinem Skizzenbuch zu den Images auf den Leinwänden transformiert. Da seine Musen in einem Stil einer teilweisen Abstraktion gemalt wurden, waren die Symbole ihrer Attribute eine Andeutung ihrer Identitäten.

Er unterbrach seine Arbeit und skizzierte Phoebus Apollo, den er als ein größeres Gemälde und als zentralen Punkt schaffen wollte. Später nachts, trank er ein Glas Wein und zündete sich einen Joint an. Die bitter-süße Pflanze entspannte ihn, und sobald er fertiggeraucht hatte, schlief er ein.

Spät morgens läutete sein Mobiltelefon. Es war Jo. „Entschuldige Pablo wenn ich dich unterbreche, aber ich wollte dich warnen dass der Printladen in Glyfada bald für einen Monat schließen wird. So, beeile dich mit deinen Vergrößerungen". Pablo dankte ihr, eilte in die Dusche und zog sich schleunigst an. Er nahm die Skizzen der letzten fünf Musen und die Phoebus Apollo Zeichnung, aber auch den fast fertiggezeichneten Apollo Musagetes und beeilte sich zum Printladen. Er brauchte zwanzig Minuten zu Fuß zum Printladen. Eine Warteschlange von Kunden erwartete ihn. Einige wurden rastlos und gingen weg. Der Besitzer erkannte Pablo und fragte ihn was er brauchen würde. Pablo erklärte ihm in Englisch die Druckgröße für die Kopien. In einer Stunde sollte er zurückkommen, meinte dieser. Pablo wurde plötzlich hungrig. Er rief Jo an. „Hallo Jo".

„Warst du beim Printladen?"

„Ja, ich habe meine Kopien dort gelassen. Der dicke Kerl wird es in einer guten Stunde fertig haben".

„Das ist ja gut", sagte Jo.

„Ich lade dich auf einen Kaffee oder einen Imbiss ein. Weißt du einen guten Platz in der Nähe?"

„Ja. Warte auf mich beim Printladen. Ich bin in 10 Minuten dort".

„Gut, ich bin ausgehungert". Pablo stellte sich in den Schatten eines Hauseinganges neben dem Laden, um der direkten Sommersonne, die erbarmungslos herunterbrannte, auszuweichen. Sobald er das metallisch-blaue Auto von Jo erblickte, bewegte er sich zum Eingang des Printshops, wo Jo parkte.

„Hallo Jo, danke dass du auf eine kurze Notiz kommen konntest". Sie lächelte.

„Ich denke dass du dich in einer stressvollen Situation befindest und eine Auszeit brauchst".

„Ja, obwohl meine Gemälde zufriedenstellend vorankommen, muss ich manchmal essen". Er lachte auf.

„Ihr Künstler habt bloß eure Arbeit vor euch".

„Tatsächlich. Weißt du Jo, wenn man in einem Fluss von Bewusstsein mitgezogen wird, gibt es kein zurückhalten, und Handlungen wie Kochen und Putzen werden vermieden, da sie nur den Arbeitsfluss stören würden".

„OK, versuchen wir diese Taverne, die für gute Speisen bekannt ist". Jo parkte ihr Auto im Schatten einer Kiefer und sie gingen zur Taverne. Sie wählte einen Tisch am rückwärtigen Teil der Terrasse aus, immer auf der Hut, unerkannt zu bleiben. Mittagszeit sollte eine entspannende Angelegenheit sein, und eine wo Pablo mit seinen Händen auf ihr spielen konnte. Sie mochte ihn sosehr, dass sie durch seine Persönlichkeit empfänglich für seine erotischen Annäherungen wurde und sie mehr und mehr wollte.

Jo hatte einen Liebessitz gewählt, und Pablo, der es bevorzugte zu ihrer rechten Seite zu sitzen, küsste sie mit kleinen Küssen, die ihren Körper anregten und sie sich an seiner sexuellen Aufmerksamkeit erfreuen konnte. Jo bestellte eine Portion gemischten Grill mit Chips und Salat, wie sie es gewöhnlich immer bestellte. Pablo störte es nicht, für ihn war wichtig mit ihr zu sein und sie berühren und küssen zu können.

Sie aßen schweigend und prosteten sich mit griechischem Wein zu, der schon traditionell zu ihren Mahlzeiten gehörte, oder auch nur wenn sie einen Drink zusammen genossen. Pablo mochte den Wein und bestellte eine zweite Karaffe. Bald in einer guten Stimmung, Pablo umarmte Jo und streichelte ihren Schenkel. „Bitte hör nicht auf!" plädierte Jo. Er musste sich entschuldigen und die Toilette aufsuchen. „Ich bin gleich zurück, außerdem haben wir ja die ganze Nacht, wenn du magst". Jo errötete, ungewöhnlich für sie. Jedoch es schien ihr dass sie mit Pablo nicht nur gemeinsame Interessen in Kunst und kunstbezogener Ambiente, aber auch ein süß-sexuelles Verständnis hatte.

Pablo zahlte den Wirt am Rückweg und Jo erklärte sich bereit mit ihm zum Printladen zu fahren um seine Vergrößerungen abzuholen. Die waren fertig und sahen gut aus. Pablo bedankte sich beim dicken Besitzer, dessen Namen er sich nicht merken konnte, und Jo fuhr ihn zu seiner Atelier-Wohnung in der Metaxa Straße. „Komm auf einen Drink, Jo", sagte Pablo.

„Nun meine Familie ist heute mit ihren eigenen Vereinbarungen beschäftigt". Sie lächelte. Nett, dachte sich Pablo, und setzte fort „Du könntest mir mit dem Falten der Pamphlete helfen, die Elena mir als ersten Teil geschickt hat".

„Natürlich", erwiderte Jo, „lass mich damit anfangen. Pablo reichte ihr ein Glas Wein. „Ich werde es später trinken", sagte sie „zuerst sollten wir die Pamphlete falten". Pablo stimmte überein.

Sie arbeiteten in separaten Räumen. Pablo kopierte seinen Entwurf mit seiner natürlichen Licht-Methode auf der verglasten Schiebetür im Wohnzimmer, während Jo die Ausstellungspamphlete auf dem Schreibtisch im Eingangsfoyer, wo Pablo einen ovalen Schreibtisch, den er aus Südafrika mitgebracht und hier aufgestellt hatte. Jo mochte diesen Schreibtisch und er passte ihr ganz gut. Pablo besuchte sie in seinen Arbeitspausen und ermunterte sie. Er bückte sich zu ihr und küsste sie. Für einige Zeit waren die Verliebten mit schmusen und kuscheln beschäftigt. Jo erinnerte Pablo an seine Frist die Gemälde für den Fries fertigzustellen. Später in der Nacht bemerkte er dass Jo Müde wurde. Er offerierte ihr das Gästezimmer. Jo genoss das Ausziehbett das Pablo zusammengebaut hatte. Es hatte einen Kopfpolster und ein Leintuch zum zudecken. Während der Sommermonate brauchte man nicht viel zum zudecken.

In der Nacht wachte Jo auf und ging ins Bad. Sie sah dass Pablo noch wach war und malte. Sie näherte sich leise, wollte ihn keinesfalls stören, beobachtete ihn kurz und ging dann wider leise in das Gästezimmer.

Pablo vollendete zwei weitere Gemälde der Musen, beendete Erato mit ihrer Cithara und Clio mit ihrer Geschichtsrolle. Plötzlich hatte er eine Intuition und malte den Phoebus Apollo. Es war für ihn ein gigantisches Projekt, da er nie zuvor auf so großen Leinwänden gearbeitet hatte. Er surfte auf einem Meer des Bewusstseins, sein ganzer Körper streckte sich und war physisch einbezogen diesen Gott der Kunst und Poesie, der Sonne und des Lichtes, der Musik und noch mehrerer Attribute, die ihm beigemessen wurden. Das Gemälde leuchtete durch die Schichten purer Farbe, und als er es zu Ende bringen konnte, blickte das Morgengrauen am östlich gelegenen Fenster zu ihm hinein. Plötzlich begann sein Körper, noch bevor so leicht und beschwingt, sich so schwer anzufühlen, als würde er einen Felsen tragen und seine Augenlider

74

schlossen sich. Er ging in sein Schlafzimmer und fiel in sein Bett.

Jo schlief länger wie sonst. Als sie erwachte hörte sie Vogelgesang. Sie ging ins Bad. Das Schwatzen der Kinder vom naheliegenden Spielplatz drang durch das offene Oberfenster zu ihr. Die Luft draußen war angenehm und warm. Sie kippte das Küchenfenster und begann mit dem Ritual der Kaffeezubereitung. Dann setzte sie sich zum Küchentisch und genoss das Gebräu. Sie wollte Pablo noch nicht wecken, der seinen Schlaf genoss. Sie duschte sich und reinigte sich sorgfältig. Dann bekleidete sie sich, ging auf leisen Füßen zum Eingangsfoyer, wo sie die restlichen Pamphlete für die Ausstellung zusammenfaltete.

Um elf Uhr wachte Pablo auf, aber drehte sich zur Seite und genoss seinen sekundären Schlaf in seinem Doppelbett. Ein Lärm vom Nachbarhof weckte ihn komplett auf. Wahrscheinlich alberte der Nachbar in seinem Hof herum. Er stieg aus seinem Bett und ging ins Bad. Jo hörte Pablos Badezimmergeräusche, ging in die Küche und braute einen Topf Kaffee. Sie richtete den Frühstückstisch her, servierte Müesli und frisches Obst, und stellte den Topf mit heißem Kaffee in die Mitte. Dann ging sie zu Pablo. Er lag nackt auf dem Bett. „Guten Morgen", begrüßte sie ihn „und was macht Klein-Pablo heute?" Als sie ihn berührte stöhnte er. „er ist hellwach", erwiderte er und zog sie ins Bett. Diese Zeit war süß und wie gemacht für die Liebe, dachte Pablo, küsste sie und befreite sie von ihrem teeshirt. „Mhh… und welches süße Essen erwartet mich hier?"

„Dein Kaffee wird kalt", flüsterte Jo. „Das kann warten", sagte Pablo „jetzt zu wichtigerem Essen…"

Am frühen Nachmittag erwachten sie und erkannten dass sie sich am besten Essen ihres Lebens erfreut hatten: Liebe in Lust. Jo richtete ein Mittagessen und wärmte den Kaffee. Sie aßen nackt ihr Mittagessen – ‚Naked Lunch' – wie Pablo es mochte, während Jo sinnierte dass sie es für eine lange Zeit mit einem Mann nicht so gut hatte. Sie glühte. Er starrte ihre vollen Brüste an.

Die Arbeit musste weitergehen. Jo traf Thalia für ihre Besorgungen und Pablo arbeitete an seinem Apollo Fries, frisch inspiriert und emotionell aufgeladen. Er spürte dass er nun seine Arbeit gut voran fertigstellen konnte und freute sich darauf. Jo hatte sein inneres Feuer neu angefacht und hat in ihm diesen Teil inspiriert, der sich mit seiner ‚Zehnten Muse' verbunden fühlte. Was war diese ‚Zehnte Muse'? Es war wie wenn man die Frage stellte: Was ist dieses Ding, Liebe genannt? Sogar die Melodie des Cole Porters klang plötzlich in seinem Ohr.

Er beendete die Musen die noch übrig blieben: Thalia, mit der Maske der Komödie, Urania mit dem goldenen Globus und Kompass. Dann unternahm er die zweite Leinwand vom Apollo: Apollo Musagetes. Er betrachtete seine Arbeit im Guten Fluss zu sein und wünschte ein Meisterwerk zu vollenden. Er schaffte es bis spät in der Nacht. Zu erschöpft um weiterzuarbeiten, zündete er sich einen Joint an. Es war Zeit es etwas leichter zu nehmen, und die physischen Kräfte nicht bis zur Grenze zu strecken. Nach ein paar Zügen fühlte er sich besser und entspannte sich bei einer Tasse Tee. Er nahm sein Skizzenbuch und arbeitete intuitiv, bis ihn eine wohlige bleischwere Müdigkeit ins Fantasieland katapultierte. Er ging ins Bett und schlief sofort ein.

8.

Er hatte einen wunderbaren Traum, rieb sich die Augen und setzte sich in seinem Bett auf. Sogleich griff er nach seinem Skizzenblock: Da war sie: ‚Die Zehnte Muse'. Es war als ob durch eine mystische Macht seine Hand gelenkt wurde, die den Bleistift hielt, der die Umrisse seiner ‚Zehnten Muse' zeichnete. Er hatte sie in seinem Traum gesehen, und konnte sie nun malen. Er würde keine Skizzen und Vergrößerungen brauchen. Sofort ging er auf seine Leinwand zu und skizzierte die Umrisse seiner Originalzeichnung auf die Leinwand. Es sah gut aus. Er trug Farbe auf und malte, fügte Symbole dazu und schrieb den Namen ‚Deka Mousa' – Zehnte Muse – mit griechischen Buchstaben dazu. Zum Schluss würde er die griechischen Namen aller Musen auf die entsprechenden Leinwände malen. Es schien als hätte er den Totpunkt seiner Kreationen, in der Arbeit selbst, überwunden und konnte die ausgedachten Leinwände in guter Zeit, vor seiner großen Soloausstellung fertigstellen.

Am folgenden Tag rief er Jo an. „Was glaubst du habe ich fertig?"

„Du hast deinen Apollofries fertig!" Jo hat es richtig verspürt und ist durch die gute Nachricht aufgeregt. Aber sie wusste dass Pablo es fertigbrachte, da sie seinen Charakter im Zusammenhang mit einem ihrer Lieblingscousins studiert hatte, der ihr wie sein Zwillingsbruder vorkam.

„Ich werde zum Eisenwarenhändler gehen und Ösen und eine Stanze kaufen".

„Aha. Für das Hängen der Bilder?" Jo wusste über seine Absicht von rahmenlosem Hängen. „Tatsächlich. Ich habe darüber nachgedacht".

„Ich muss nächste Woche beginnen die Gemälde zu hängen".

„Ich werde dir helfen", sagte Jo.

„Danke dir. Das wäre fantastisch, Jo“.

„Sicher, jederzeit. Es wird ja deine erste wichtige Ausstellung“.

„Ja, ich freue mich schon“.

„Bist du morgen zuhause?“

„Ja, ich muss die Ösen noch fertig stanzen, dann alles zusammenpacken“. Pablo seufzte.

„Ruhe dich heute gut aus und morgen treffen wir uns für Lunch“. Jo klang glücklich.

„Wunderbar, ich freue mich darauf“.

„Dieses Mal geht es auf mich“.

„Danke Jo“.

„Ich seh‘ dich morgen Pablo“.

„Gut, pass auf dich auf!“ Pablo wartete bis Jo abhängte. Dann schlüpfte er in seine Jacke und nahm die Tram nach Glyfada zum Eisenhändler.

Zuhause angekommen begann er die Leinwände an den äußeren Ecken, mit genügend Abstand vom Rand, die Ösen einzustanzen, sodass das Hängen die Leinwände nicht einriss Er brauchte sechs Ösen pro Leinwand, da die Leinwände mit den Musen im Breitformat zu hängen waren, während die beiden Apollomalereien im Hochformat hängen sollten, wobei die ganze Raumhöhe benötigt wurde.

Mitte der Woche holte Jo Pablo ab. Dieser hatte alle kleinen gerahmten Leinwände und Zeichnungen zusammengebunden, die Gemälde des Apollo Frieses in zwei Rollen verpackt, Werkzeug und Nägel und diverse Putzmittel in eine kleine Tasche gesteckt, aber auch noch mit einem Sixpack Alfa Biere in seinen Sportsack dazu gesteckt. Es war ein kochend heißer Tag und Jo kam frühmorgens, um noch vorzeitig zum Eingang der EPASKT Galerie vorfahren zu können. Pablo hatte eine Straßenkarte vorbereitet, die den besten Weg durch das Einbahnsystem zeigten. Ein Assistent von Iannis öffnete ihnen die Eingangstüre. Jo fand die Atmosphäre bezaubernd. Pablo trug eine der zwei Rollen des Apollo Fries Gemäldes und die Sporttasche, mit Werkzeugen und Bier und gedrucktem Material zum ersten Stock des ersten Gebäudes hinauf. Jo half ihm mit der zweiten Rolle und dem gedruckten Pamphleten. Pablo eruierte den Mittelpunkt des Raumes in dem langgestreckten Gebäude als Absteckpunkt für die beiden Apollomalereien und markierte die Gemäldelänge der einzelnen Musenbilder links und rechts davon Die Bilder sollten in einem kontinuierlichen Band gehängt werden, so wie der entfaltete Fries eine ausgerollte Schriftrolle darstellte. Jo half ihm.

Sobald sie die Plätze für die Gemälde markiert hatten, pausierten sie. Jo holte einige Bierbüchsen aus der Kühlbox ihres Autos. Pablo war sehr durstig. Es war auch stechend heiß. Juli in Athen ist wie auf glühenden Kohlen gehen. Als Jo zurückkam erschien auch eine Journalistin, die sich über Pablos Ausstellung informieren wollte. Er gab ihr ein Pamphlet mit seinen Malereien und einen gefalteten Flugzettel über die Vernissage, welches Elena für ihn organisiert hatte Sie war auch an seinem Gedicht über ‚Die Zehnte Muse‘ interessiert, welches er seitlich zum Gemälde hinzufügen wollte. Es war vom Englischen ins Griechische übersetzt. Eine Bekannte von Iannis hatte es für ihn übersetzt. Die Journalistin ging, Jo und Pablo konnten endlich ihr Alfa Bier genießen.

„Was machen wir als nächstes?“ wollte Jo wissen. Pablo hatte darüber nachgedacht. Er nahm den oberen Teil des Gemäldes und fixierte es bei der Markierung. Jo reinigte den Boden darunter, während Pablo eine Stehleiter bestieg. Jo hielt die Phoebus Apollo Leinwand, die er hinaufbewegte. Oben, nahe der Decke nagelte er durch die mittlere Öse und fixierte die endgültige Position der Leinwand, die perfekt passte. Dann nagelte er durch die restlichen zwei Ösen in die darunterliegende Wand. Er kam von der Leiter herunter und ging zur gegenüberliegenden Wand, begutachtete die Hängung und fand das Bild sehr eindrucksvoll. Jo lobte es und als er dann Apollo Musagetes daneben hang, erschien Greg, ein junger amerikanischer Filmemacher, der Pablo in Auroras Galerie vorgestellt wurde. Er wollte einen Kurzfilm über Pablos Kunst kreieren, mit Aufnahmen von Pablos Vorbereitungen für seine Ausstellung, gefolgt von einem Interview. Pablo lachte, da er in keiner Stimmung für ein Interview war, außer dass er Greg immer wegtauchen musste, da er ihm immer im Weg stand. Er hatte seine Zeit eingeteilt um dann in aller Ruhe seine Vernissage genießen zu können. Nun, trotzdem war Greg in guter Stimmung, bewunderte Pablos Kunst, lobte seine Fantasie, glaubte aber dass nur ein Künstler auf Drogen solch fantastische Gemälde in so kurzer Zeit produzieren konnte. Pablo lachte, da er meinte Greg sei selbst auf Drogen, da er eigenartig sprach und langsame Bewegungen hatte, wie eine Gottesanbeterin. Aber trotz all dieser Spannungen hatten sie eine gute Zeit mit Geplänkel, während sie an ihren gekühlten Bieren nippten.

Als Jo und Pablo das Apollo Fries, mit allen Notationen und Pablos Manifest über seinem Ansatz zu visueller Kunst , gehängt hatten, machten sie eine Pause und rasteten sich im Schatten der riesigen Platane aus, der sich am rückwärtigen Teil des Hofes befand. Von dieser Stelle konnte man das ganze Areal übersehen, außerdem war es ein idealer Ort für Verliebte. Jo genoss immer Pablos Aufmerksamkeit, aber dieses Mal schien es sie speziell mit lustvollem Begehren aufzuladen. War es das Bier? Nein! Sie musste lächeln. Wie kommt das? Vielleicht war es

Pablos Magie, am Vorabend zu seiner Vernissage. War es vielleicht durch einen Schuss Magie das von der Akropolis heranströmte, als es schon von den Auguren des Altertums erwähnt wurde? Pablo hatte es ihr erwähnt. Es musste etwas Wahrheit dahinter stecken. Sie konnte es fühlen. Wenn er sie berührte funkelte sie, als ob sie einen milden Stromstoß erfasst wäre, der durch ihren Körper floss. Sogar ihr Küssen fühlte sich intensiver an. Pablo war ein intensiver Liebhaber, aber vielleicht war sie heute sensibler. War es aber durch Pablo, der einer gelegentlichen Gewohnheit nachging, einen Joint zu rauchen? Nun, sie würde es nicht länger in Frage stellen, eher seine sensuellen Berührungen genießen. „Liebe unter dem ‚Heiligen Felsen' ist etwas mehr als bloß außergewöhnlich", flüsterte Pablo und küsste ihren Nacken. „Ich möchte dich jetzt", flüsterte sie zurück, nicht als ob jemand es überhören könnte, aber aus Erregung. „Setz dich auf mich, Jo", sagte er und zog sich die Hose hinunter. Sie ist wunderbar, dachte Pablo als Jo sich auf seinen Schoß platzierte. Dann liebten sie sich genussvoll mit langsamen Bewegungen von Jo. Pablo wusste nicht wie lange sie sich liebten, aber er hatte schon länger keine solch eine andauernde Erektion. "Komm doch endlich, Pablo!" Jo atmete schon kurz an seinem Hals und sie näherte sich ihrer Klimax. „Ich bin bald soweit". Jo ritt ihn zusehends schneller und er schloss seine Augen. Stell dir vor, sagte er zu sich selbst, eine süße Frau mit einem Bein erregt mich zu einem solch süßen Höhepunkt, dass ich bald in 1000 Stücke bersten werde. „Ich bin bereit Jo, lass uns zusammen kommen, aufschreien, und in Liebe befreien!"

„Ja, ja, ja", seufzte sie und Jo umarmte ihn enger, als sie in den warmen Nachmittagshimmel über die Akropolis hinausschossen, und mit einem kurzen Schrei in das unendliche Blau eintauchten. Dann Stille. Kein Laut. Irgendwo in der Distanz quickte eine Tür und Pablo rührte sich. „Oh Jo!" Er konnte nicht mehr sprechen. Dieses Erlebnis sich unter der Akropolis zu lieben würde mit ihm für immer bleiben. „Pablo!" Sie seufzte, „ich werde dich etwas abputzen". Sie stieg von seinem Schoß und nahm seinen Penis in ihren Mund. Er seufzte als ob ihr Liebesakt wieder beginnen würde. Dann nahm sie sein Taschentuch, wischte ihn ab und dann sich selbst. Sie ordneten ihre Kleider und Pablo zog seine Jean hoch. Dann erinnerte er sich. „Wir müssen noch einige kleinere Arbeiten im zweiten Block aufhängen", Jo stand auf „Wir werden es sofort machen". Sie gingen den Hof hinunter und holten die kleineren Bilder und Leinwände, brachten sie in den ersten Stock im zweiten Block. Zwischen dem Hängen umarmten und küssten sie sich. Jo war entflammt und dieser Tag war noch nicht vorüber. Schließlich verabschiedeten sie sich von Iannis' Assistent an der Bar und fuhren zu den südlichen Vororten zurück.

Jo stellte ihr Auto in der Nähe von der Metaxa Straße ab. „Ich möchte für einen Drink zu dir". Sie glühte.

„Natürlich Jo, bitte sei mein Gast!"

„Ich möchte dir ein Abendessen zubereiten".

„Danke, das ist sehr aufmerksam von dir". Sie lächelte ihr hintergründiges Lächeln. Ihre lustbetonte Begegnung vom ‚Naked Lunch', die Pablo so bezeichnete, klang in ihr noch nach. Ihre Augen funkelten.

„Gesundheit", sie prosteten sich zu. Während Pablo sich geistig für die morgige Vernissage vorbereitete, kochte Jo ein Letscho, eine Mahlzeit aus gedünsteten Paprika und Paradeiser, mit einigen Stücken Knackwurst, die sie im Kühlschrank vorfand. Gut gewürzt war dieses Mahl ein süßes kulinarisches Ende und schloss einen wunderbaren und erinnerungswürdigen Tag ab. „Gehen wir ins Bett", sagte Jo, als sie im Wohnzimmer auf der Couch saßen, einem der zwei Möbelstücke, welche Pablo von seinem Haushalt in Südafrika mitgebracht hatte. „Ja, ich bin auch schläfrig". Jo stand auf und nahm Pablos Hand und zog ihn in das Schlafzimmer. Dieses Mal schliefen sie zusammen und genossen ein postkoitales Zusammensein nach ihrem Liebesakt in der Plaka.

Früh morgens läutete seine Türklingel. „Gott, wer ist das bloß?" Pablo stieg aus dem Bett, warf sich den Bademantel über und ging zur Eingangstür. „Entschuldige die Störung", sagte die zierliche Frau. „Ich muss dringend mit Jo sprechen". Pablo erkannte sie und war perplex. „Thalia, bitte komm herein". Jo erkannte ihre Stimme und eilte hinter Pablo zur Türe. Während die zwei Freundinnen sich unterhielten, ging Pablo zur Küche um Kaffee zu brauen. Er füllte einen Kaffeetopf voll, nahm drei Tassen, ein paar Kekse und lud alles auf ein Tablett. Dann ging er damit zum Eingangsfoyer, wo sein einziger Schreibtisch, als ein Möbel, repräsentativ war uns wo er auch zwei passende Stühle und ein Stockerl dazu gehörten. „Kaffee jemand?" Die Frauen waren in ein ernsthaftes Gespräch, in griechischer Sprache, versunken. „Ja, danke", sagte Jo, das er verstand. Sie nickte ihm zu. Sie tranken Kaffee und Jo sagte sie müsse mit Thalia, von einem Einkauf am Markt, bald zurückkehren, da Mitglieder ihrer Familie zum Lunch kommen würden. Auch müsste noch ihre Wohnung aufgeräumt werden. Pablo war beunruhigt. „Ich hoffe, Jo, dass du zur Vernissage kommen kannst". Sagte Pablo etwas bedrückt. „Ich werde das schon sicher machen", sagte sie. „Außerdem mag ich diese ganze Sache um die Familie meines Ex-mannes nicht, da sie immer gegen mich gehen". Pablo war besorgt. „Du bist hier jederzeit willkommen".

„Danke Pablo", sagte Jo und streichelte seine Wange.

„Wir müssen uns beeilen", sagte Thalia, „es gibt noch einiges zu tun".

„Auf Wiedersehen Pablo", sagte Jo und fügte hinzu: „ich sehe dich heute Abend".

„Ja, bis heute Abend! Servus. Deine Freunde sind alle eingeladen, Jo". Sie lächelte

„Danke", Thalia lächelte. „Danke Pablo".

„Alles Gute und viel Glück". Die Frauen verließen eiligst seine Wohnung. Pablo war verwundert, aber Familienangelegenheiten waren für jeden von einiger Bedeutung, und gewöhnlich verbunden mit einem Streit über Geld und Erbe. Er zog eine Miene und bereitet sich weiter auf seine Vernissage vor. Er prüfte die Liste der Einladungen, alle Namen der Eingeladenen und wunderte sich wie viele von ihnen erscheinen würden. Iannis hatte den Wein, Bier und Getränke organisiert. Er hatte auch jemanden von seinen Bekannten ersucht belegte Brötchen bereitzustellen. Es würde großartig werden, versicherte sich Pablo geistig, als er seine Garderobe inspizierte.

Als Pablo im Hof der EPASKT-Galerie ankam, begrüßte ihn das Summen von Konversationen. So viele Leute hatte er gar nicht erwartet. Es war fantastisch und eine fröhliche Atmosphäre breitete sich aus, mit einer Effektbeleuchtung in der großen Platane. Es sorgte zusätzlich für eine wohligfreundliche Atmosphäre, die sicherlich mitreißend war. Zur Fröhlichkeit wehte eine leichte Brise von der Akropolis herab, die eine stille Erwartung eines erfolgreichen Abends versprach. Iannis hatte einen Tisch für die Professoren der Akademie der Schönen Künste reserviert, wo auch Pablo teilnehmen durfte. Er setzte sich neben einem freundlichen Künstler mit langen Haaren und einer tiefen Stimme. Nachdem Iannis ihn den Personen von seinem

Tisch vorgestellt hatte, entschuldigte sich Pablo. Iannis ersuchte ihn in spätestens zehn Minuten zurück zu sein, da er eine kurze Ansprache halten möchte und ihn den Besuchern vorstellen wollte. Pablo ließ sein Notizbuch, zusammen mit seinen Visitenkarten, am Tisch zurück und inspizierte seine Ausstellung, um die Zweckbeleuchtungen seiner Gemälde zu sehen. Die Räumlichkeiten waren genügend beleuchtet und einige Besucher betrachteten seine Gemälde im zweiten Gebäude. Am ersten Gebäude wurde sein Poster, welches er für die Einladung zu seiner Ausstellung entworfen hatte, mit Flutlicht beleuchtet. Er nannte die Ausstellung ‚Musai' – Die Musen, obwohl sie das Apollo Fries beinhalteten. Der Text war in Griechisch und Englisch.

Er suchte Jo, aber konnte sie nirgends sehen. Als er auf seinem Tischplatz zurück war, eröffnete Iannis die Ausstellung, mit einer kurzen Beschreibung seiner Arbeiten, die er während seiner Jahre in Athen verwirklichen konnte. Er erwähnte ihn als einen interessanten Künstler, der die griechische Kunst nicht nur absorbieren wollte, sondern eine eigene kontemporäre Sprache für die Klassische Mythologie, mit erfindungsreicher Malerei entwickelt hatte, und die er mit der Athenischen Kunstwelt teilen wollte. Die zahlreichen Besucher applaudierten. Pablo erhob sich und winkte der großen Menge als Begrüßung mit seiner Hand.

Nach einigen Gläsern Wein fühlte er sich, wie durch einen plötzlichen Schlag, betrunken. Aber es war nicht der griechische Wein, der so einen dramatischen Effekt auf ihn ausübte. Es waren die Reflektionen der Besucher und das glückselige Geschwätz, welches durch Mithilfe seiner erfinderischen Kunst verursacht wurde. Vielleicht waren seine Empfindungen falsch, es waren keine Käufer inmitten der vielen Besucher, aber würde er das plötzliche Erscheinen eines Sponsors erwarten? Natürlich wäre dies fabelhaft, dachte er, aber ebenso eine Illusion. „Stopp negative Gedanken, Stopp!" Schrie eine innere Stimme und einer seiner Füße kickte den anderen. Der Ehrentisch leerte sich. Die Professoren verließen die Ausstellung.

Iannis kümmerte sich um die Versorgung der Besuchertische, die im Hof aufgestellt waren, mit Brötchen und Wein. Es gab noch belegte Brote auf dem gedeckten Tisch bei der Bar, als er sein Glas mit Wein nachfüllen ließ. Dann erblickte er Jo, die ihm zuwinkte. Er winkte zurück. Als er seinen Weg durch die feiernde Menge bahnte, sah er Violet mit ihrem Freund, einem älteren Mann und einem jungen Paar. Jo stellte ihm alle untereinander vor, außer Violet. Pablo war nur an Jo interessiert, bestellte bei einem Ober mehr Wein, nannte ihm seinen Namen. Iannis hatte ihm ja Wein und Brote für ihn und seine Freunde versprochen. Dies würde Pablo mit ihm schon verrechnen. Da er ein Freund von Mario war, hatte Iannis mit ihm ein günstiges Abkommen vereinbart, wobei er für die elektrische Beleuchtung während der Ausstellungszeiten verantwortlich war. Dennoch erfuhr Pablo griechische Gastfreundschaft, dank Iannis, Mario und dessen Freunde. Außerdem bestand ein soziales Bewusstsein im wirklichen Begriff. Er fühlte sich begeistert und besprach seine Bemühungen mit seinen Freunden. Ein älterer Herr, der mit Violet kam, war in seiner Kunst gar nicht interessiert, aber überhäufte ihn mit einer wiederkäuenden Rede über die Bedeutung Europas, als ob er einen Teil ihrer Gründung für sich beanspruchte. Dies erschien sehr fragwürdig. Die Frau neben ihm, Violet, erschien ihm bekannt. Dann plötzlich traf es ihn: Sie kam eines Tages zum G-Manns Workshop im Art Café, stellte sich als eine Poetin vor, da sie etwas über Pablos Poesie gelesen hatte, aber sie ließ Pablo keines ihrer Gedichte lesen. G-Mann wollte sie gar nicht anhören. Pablo hatte eine dunkle Ahnung, Szenen von Möchtegern-

Poeten – und Künstlern, im Zusammenhang mit diesem Workshop, zu erleben. Er musste lächeln. Aurora erschien zusammen mit Val, ihrer Mitarbeiterin und einem Freund, und auch der Abend war in heitere Stimmung getaucht, mit griechischer Musik, die durch Lautsprecher strömte. Einige Paare tanzten. Thalia erschien und sprach zu Jo, die plötzlich gehen musste „ich werde es dir später erzählen", sagte sie und küsste ihn. Violet, ihr gesprächiger Freund und Aurora wünschten sich eine Tour durch sein Apollo Fries. Er begleitet sie und sprach über den Prozess dieser Kreation. Die Nacht war lang, aufregend und viel Spaß. Aber als Jo gehen musste, regte sich ein merkwürdiges Gefühl in ihm. Hatte sie ein häusliches Problem?

Es war Zeit zu gehen. Aurora, die in Glyfada lebte, bot ihm an mit ihr zu fahren. Val sagte ihm dass ihre Arbeitgeberin interessiert war einige seiner Arbeiten in ihrer Galerie in Marousi auszustellen. Das war eine gute Nachricht. Aurora lobte Val, da sie ihr zeitweise mit Computerarbeit half. Sie unterhielten sich mit Aurora über Kunst, da sie auch in Marousi ausstellen wollte. Aurora blieb in der Metaxa Straße stehen und ließ Pablo aussteigen, wünschte ihm eine gute Nacht und fuhr davon.

9.

Pablo war neugierig über Jos plötzliches Weggehen, als Thalia sie abholte. Als er in seinem bevorzugten Café saß und einem Cappuccino nippte, läutete sein mobiles Telefon. Endlich Jo! „Hallo", begrüßte er sie.

„Pablo, ich muss dich sprechen. Wo bist du?"

„Ich bin im ‚Living Café' in der Zismopoulou Straße".

„OK, warte auf mich". Sie hängte auf. Was passierte mit ihr? Nun, sie hatte nie ihre häusliche Situation mit ihm diskutiert. Wofür auch? Sie waren beide Freigeister und konnten sich um bürgerlich-bezogene Angelegenheiten nicht kümmern. Aber jetzt schien sie in Schwierigkeiten hineingerutscht zu sein, oder? Er sinnierte darüber nach und während er sich einen Zigarillo anzündete, erschien sie plötzlich. Er stand auf und begrüßte sie. Sie küssten sich wie alte Freunde. Die Servarerin kam sofort und er bestellte zwei Cappuccinos. Jo war nervös, als ob sie ein seriöses Ereignis verunsichert hätte. „Entspann dich", sagte er. Seine Knie berührten ihre, in den enggestellten Sitzen unter dem kleinen Tisch. Langsam entspannte sie sich. Sie öffnete ihre Lippen einige Male, konnte aber nicht sprechen. „Es ist…wegen meines früheren Mannes…" Sagte sie endlich.

„OK, was ist mit ihm?" Fragte er beiläufig.

„Nun, er ist…wir leben getrennt, aber er glaubt immer noch dass er mich besitzt…" Pablo war erstaunt. „er ist altmodisch, nicht?" Jo sah erschrocken drein.

„Es ist gut Jo, wir können uns auch treffen, wenn du dich sicher fühlst". Er streichelte ihren Schenkel.

„Nun, ich fürchte er ist gewalttätig". Pablo sah, dass er das Fleisch im Sandwich eines häuslichen Streites bekäme, und es war wohl nur wegen ihrer sexuellen Beziehung, musste er annehmen. „Er hat einige Leute beauftragt mein Privatleben auszuspionieren": Jo nippte an ihrer Kaffeetasse.

„Fürchterlich!" erwiderte Pablo. Kein Wunder dass Jo immer vorsichtig war mit ihm in der Öffentlichkeit gesehen zu werden.

„Gestern kehrte er von einer Geschäftsreise zurück. Jemand – und ich vermute meine Nachbarin – informierte ihn über meinen neuen Freund, und dass ich ihn in mein

Apartment eingeladen hätte". Nun, es musste einige Male gewesen sein dass sie sich intim getroffen hatten, dachte Pablo und war verärgert.

„Sage ihm dass wir im 21sten Jahrhundert leben".

„Das ist nicht der Punkt. Er hatte einen Wutanfall und schwor dich umzubringen". Jo war plötzlich bang und erblasste. „Ich sehe er hat einen Ring von Spionen", sagte Pablo.

„Nun, ich wollte dich warnen". Pablo war verwundert.

„Aber ich kenne ihn gar nicht. Hat er mich mit dir gesehen?" Jo nippte an ihrem Cappuccino.

„Ich nehme an dass jemand uns fotografiert hat". Sagte Jo. Pablo lächelte.

„Du nimmst dies nicht ernst, Pablo", sagte Jo.

„Nein, überhaupt nicht. Er kann uns nichts nachweisen!"

„Aber ich weiß es", unterbrach in Jo. „Er hat schon einmal auf einen Freund von mir geschossen".

„Ich bin verdammt, ein echter Choleriker! Gefährlich…" Jo nickte.

„Wir werden uns in einem Hotel diskret treffen müssen", schlussfolgerte Pablo.

„Ja", bestätigte sie. Pablo sagte ihr: „Lass diese Drohungen dir nicht zu nahe kommen, und lass diese für eine Weile abkühlen. Da er ja separat lebt, hast du deine Privatheit und dein eigenes Leben. Durch deine Freundinnen könntest du ja herausfinden wer dich so arg bespitzelt". Er streichelte Jos Schenkel und sie öffnete ihre Beine für seine suchenden Finger. Sie war entspannt, und fühlte sich warm und feucht an. Pablo vereinbarte mit ihr Nachrichten bei der EPASKT – Rezeption zu hinterlassen, während er seine Ausstellung täglich besuchen würde. „Da fühle ich mich sicher!" Sagte er überzeugt. Jo musste gehen. Er würde noch ein wenig länger im Café bleiben und dann die Tram nach Hause nehmen. Sicherlich, obwohl er

nicht erschrocken war, griechische Gemüter konnten auf-
flammen, und ein Choleriker, der Grieche war, konnte eine
mögliche Bedrohung sein.

Er war sehr zufrieden dass gerade jetzt seine Ausstellung aktuell war und ihm ein temporäres Refugium von einem wilden und hoch-eifersüchtigen und besitzwütigem
Mann anbot. Was soll diese Besitznarrheit? Seine Stirn
runzelte sich bei diesen Gedanken. Er sah sich einen Film
auf seinem Desktop an. Dann ging er ins Bett. Morgen
würde er Val anrufen und sich über die Galerie in Marousi
erkundigen.

Die Tage vergingen schnell und wie abgemacht, ließ Jo
Nachrichten für ihn in der Plaka Galerie, wann immer er
sie zum Lunch oder Abendessen treffen könnte. Die kleinen intimen und versteckten Tavernen in der Anafiotika,
nicht weit von der Galerie entfernt, boten relativ gute und
sichere Treffpunkte. Sie war unglücklich und wollte ihn. Eines Abends, es war eine lauschige Nacht, nahm er Jo zu
einer kleinen Pension mit. Sie fielen sich übereinander wie
zwei wilde Tiere, verrückt darüber dass sie schon so lange
nicht gefickt hatten. Sie konnten endlich, dachte er, als sie
ruhig nebeneinander lagen, auch diesen postklimaktischen Frieden genießen.

Pablo spürte dass es schon auf der Wand des Schick-
sals geschrieben war, als er sie das erste Mal in ihrem
Apartment besuchte. Das war sein Fehler. Ihre Nachbarin
war an ihren Ex-Mann gebunden, ganz sicherlich. Wer
sonst konnte über Jos Untreue berichten? Was war Ihr
Name? Myron, oder Miron? Oder gab es auch noch einen
Mann? Es machte ihm nichts aus, er war beschäftigt
Freunde anzurufen, und Freunde von Freunden, um Käufer für seine Kunst zu finden. Er dachte nicht dass jemand
sein Apollo Fries abkaufen würde, aber er hatte ja im ersten Gebäude viele kleinere Arbeiten, die sicherlich einen

Reiz auf Kunstliebhaber ausüben könnten. Abends saß er oft allein, Iannis' Assistent bediente den Computer und wechselte die Musikarten für die Hintergrundmusik in den Räumlichkeiten. Pablo rauchte Zigarren und nippte an seinem Wein, der ihm zugesagt war. Das Leben war schön, die Luft war bis am Nachmittag sehr heiß, aber abends lau und träge. Es war ihm allein überlassen, was er aus seiner Beziehung mit Jo machen würde. Was immer, er lebte für seine Kunst und alles andere kam an zweiter Stelle. Jo wusste dies, Val, und Aurora hatte dies auch erkannt. Seine Freunde wussten es. Mario besuchte ihn zeitweise und teilte einen Joint mit ihm. Dieser hatte seine eigenen Probleme mit Beziehungen. Einst floh er von einem Messer-schwingenden Mann auf Kreta.

Jo rief ihn eines Abends an. Ihr Ex war geschäftlich nach Wien verreist. Er würde für fünf Tage weg sein, ließ sie eine Frau wissen, die für ihn arbeitete und ihn nicht mochte, da er mit Gehältern sehr geizig war. „Gut", sagte Pablo, „treffen wir uns in der ,Drei Rosen Pension'". Er nannte ihr die Adresse. Ein verschlafener Ort an einem verlassenen Stadtteil, nicht weit weg vom Nationalen Archäologischen Museum. Niemand kannte sie dort. Nun, Pablo bemerkte nicht den blassen Assistenten von Iannis, der seine Konversation mit Jo überhörte, aber er hätte niemals jemanden hier in der Plaka verdächtigt ihn ausspionieren zu wollen. Er verabschiedete sich und eilte in die Richtung ihrer vereinbarten Stelle. Er brauchte eine gute halbe Stunde Gehzeit dazu, nahm aber den sich nähernden Bus zum Archäologischen Museum. Er fand die Pension und nahm sich ein Zimmer. Niemand fragte viel und er zahlte in Bar, im Voraus. Er beauftragte den Rezeptionisten eine Frau mit einer blauen Baseballkappe, die nach Pablo fragte, auf sein Zimmer zu lassen, sonst aber niemand. Jo sandte Thalia ein SMS und erklärte ihr das Hotel, wo sie nur hinkommen sollte, wenn etwas außergewöhnliches passierte. Der Rezeptionist schickte die junge Frau mit der blauen Baseball-Kappe auf Pablos Zimmer. Jo nahm den Lift und klopfte an seine Tür.

„Hallo Jo", Pablo nahm sie in seine Arme. Sie küssten sich, zogen sich aus und gingen zusammen unter die Dusche. Es war heiß im Zimmer und es gab keine Spiegel die an den Schränken befestigt waren. Jo mochte Spiegel nicht. „Diese könnten Eiwegspiegel sein, und uns filmen", vertraute sie sich Pablo an.

„Unsinn", antwortete er, „all diese modernen Stadtmythen und Erpressertheorien waren absurd". Jo öffnete eine kleine Flasche Raki, die sie in ihrer Handtasche mitbrachte. Sie goss gleiche Mengen in die Gläser auf dem Tisch und reichte Pablo ein Glas. „Yamas", sagte sie und Pablo stieß mit ihr an. „Yamas", erwiderte er und trank das Glas aus.

Jo litt unter der Gefahr, dass ihr Ex-Mann sie verfolgte und sie fürchtete mit Pablo entdeckt zu werden. Auf der einen Hand erzeugte es Angst in ihr, auf der anderen erregte es sie für einen größer befriedigenden Liebesakt. Sie ließ ihre Angst los und seifte den Körper ihres Liebhabers ein. „Du hast einen griechischen Körper, wie er in Klassischen Statuen dargestellt ist", sagte sie als sie seine Körperlinien anfühlte, wo ihre Hände, von der Seife schlüpfrig, hinunterrutschten. „Ich bin froh dass du das so siehst, Jo, da ich mich oft wunderte, wann immer ich einen narzisstischen Moment hatte, woher der denn wirklich herkam". Jo lächelte. Pablo, ihr Liebhaber – kein Wunder dass er sich selbst bewundert hat, mit solch einem großartigen Körper. Sie wusch ihn und ließ sich an ihn herunter, bewunderte seinen Penis als dieser sich, durch ihre zarten Berührungen stimuliert, aufrichtete. Sie verehrte Pablo. Als sie ihn online kennenlernte, wurden sie sofort Freunde. Bei einer

Gelegenheit zeigten sie einander ihre Körperlinien. Aber Pablo würde sich mit ihr nicht in kontinuierlicher Cyber-stimulation beteiligen. Er sagte ihr dass er den wirklich physischen Kontakt vorzog. „Ich möchte dich gerne in Wirklichkeit sehen und fühlen". Sie stimmte überein und als sie ihn traf, arbeitet ihre Chemie großartig. Obwohl Jo ihre Liebesaffäre geheim halten musste, entflammte sie innerlich wann immer er sie berührte. Aber wie auch immer sie sich von Pablo angezogen fühlte, sie hatte auch ein geistiges Verstehen für seine Bemühungen ein anerkannter Künstler zu werden. Es könnte hier in Griechenland geschehen, meinte sie, aber es würde Zeit und Geduld benötigen. Es gab viele gute Künstler in Athen und auf den Inseln, der Wettbewerb war groß und so waren auch die Inspirationen der berühmten Plätze, angefangen von Landschaften, den prächtigen und interessanten Inseln, und den Menschen die ihre Liebe für ihr Leben äußerten. Jo lag auf dem Bett und sinnierte über ihre Zukunft Sie hatten sich leidenschaftlich geliebt und Pablo war eingeschlafen. Sie freute sich dass sie ihn entspannen konnte, aber es fehlte ihr die Fortsetzung des Liebesaktes, welches sie vervollständigen würde. Da sie einst anale Liebe gekostet hatte, war das für sie wie die Kirsche auf der Torte des Liebesaktes, sich als Frau komplett und zufrieden zu fühlen. Als Pablo sich rührte, spürte sie ihn nahe ihrer Rückseite, sein Penis rührte sich und erregte sie. Pablo erwachte als sie ihr derriere gegen ihn presste. Sie war heiß und er konnte ohne Anstrengung in ihren Anus hineingleiten. Gut lubrifiziert, ermunterte sie ihn es auf griechische Art zu tun, als Pablo Lust daran fand gegen ihre Gluten zu stoßen. Anfangs fühlte es sich etwas eigenartig an. Sie hatten darüber gesprochen und versucht es zu tun, aber es blieb erfolglos. Dieses Mal spürte er ihre Seele und begegnete ihr in dieser sehr lusterfüllten Einigkeit. In der Klimax stieß er so hart in Jo hinein dass sie aufschrie. „Hab ich dir wehgetan?" Er war besorgt dass seine unkontrollierten Bewegungen zu viel für sie waren.

„Nein, es war ganz super", murmelte sie. Dann tauchten sie in einen süßen Schlaf.

Pablo erwachte durch einen klappernden Lärm. Jemand schlug die Türe zu. Er stieg aus dem Bett und ging geradewegs zur Dusche, seifte sich gründlich ein und als er fertig mit dem Duschen fertig war, trocknete er sich ab und zog sich an. Es klopfte an der Tür. „Jo!" Eine Stimme hisste „mach auf! Ich bin's, Thalia". Jo zog sich Tee-shirt und Shorts an und ging zur Tür. Pablo machte einen Schritt in das Bad zurück. „Er kommt bald hierher" murmelte Thalia. „Ich hörte den Nachbarn zu ihm sprechen": Jo war perplex. „Er ist so früh zurück?" Thalia drängte Jo mit ihr mitzukommen. „Beeile dich, ich bringe dich zu meiner Schwester". Jo schlüpfte in ihre Schuhe und nahm ihre Handtasche. „Was ist mit Pablo?" Fragte sie.

„Er sollte besser davonlaufen".

„Auf Wiedersehen Pablo, werde dich anrufen". Jo und Thalia beeilten sich und liefen die Stiegen hinunter, so gut es Jo konnte. Pablo konnte das Echo der Schreie auf Griechisch hören, das in den unteren Passagen begann. Er nahm die Stiege zum Notausgang und lief vom zweiten Stock hinunter. Im Erdgeschoß stieß er die Tür auf. Es schloss sich hinter ihm mit einem Knall. Dann, als er sich für einen Moment orientierte, eilte er in die Richtung des Museums, welches er von früheren Besuchen gut kannte. In einer schmalen Straße hinter der Rückseite des Museums, stieß er auf ein Eckbistro, eilte hinein und bestellte ein Glas Bier. Er trank es aus und kühlte sich etwas ab. Seine Knie waren zittrig und er glaubte zu kollabieren. Sein Herzschlag überschlug sich und Schweißperlen formten sich auf seinen Schläfen. Ich hoffe ich habe nichts erwischt, murmelte er und bestellte noch ein Bier. Als er mit dem zweiten Drink fertig war, fühlte er sich wieder wie sein altes ich, stark, selbstbewusst und bereit wieder zur Außenwelt zurückzukehren. Er musste die EPASKT-Galerie morgen aufsuchen. Er würde besser den Bus zum Syntagma Platz erwischen und dann mit der Tram heimzufahren.

10.

Auf seinem Weg zur Plaka Galerie in der Tram, erreichte er den Syntagma Platz, stieg dort aus und ging Richtung Parlament. Das stets gegenwärtige Soldatenpaar in ihren speziellen Uniformen paradierte in Synchronschritten auf und ab. Eine Gruppe von Zuschauern, hauptsächlich Besucher und Touristen hatten sich versammelt und fotografierten das griechische Paraderitual. In der sehr warmen Luft waren es nur die Kinder die herumtollten und spielten. Einige Besucher trugen Sonnenschirme, jedoch die Mehrheit bevorzugte Sonnenbrillen. Für Pablo war es unmöglich diese blendende Hitze ohne Schatten und einer Flasche Wasser zu überstehen. Man konnte an jedem Kiosk, die strategisch in der ganzen Stadt Athen verteilt waren, eine gekühlte Flasche bekommen. Der Kiosk war das A-Z für das Überleben. Pablo warf einen Blick auf das Hotel Grand Bretagne, wo eine Anzahl von Leuten sich um den Haupteingang herumscharten. Die beste Hoteladresse in der Stadt war, wie auch alle anderen Hotels, sehr beschäftigt um diese Jahreszeit. Er bog beim nördlichen Ende des Parlaments rechts ab und ging bei der Sofias Avenue in östlicher Richtung weiter. Etwas weiter als das Benaki Museum, waren die österreichische Botschaft und das Konsulat, auf der rechten Seite positioniert. Er ging zum ersten Stock hinauf und trat ins Konsulat ein. Eine ältere Dame war gerade dabei zu gehen und er kam an die Reihe.

Er stellte sich vor und erklärte der Angestellten sein Anliegen. „Ich bin hier verloren, habe kein Geld mehr und ich gehe durch ein schreckliches Erlebnis durch, hier gestrandet zu sein". Er sprach detailliert über seine Anstrengungen in der Welt der Kunst, die jetzt gescheitert waren. Er konnte seine Miete nicht mehr zahlen. Die Angestellte zeigte nicht das geringste Mitgefühl, hörte seiner Erklärungen mit einem indifferenten Gesichtsausdruck zu. Pablo spürte sofort dass er keine Hilfe für den Transport seiner Bücher und einzelner Möbelstücke, nach Bratislava, erhalten werde, wo er eine Einladung zu einer vorübergehenden Wohnmöglichkeit erhalten hatte. Außerdem wurde er ermutigt dort seine Kunst auszustellen. Aber das klang zu gut um wahr zu sein, dachte er.

„Alles was wir hier für sie tun können, ist ihnen ein Flugticket nach Österreich auszustellen", sagte die Angestellte. „Und diese muss am Tage der Ausstellung benützt werden". Als Pablo sein Notizbuch nahm und nichts mehr sagte, dachte sie wahrscheinlich dass er mit seiner Abfrage fertig wäre und blickte bereits die nächste Besucherin an. „Danke sehr", sagte Pablo etwas lauter und verließ das Konsulat. Er ging zum Parlament zurück und setzte seinen Weg gerade weiter, durch den unteren Teil des Syntagma Platzes, fort.

Bei einem Kiosk, in der Nähe der überfüllten Terrasse von McDonald, kaufte er sich ein kleines Päckchen Zigarillos. In der Innenstadt setzte er seinen Weg entlang der Ermou Straße fort, bis er die sehr alte, orthodoxe Kirche ‚Panaghia Kapnikarea' erreichte, wo er Zeit mit seiner

Muse Ana verbrachte. Hier zweigte er links in die Kapnikarea Straße ab. Erinnerungen an sein erstes Zusammentreffen mit Ana überfluteten ihn. Die Rückblende war etwas verblasst, aber er erinnerte sich an Einzelheiten seines Treffens mit ihr, als ob es gestern gewesen wäre Er kreuzte Adrianou Straße und ging am Aerides Monument vorbei, schlenderte entlang der Römischen Agora bis zur Aiolou Straße, die in die Panos Straße einmündete, wo die Galerie situiert war.

Iannis war zugegen und fragte ihn über seine Erfahrungen mit Kunden. Er erwähnte dass er einige potentielle Kunden getroffen hätte, aber die sich für die kleinen Gemälde und Aquarelle interessierten. „Leider sind nicht die besten Zeiten zu erwarten", sagte Iannis, „viele Leute haben nur ein kleines Einkommen und Griechenland hat sich in der EU sehr verschuldet. Pablo raspelte. Er hatte ein Problem mit der EU, der Europäischen Union.

„Sie sprechen über eine Union, die aber kaum existiert", erwiderte er. „Aber ich bin nicht hierhergekommen um mit dir über Politik zu diskutieren". Iannis lachte. „Natürlich nicht, es hat wenig Sinn". Pablo zündete sich eine seiner Zigarillos an. Iannis offerierte ihm ein Glas Wein. Sie setzten sich auf eine Bank außerhalb des Barbereiches, gegenüber dem Eingangsbereich zum Hof. Durch die Blätter der Bäume, die sich in der leichten Brise bewegten, wurde die Akropolis, hie und da, sichtbar, als ob eine unsichtbare Hand einen Vorhang zur Seite schob.

„Dies ist ein wunderbarer Ort", sagte Pablo". Iannis nickte. „Ja, ist es, aber die lokale Stadtverwaltung möchte die Galerie schließen".

„Wirklich?"

„Ja, sie schreiben mir regelmäßig".

„Das wäre tragisch". Pablo dachte über sein Pech, mit dem Vorgang von Jos separiertem Ehemann, der ihn jagte, seiner erfolglosen Angelegenheit mit dem Konsulat, und jetzt noch die drohende Möglichkeit der Schließung der Galerie, die ihm eine Chance bot um seine Kunst auszustellen. „Ich hoffe das griechische Tragödien nicht in drei Teilen kommen", sagte er und blickte zu Iannis. Der Mann mit tiefen Markierungen auf seinem Gesicht, die von Zähigkeit und Entschlossenheit zeigten, sah Verloren drein. Ein trauriger Ausdruck verbreitet sich entlang seiner Gesichtsfalten uns grub sich tiefer in die bestehenden Markierungen.

„Hoffen wir dass es nur eine Angstmache ist", sagte Pablo und dachte an die Ineffizienz der Unterabteilungen der Regierungsbehörden. „Sie sagen oft etwas das keinen Sinn ergibt, aber am Ende wird es doch nicht geschehen". Er trank aus und sprach zu Iannis über das Abhängen seiner Gemälde in einer Woche. Iannis meinte dass er sich nicht unbedingt beeilen müsste, da der nächste Künstler das Hängen seiner Bilder erst in zehn Tagen beginnen würde. Pablo bemerkte dass Iannis' blasser Assistent nicht zugegen war.

Als Pablo die Galerie verließ, hatte er das Gefühl dass ihm jemand folgte. Er wollte wissen wer das sein könnte und wie er diese Person austricksen könnte. Er beeilte sich bei der folgenden Straße schnell rechts zu gehen und sich eiligst in den Schatten einer Einfahrt zu stellen. Plötzlich ging eine schlanke Person vorbei und er erblickte das Gesicht von Iannis' Assistenten. Pablo wartete eine Weile, bis er wieder sein Versteck verließ. „Verdammter Kerl, dieser Assistent von Iannis", fluchte er in sich hinein. Ein Spion? Für Jos separierten Ehemann? Möglich, da Thalia auch sofort informiert wurde, dass hieße, wer sie informierte, würde den blassgesichtigen Assistenten auch kennen.

Es war wohl für ihn von keiner Hilfe, den weitverzweigten Kreis der Informanten zu kennen, da es ja bloß zu seiner lebensgefährlichen Konfrontation mit Jos Ex führen würde, sinnierte Pablo. Jo hatte ihn gewarnt und er glaubte ihr dass dieser äußerst gewalttätig sein konnte. Es war höchste Zeit zu gehen und seine Güter zu schützen. Aber konnte er das? Er hatte kein Geld mehr für die Miete und musste seine Möbel einbüßen, seine Bücher, das meiste seiner Kleidung, und seine CD-Kollektion. Er musste mit dem Hauseigentümer sprechen, aber der Mann war nicht erreichbar. Er ersuchte Aurora einige seiner fertiggepackten Koffer in ihrem Strandhaus zu verwahren. Thalia würde einige seiner Gemälde nehmen und sie bei Jo verstecken. Fieberhaft arrangierte er seine Logistikliste.

Sobald er in seiner Wohnung ankam, packte er die Koffer, die er nach Bratislava mitnehmen wollte. Er hatte keine Familie mehr in Österreich, und sein erster Cousin von Vaters Seite hatte kürzlich einen Verkehrsunfall und war querschnittgelähmt. Es gab Hoffnung in der Stadt Bratislava. Er wählte die Telefonnummer die ihm ein Freund gegeben hatte. Alica war zuhause.

„Ich bin froh dass ich Sie erreicht habe". Er stellte sich vor. „Oh ja, Michal hat mir über Sie erzählt. Natürlich können Sie hier einige Zeit logieren. Ich habe ein Gästezimmer". Pablo war begeistert. Nach alledem, was hätte er ohne seinen Desktop Computer getan? Nun würde es für ihn bald verloren sein, verkauft werden um die Miete zahlen zu können. Er hatte sich bei Thalia, Jos Freundin, bedankt, die sich um den Verkauf seiner Ausstattung kümmern würde. Er tippte ihr eine Vollmacht und würde dies seinem Vermieter mitteilen, dessen Schwester im ersten Obergeschoss lebte. Er vertraute Jo und Thalia, die eher seine Vertrauenspersonen waren.

Jo hinterließ ihm eine Botschaft mit Iannis, da sein Assistent auf Urlaub war: Jo würde ihm mit dem Abhängen seiner Bilder behilflich sein. Großartig! Dies gab ihm genug Zeit sich ein günstiges Flugticket am Internet zu besorgen, da er ja noch den Desktop Computer und den Drucker hatte. Er bestellte das Flugticket und fragte Thalia ob sie mit Jo die Kreditkartenzahlung zu besprechen. Er würde später für sein Ticket zahlen, wenn er mit Jo seine Gemälde bei EPASKT abhängen würde. Er dachte über seine Art von der Stadt sich zu verabschieden, wo er Liebe, Inspiration, und Abenteuer gefunden hatte, aber wo er unglücklicherweise nicht weiter verbleiben konnte. Er würde kurz Abschied feiern.

Spontan verließ er sein Apartment und nahm die Tram nach Glyfada, wo er in den Bus zur U-Bahnstation in der Innenstadt umstieg. Dies war die schnellere Alternative zur Straßenbahn, aber der schwierige Teil war der Transfer zur U-Bahn. In zwanzig Minuten war er in der Innenstadt und wanderte auf einem familiären Fußweg zur Akropolis hinauf. Im Geiste verständigte er Ana und führte einen intensiven Dialog, über sein wechselhaftes Glück Nachdem er sich verbal – im Gebrumme – von seinen Problemen befreit hatte, setzte er sich auf eine Bank neben dem Kiosk, wo die Eintrittskarten verkauft werden. Er nahm sein Notizbuch und fasste die Hauptereignisse der letzten zwei Jahre zusammen. Er musste etwa eine Stunde dort gesessen sein. Es war an der Zeit zur Akropolis, auf dem ausgetretenen Pfad wo viele hunderte sich drängende Touristen, auf und abwanderten, mit einem leicht rhythmischen Tempo hinaufzugehen. Schlussendlich, als er die steilen Stufen zu den Propyläen bewältigt hatte, erfüllte ihn der erste Blick zum Parthenon Tempel mit Ehrfurcht. Dieser Tempel, der aussah als wäre er von den Felsen auf dem er stand heraus geschnitzt worden, übte jedes Mal wenn er wiederkam, eine große Wirkung auf ihn aus. Er seufzte, erinnerte sich an seine Zeit mit Ana und an seine Gedanken, sich mit ihr zusammen am ‚Lovers Leap' – in den Tod zu stürzen. Dort im nordwestlichen Teil der Akropolis war wohl auch der steilste Fall. Dies geschah nicht, aber es war ein Gedanke die sie beide teilten und worüber sie einige Male sinnierten. Öfters dachte er dass Ana mit ihm gespielt hätte, aber dann verwarf er diese Gedanken, wenn er sich die 21 Tage wachrief, die sie in Liebe verbracht hatten.

Er ging um den Tempel herum, bewunderte seine monumentale Präsenz und die feinen Details, die man noch sehen konnte. Er bemerkte dass die verbliebenen Tympanon Skulpturen mit Abgüssen ersetzt wurden, da die Luftverschmutzung, Sonne und Regen die Originale wohl mit der Zeit vernichtet hätte. Die Originalskulpturen wurden im Neuen Akropolis Museum untergebracht. Ein Architekturjuwel, welches auch die Kronjuwelen der Klassischen Antike beherbergte. Als er sich zum Erechtheion Tempel bewegte, waren die meisten Besucher schon gegangen. Zum Erdgeschoß hinuntergestiegen, blieb er stehen und bewunderte die Schönheit der schlanken ionischen Säulen, die im Kontrast zu den dorischen Säulen des Parthenon standen. Ein Argument störte plötzlich seine Betrachtungen. Ein Schuss krachte und ein schwirrendes Geräusch streifte sein Ohr. „Verdammt!" schrie jemand, „du hast ihn verfehlt!" Dann merkte er ein warmes pochendes Gefühl an seinem Ohr. Blut rieselte Er nahm ein Taschentuch von seiner Tasche und wirklich – er blutete. Das Geschoß muss ihn knapp verfehlt haben, da er deutlich das Splittern des Marmors hörte, als das Geschoß in eine Säule in der Nähe eindrang.

„Es war der Bastard!" Schrie er auf. „Polizei, Fremden-
polizei, hier!" Jemand hatte schon die Fremdenpolizei an-
gerufen und Pablo war erstaunt wie schnell sie da waren.
Aber wer hatte sie gerufen? Man ersuchte ihn sich auf die
Tragbahre zu legen. Ein Nothelfer gab ihm eine weiche
Gaze auf sein Ohr und ersuchte ihn diese dranzuhalten.
Dann trugen ihn die Helfer von der Akropolis. Als sie von
den Propyläen zur Zufahrt gelangten, nahm ihn eine war-
tende Ambulanz zum Notspital. Es muss sehr nahe zur
Akropolis gewesen sein, da der Transport mit lauten Sirenen, in wenigen Minuten ankam. So schien es ihm. Zunächst dachte Pablo dass zu viel Aufheben um ihn gemacht wurde, da er sich noch immer recht stark fühlte.
Aber bald verließen ihn seine Kräfte. Er hatte nicht bemerkt wieviel Blut er verloren hatte. An eine Infusion an-
gehakt, rollte man ihn in die Notfallchirurgie. Nach einer
Lokalanästhesie säuberte ein Chirurg seine Wunde und er
erhielt einen Verband. Dann wieder zum Warteraum. Ein
junger Arzt sagte ihm dass er Glück hatte, dass sie ihm
sein beschädigtes Ohrläppchen wiederherstellen konnten.
Sein Gehör war für einige Zeit etwas behindert, aber
würde wieder vollkommen funktionieren. Er musste die
Nacht noch im Spital verbringen, aber in der Früh könnte
er wieder gehen.

Am nächsten Morgen sah sich der diensthabende Arzt
seine Wunde an und wollte ihn noch für einen weiteren
Tag im Spital behalten. „Es könnte noch eine Infektion ent-
stehen", meinte er und rief eine Schwester, die ihm einen
neuen Verband anlegte. Pablo ruhte sich aus. Er war bald
eingeschlafen, als ihn jemand an seinem Arm schüttelte.
Jo und Thalia standen vor ihm.

„Oh Hallo ihr zwei hübschen Damen", Er lächelte. „Seid
ihr gekommen um eine Mumie anzusehen?" Beide lachten. „Nun, aber eine schöne und lebendige". Endlich,

dachte er, etwas Erfreuliches. „Was war geschehen?" Fragten die beiden Frauen zugleich. Pablo musste lachen, aber es schmerzte ihn. Er blinzelte und ersuchte sie, sich zu setzen. Dann erzählte er ihnen über sein Erlebnis. Jo hörte ihm aufmerksam zu und seufzte. "Gott sei Dank, dass er dich nicht tödlich traf!" Pablo öffnete seine Augen weit auf, dieses Mosaik von verwickelten Beobachtungen von Jo und ihm selbst formten sich plötzlich in ein ganzes Bild.

„Ich weiß es nicht sicher", sagte Pablo mit einer leisen Stimme, „aber Ich glaube dass ich zwei Gestalten beim Erechtheion Tempel, zur Zeit der Dämmerung, gesehen habe. Jo nahm Pablos Hand in ihre. „Du brauchst nicht weiterreden, wenn du noch Schmerzen hast". Pablo setzte fort: „Nein, es schmerzt nicht so arg, wie dieses kontinu-ierliche Ausspionieren meiner Person. Ich habe den Jungs bei EPASKT vertraut. Ich habe sie sogar zu den Drinks eingeladen, für die ich bezahlt hatte. Schau sie an, was sie mir angestellt haben, sie hatten geholfen mich beinahe umzubringen!". Jo drückte die Hand von Pablo. Er fühlte sich etwas besser.

„Du hast recht, Pablo", sagte Jo. „Iannis Assistent hatte Thalias Bruder über deine Bewegungen, zu und von der Galerie, informiert".

„Nun, das Info-Netzwerk von Jos Ex-Mann umfasste ei-nige Spione. Du kennst den in der Plaka Galerie, der an-dere war der untere Nachbar von Jo, und der dritte war ein Freund deiner Mitbewohnerin im ersten Stock, die alle auf dich angesetzt waren". Jo fühlte sich plötzlich müde. Auch Pablos Medikamente machten ihn schläfrig. „Schlaf jetzt, Pablo", sagte Jo und wir werden später versuchen das Puzzle zu vervollständigen. Sie standen auf und verließen ihn. Pablo war eingeschlafen.

11.

Jo und Thalia halfen mit den Vorbereitungen für die Veräußerung der Einrichtungsgegenstände von Pablos Apartment. Jo ersuchte die Schwester des Hausherrn, die im ersten Stock wohnte, die eingerollten Leinwände, die Malereien des Apollo Frieses, als auch ausgewählte Bücher und Malereizubehör für Pablo sicher zu lagern, bis er sie holen würde. Sie versprach es. Als Pablo vom Spital zurückkehrte, erstellte er eine Liste seiner Güter, die er behalten wollte. Er übergab der voluptuösen Frau eine Kopie. Es gab endlose Diskussionen zwischen Jo und seiner Wirtin vom ersten Stock, die sich als sehr störrisch entpuppte. Sie forderte mehr von seinen Gütern anstelle von Barzahlungen der ausständigen Miete. Jo kochte für Pablo und er kam Tag für Tag wieder zu guter Kraft. Jo wollte eine Party für Pablos Weggang schmeißen. Obwohl die meisten Bekannten und Freunde von Jo ihr Verhältnis mit Pablo billigten, Jos unterer Nachbar wohl nicht. Er beschwert sich bei ihnen dass die Musik zu laut wäre. Thalia und Jo konfrontieren den faulen Charakter eines gemeinen Querulanten und beschuldigen ihn einem Kriminellen geholfen zu haben, da dies außerdem gesetzlich ein Delikt ist. Der kurze, schwächlich aussehende und sich schäbig gekleidete Mann war durch den Auftritt der beiden Frauen verängstigt, da er bedroht wurde als Komplize eines ihm bekannten Mannes angezeigt zu werden, der für Mordversuch verhaftet wurde. Er entschuldigte sich bei Jo und versicherte ihr dass er bei ihrem Ex-Mann verschuldet war für geborgtes Geld. „Aber du hast zu Unrecht gehandelt", erklärt ihm Thalia. "Was wäre geschehen wenn Pablo nicht überlebt hätte? Dann hätten sie dich zu einer langen Gefängnisstrafe verurteilt für Beihilfe zu einem Mord!" Der kurzgewachsene Mann sank in einen Sessel beim Esstisch und weinte. Die beiden Frauen gingen, angeekelt von ‚Nanos' dem Giftzwerg.

Pablo fand auf Aegean Airlines ein Flugticket nach Bratislava zu einem angemessenen Preis. Er buchte es sogleich. Jo erlaubte ihm die Kosten auf ihre Kreditkarte anzurechnen und er druckte sogleich das Boarding ticket auf seinem Drucker aus. Einer der letzten Akte die er auf seinem Gerät getan hat. Er hat mit seinem Freund die Ankunftszeit bestätigt und Juray wird ihn vom Flughafen abholen. Während er mit Jos Hilfe einen guten Deal gemacht hatte, wurde er auch noch Sitzmäßig verbessert und er saß an der Businessklasse, wo er auch ihre Mahlzeiten erhielt. Er wird Jo anrufen und sich bei ihr bedanken für die ausgezeichnete fußfreie Sitzposition. Er holt sich sein Taschennotizbuch aus seiner Jacke, mit seinem roten Lamy Füller, rückt sich in eine entspannte Schreibposition und schreibt in sein Journal. Dazwischen skizziert er einige Gesichter an die er sich erinnert: Jo, das Gesicht mit weit offenen blauen Augen, die er so gut kennt; Thalia, die eine bemerkenswerte Nase hat, mit tief-gesetzten dunklen Augen; Iannis, mit einem hageren Gesicht und einem rätselhaften Lächeln; Mario, sein Freund und Mitkünstler aus Kreta; Greg, der eigenartige, Cannabis-verrückte Videofilmer, der eine kurze Dokumentarskizze über ihn kreierte. Irgendwie, obwohl er keine guten Portraits von allen hatte, konnte er einige der charakteristischen Features dieser Personen andeuten, die er während seiner Zeit in Athen kennengelernt hatte.

Als sein Flug über Kiew und Prag nach Bratislava geleitet wurde, hatte er genügend Zeit um tiefer in die Erfassung von Details einzudringen. Jedoch nach zwei Stunden war das Umsteigen in Kiew auf eine Maschine der Ukraine Air nach Prag, eine willkommene Abwechslung. Man muss für mehr Zeit erlauben, wenn man einen guten Deal auf ein Flugticket bekommen will, sinnierte er. Nun, der Flug nach Prag war kurz. Als er in Prag zu Czech Airlines wechselte, würde er auch wieder in einer Stunde in Bratislava sein. In Bratislava angekommen, brauchte er etwas Zeit ein Gepäck zu finden. Er lud seine Koffer und sein Kabinengepäck auf ein Trolley und ging auf den Ausgang zu. Er studierte Jurays Portrait, das ihm Alica zugeschickt hatte und er erkannte Juray in demselben Moment als er den Ausgang hinter sich gelassen hatte. Er winkte ihn und Juray winkte zurück. „Juray, danke dass du gekommen bist und mir helfen willst, in der historischen Stadt die mich als Künstler akzeptiert hat, Fuß zu fassen". Juray gab ihm die Hand. Pablo musste seinen Schmerz unterdrücken den er noch in seinem Kopf spürte, wann immer er Hände schüttelte. Er hatte vergessen seine Medizin zu nehmen. „Könnten wir bei einer Toilette stehen bleiben?" Juray nickte und nahm ihn zum nächstgelegenen Toilette mit. Pablo erfrischte sich sein Gesicht und schluckte eine schmerzstillende Tablette, die er mit etwas kaltem Wasser runterspülte. Er trocknete sein Gesicht mit einem Papierhandtuch. Dann fühlte er sich etwas besser vorbereitet für Juray und seiner Frau, die einverstanden war ihn temporär als Gast aufzunehmen.

Juray führte den Trolley zu seinem Auto und Pablo folgte. Er fühlte sich noch etwas benommen, aber er würde ganz gut entlanggehen. Schließlich atmete er eine andere Luft ein, war in einer anderen Stadt und traf verschiedene Menschen, die, so ferne er es beurteilen konnte, nicht herumrannten um den Liebhaber ihrer Frau abzuknallen. Juray fuhr als ob er die ganze Nacht gefahren wäre, übermüdet und er erweckte den Eindruck, als ob er seine Meinung

erst im letzten Moment abmachte, rechts oder links abzu-
biegen. Endlich blieb er bei einem modernen Wohnblock
stehen. „Wir sind da, Pablo", sagte er und sprach seinen
Namen etwas anders aus. Pablo musste an ein Experi-
ment mit einem Hund denken, der beim Erklingen einer
Glocke gefüttert wurde, während sein Schweif wackelte.
Sie nahmen die Gepäcksstücke aus Jurays Auto. Jurays
Frau, Alica, erschien und Pablo sagte „Hallo, da bist du ja
in Fleisch und Blut". Sie lachten als sie Hände schüttelten,
da sie zuvor nur durch das Internet Kontakt hatten. Sie war
beruflich Architekt und er konnte sich auf sie auch profes-
sionell beziehen. „Ich werde dir zuerst dein Zimmer zeigen, sagte sie, und als Juray voranging, nahm sie einen
vertraulichen Ton an, den sie auf einer virtuellen Seite ge-
teilt hatten. „Ich bin froh dass du hier bist, Pablo", flüsterte
sie und bestätigte damit dass sie noch immer an Pablo interessiert war.

„Du kannst unser Bad benützen und dich erfrischen",
sagte sie als sie mit Pablo den ersten Stock erreichten. Sie
betraten ein Foyer mit einer Garderobe und einem Wohnzimmer. Die Küche und das Bad waren dahinter. Neben
ihnen war eine Wendeltreppe, die zu Alicas Studio führte,
wo Pablo wohnen würde. Er liebte es. „Ich mag deine
Wohnkonfiguration, Alica". Pablo spürte dass er hier eine
gute Zeit verbringen würde, besonders da Alica nicht nur
seine Kunst und Poesie mochte. Außerdem konnten sie
über Architektur, nicht nur im generellen, sondern auch im
Detail diskutieren. Pablo hatte eine lange Erfahrung in allen Aspekten von Design, der Präparation von Dokumenten und Plänen, mit der Kontrakterstellung und der Bauüberwachung. Sicherlich wollte Alica mehr darüber im
Detail erfahren. Er würde sie nicht enttäuschen. Ihr Studio
ihm anzubieten war äußerst generös und er würde ihr mit

seinem praktischen Wissen helfen. Es das wenigste das er im Gegenzug tun konnte.

„Heute Abend wollen wir feiern", sagte Alica, als sie in ihr Studio hineingingen, wo sie ein provisorisches Bett für Pablo hergerichtet hatte. Er war überrascht dass sie so plötzlich allein waren. Er umarmte sie und sie küsste ihn. „Aber..." Sie lächelte. „Sei unbesorgt, ich habe Juray zum Einkaufen geschickt". Sie küssten sich und Alica drückte Pablo auf das weiche Bett.

„Uhh", seufzte Pablo, da sein Kopf noch wehtat. „Bist du OK? Fragte Alica. „Ja, ein bisschen Kopfweh. Sie sah ihn besorgt an. „Dann sollten wir etwas zurückhalten".

„Keinesfalls", sagte er, zog sie zurück und küsste sie. Sie seufzte. Alica war überall auf ihn und sie war heiß. Dieses Mal konnte er sie intim berühren und sie wollte noch mehr. Er rutschte an ihr hinunter und brachte sie zu ihrem ersten Aufwallen. „Ah Pablo", stöhnte sie, „was für ein erotisches Geschenk bist du für mich". Er hatte seine zweite Hälfte getroffen, so wie einst Ana es feststellte, ihn in über Liebe belehrte und wie er eine Frau befriedigen konnte. Es war höchstes Vergnügen mit Ana. Nun war es ausgezeichneter Spaß mit Alica, die von ihrer ersten oralen Klimax aufgewühlt war.

„Jetzt bist du an der Reihe", sie bewegte sich von ihm und zog seine Hose herunter. Pablo zuckte zusammen als Alica seinen Penis zwischen ihre Lippen nahm. Sie spielte mit ihm sehr gefühlvoll und sie war gut für ihn. Er konnte es nicht mehr zurückhalten zu kommen, wenn sie so weitermachte.

„Oh Alica, es ist so gut", raunte er.

„Ich bin so froh, ich möchte dass du in meinem Mund kommst", sie leckte und lutschte ihn und Pablo schloss seine Augen. Er sah Ana mit ihrem schön-geformten Busen, sie kniete sich nieder da er sie von der Rückseite penetrieren wollte, während Lucy auf dem Bett kniete und ihm ihre Muschi für seine Lippen anbot. Dann kam das Erdbeben in ihm. Und Alica hielt seinen Penis fest, trank jeden Tropfen seines Spritzens. „Ahh!" Pablo schrie auf und als Alica ihn losließ, kam sie hoch und küsste ihn. Es war sein heißester Kuss seit langer Zeit. Sie glühte. „Lass uns auffrischen", sagte sie schwer atmend, „er muss bald kommen". Pablo konnte sich kaum rühren. „Wow!" rief er aus. „Alica, lass dich umarmen": Sie verschwand schnell nach oben und kam erfrischt zurück. „Das Bad ist frei, Pablo". Er musste sich zusammennehmen und ein kommendes Kopfweh vermeiden. Aber es gab kein kommendes Kopfweh, Es war guter Sex und hatte seinen Kopf geheilt. Er fühlte sich wie wiedergeboren, ein bisschen wackelig auf seinen Beinen, aber sonst ganz richtig. Er ging die Wendeltreppe hinunter um ein frisches Hemd anzuziehen. Er war schon fertig, als er Alica und Juray reden hörte. Es gab Kochgeräusche aus der Küche. Er legte sich hin und döste. Sein Traum über fünf Frauen war wieder da, die in verschiedenen Positionen standen, aufrechte Akte mit wechselnden Gesichtern. Eine hatte eine Maske und eine andere den Kopf eines tropischen Vogels. Sie sangen für ihn und gurrten, wie Sirenen, und er musste sich seine Ohren zuhalten, um nicht seinen Verstand zu verlieren.

Jemand klopfte auf seine Schultern. „Wach auf Pavlo", es war Juray mit seiner sanften, warmen Stimme, die seinem Zeichenprofessor im Gymnasium ähnelte.

„Oh schlief ich ein?" Sagte er und sah Juray, der bei seinem Bett stand und lächelte. „Du hattest eine lange Reise". Pablo setzte sich auf und öffnete seine Augen wiederholt. „Das Diner ist fertig", sagte meine Frau. Bitte komm". Pablo bedankte sich, stieg vom Bett, kämmte sich seine Haare und ging die Wendeltreppe hoch. Dies war echt unterhaltsam und die Jurays waren ein liebes Paar. Beide lebten auf einer anderen Ebene der Realität. Juray war ein Historiker, der sein oft trockenes Fachgebiet verehrte und neues Leben hineinatmete, indem er es von verschiedenen Perspektiven betrachtete, wie er sagte.

Das Diner war ausgezeichnet. Alica hatte slowakische Spezialitäten gekocht. Alles war sehr schmackhaft, sogar das Rotkraut, das er nie mochte, aber ihre Art der Zubereitung war köstlich. Juray servierte slowakischen Wein. Er hatte einen fruchtigen Weißwein für die gebratenen Karpfenfilets als Vorspeise, und einen trockenen Rotwein für den Schmorbraten.

Pablo nahm ein Glas Weißwein zur Vorspeise. Er trank gewöhnlich Rotwein, aber er wollte den Gastgeber nicht beleidigen. Jedoch war Pablo froh dass Alica Rotwein bevorzugte, während Juray auch Weißwein für die Hauptspeise vorzog. „Es schmeckt alles großartig" lobte sie Pablo".

„Juray hat den Karpfen zubereitet, sagte Alica. Er lächelte, „Ja, ich liebe Fisch. Für mich ist es auch eine Familientradition, wann immer wir Gäste empfangen".

„der Schmorbraten ist Alicas Spezialität", setzte Juray fort. „Ja, ich liebe diesen trockenen Rotwein, genannt ‚Frankovka modra', der gut zum Rindsbraten passt, aber zu jedem Braten". Fügte Alica hinzu.

„Ich sehe ihr seid ein Paar von Feinschmeckern", erwiderte Pablo. Beide lachten.

„Nicht wirklich", sagte Juray und kicherte. Pablo beobachtete dass er das jedes Mal tat, wenn er für seine Fähigkeiten, auf irgendeinem Gebiet, gepriesen wurde, oder sein umfangreiches Allgemeinwissen bewundert wurde. „Aber es ist mehr Alicas Bereich, da sie gerne mit Gewürzen experimentiert", setzte er hinzu und gluckste.

Der Abend setzte sich mit Geplänkel fort, guten Speisen und Getränken und Pablo freute sich dass er sich sowohl mit Alica, seiner geheimen Liebe, als auch mit ihrem freundlichen Ehemann, Juray, so gut verstand, der eine liberale Attitüde nicht nur Freunden gegenüber hatte, sondern auch der Ehe. Mitten in ihrem ersten gemeinsamen gastronomischen Abend, hatte Pablo sich, von seiner Erfahrung zu einer Todesnähe auf der Akropolis, erholt.

Alicas Schmorbraten war zur Perfektion gegart und die geviertelten Kartoffel und das gemischte Gemüse ergänzten ihren fein-gewürzten Braten. Juray tranchierte und Alica servierte die Kartoffel und das Röstgemüse. „Hier ist Chillisauce, sagte sie als sie die Sauce separat brachte. Pablo liebte würziges Essen, welches er in Afrika und Griechenland genießen konnte. Er würzte sein Bratenstück mit einem Löffel voll und Alica tat dasselbe. „Ich sehe dass wir einen ähnlichen Geschmackssinn haben, lachte sie wie sie Pablo beobachtete als er ihre Chillisauce genoss. „Mhh", Pablo äußerte sich zwischen den Bissen und stieß in sein saftiges Stück Fleisch.

„Natürlich hast du schon früher würzig-scharfe Kost gegessen", sagte Alica.

„Ja, in Ungarischen, Indischen, Mexikanischen und Speisen der Kap-Malaien", erwiderte Pablo.

„Bist du in diese Länder gereist?" Jury reagierte plötzlich.

„Nein", sagte Pablo, „aber während meines Aufenthaltes in Südafrika, habe ich verschiedene Küchen besucht und ihre Speisen probiert.

„Ich wusste nicht dass dort so viele verschiedene Kulturen existierten", sagte Juray.

„Ja natürlich, fast jede Art kulinarischer Küche ist vertreten, durch die Einwanderungen aus der ganzen Welt. Und ich habe die Chinesische vergessen". Diesmal war Pablo

an der Reihe zu kichern. Juray sah überrascht auf und nur
seine Kiefer bewegten sich, als er an seinen Braten kaute.
Er nahm sich keine Chilisauce, da es störend zu seinem
weißen Lieblingswein war. Verständlich, sinnierte Pablo,
er ist von einem anderen Stall. Alica blieb dieser Konversation fern, da sie durch ihre Internet Kommunikation mit
Pablo schon über die verschiedenen Kulturen gehört
hatte. Pablo setzte seine Erzählung mit seiner ersten Begegnung einem indischen Curry-Essen fort. „Curry selbst
ist nicht scharf, es ist die Menge des Chilis in der Sauce
welches das Feuer in der Speise hervorbringt“, erläuterte
er Juray. „Aber nun genug über Gewürze“, sagte Pablo
„lass uns über deine Arbeit reden Juray“. Dieser lächelte.
„Da gibt's nicht viel zu sagen. Ich bin mit einem geschicht-
lichen Forschungsprojekt über die Stadt Bratislava beschäftigt.

„Nun da gibt's sicherlich eine Menge Arbeit für solch ein
Unterfangen“, erwiderte Pablo.

„Juray hat fleißig für Jahre daran geforscht“, sagte Alica.

„Ja, es ist an der Zeit dass ich es beende“. Er lächelt als
ob er sich für sein entschuldigen wollte, dass er sich hinter
seinem geplanten Zeitplan befand.

„Du wirst es beenden und dafür dein Doktorat mit Bra-
vour erhalten“, sagte Alica. Pablo nickte. „Ich bin sicher
Juray!“ Er war es nicht gewohnt, bei dem historischen De-
partment der Universität, so sehr gelobt zu werden, wo er
die entmutigende Aufgabe angenommen hatte. Langsam
durch die Jahre wuchs es ihm über den Kopf hinaus. Aber
schließlich hatte Alica seine Anstrengungen unterstützt
und sie ermunterte ihn sein Projekt fortzusetzen, welches
als eines seiner Hobbies begann.

„Genug über unsere Arbeit“, sagte Alica. „Ich serviere
jetzt Dessert und wir wollen dich über deine Arbeit sprechen hören“. Pablo lächelte und dachte dass er sich dem

freundlichen Paar erschließen sollte und in der Gegenwart
Jurays über seine künstlerischen Ambitionen reden sollte,
über die Alica in größerem Detail schon informiert war. Sie
hatte schon einige seiner Poeme und Kurzgeschichten gelesen, die er als E-Bücher publiziert hatte. Juray half Alica
das Geschirr abzuräumen.

Alica servierte ‚Skalicky trdelnik‘, einen vorzüglich geba-
ckenen Nachtisch, der Pablo an einen griechischen Kuchen erinnerte, wo das Innere hohl war. Es schmeckte
großartig. Juray brachte einen lokalen Schnaps, den er
‚Palenka‘ nannte, eine Art Slibowitz, den Pablo aus Österreich kannte. Juray war guter Dinge und begann ein Lied
zu singen, welches er als Kind von seiner Mutter erlernt
hatte. Alica glühte, als sie Pablo zuprostete und ihre Beine
die seinen unter dem Esstisch berührten.

12.

Am nächsten Morgen wachte Pablo spät auf. Er ging die
Wendeltreppe hoch und wollte sehen was die Jurays ta-
ten, aber die waren schon fort. Auf einem Zettel am Frühstückstisch stand: „Bitte lass dir das Frühstück schmecken. Schau dir die Innenstadt an. Ich habe dir einen
Stadtplan hinterlassen. Der Schlüssel für die Eingangstür
ist auch am Tisch. Wir sind am späten Nachmittag wieder
zurück. Alica“.

Pablo aß ein Croissant und trank eine Tasse Kaffee,
studierte kurz den Stadtplan und ging sich duschen. Dann
ging er in Alicas Studio hinunter und zog sich an. Er nahm
sein Notizbuch und einen schwarzen Stoffbeutel, verstaute Stadtplan und Kugelschreiber. Er steckte seinen
zweiten Stoffbeutel ein, da er etwas für seine Gastgeber

besorgen wollte. Da die Distanz zum Hauptplatz der Altstadt etwas größer war, ging er zunächst in ein kleines Café wo er den freundlichen Besitzer ersuchte dass er ihm ein Taxi bestelle. Bei einem kleinen Espresso erklärte ihm der Mann in Englisch dass er mit Taxis vorsichtig sein müsste. Er gab ihm die Telefonnummer von Easy-Cab, einem Unternehmen mit angemessenen Gebühren.

In der Nähe des historischen Stadtkerns stoppte der Fahrer, erklärte Pablo dass er nun zu Fuß weitergehen musste. Er sollte Richtung Panska gehen, wo schöne historische Stadthäuser standen und von dort nach links zum Hauptplatz abzweigen. Pablo ging entlang Sedlarska Straße und sah wie eine Gruppe asiatischer Touristen sich um eine Skulptur scharten. Als er näher kam sah er die Bronzefigur ‚Der schöne Naci‘, mir der sich die Touristen fotografieren ließen. Er amüsierte sich mit dieser Figur eines kleinen Mannes im Mantel, der mit seinem Zylinder in der Hand ehrerbietig grüßte. Von seinem Standpunkt öffnete sich schon der Hauptplatz. Es gab eine Menge bereits zu absorbieren für diese erste informative Tour.

Zu seiner linken Hand sah er ein Café mit Terrasse, die ihn zu einer kurzen Rast einlud. Als er zur Terrasse zuging, erfasste ihn ein plötzlicher Windstoß. Ein schwarzer Hut flog an ihm vorbei und landete am Boden. Er wollte ihn aufheben, aber ein erneuter Windstoß trug in etwas weiter weg. Endlich hatte er ihn und hob ihn hoch. Dann wartete er mit dem Hut in der Hand bis sich der Eigentümer aus der Menge meldete. Eine Hand winkte ihm. „Dakujem vam“ – und nach einer kurzen Pause – „Danke, der gehört mir!“ Pablo erkannte einen Mann in seiner Größe, der sich mit einer Hand an einem blauen Gehstock stützte. Er kann näher. Der Mann mit schulterlangen Haaren sah wie ein Künstler aus. „Hallo, dies ist ihr Hut nehme ich an?“ Der Mann lächelte und erinnerte Pablo an seinen Onkel Feri.

„Ich danke sehr und werde dies nie vergessen". Pablo lächelte. Der Mann war sympathisch und ersuchte ihn Platz zu nehmen. „Mein Name ist Pablo", stellte er sich dem Mann vor. Dieser lächelte erneut. „Ich bin Thomaselli, aber jeder nennt mich Herr T". Pablo musste lächeln. „Sie sehen wie ein Künstler aus". Herr T setzte sich wieder seinen schwarzen Filzhut auf. „Ja", sagte Herr T, „ein Lebenskünstler". Wieder formten sich seine Lippen zu einem enigmatischen Lächeln. „Oh", sagte Pablo das ist selbst hohe Kunst". Er begutachtete den geselligen Mann mit dem man locker ein Gespräch führen konnte und Pablo mochte ihn sofort. Sie sprachen für eine Weile und teilten Witze. Er war ein unglaublich amüsanter Mann.

„Hast du… Ich darf dich doch so nennen?" – „Natürlich", sagte Pablo. „hast du den Witz über die Frau gehört, die zum Arzt ging?" Pablo bog sich vor Lachen über seine Witze. „Ja, den finde ich sehr trefflich Herr T". Er sah Pablo an. „Bitte sage nicht Herr T, nenne mich Tommy". Pablo nahm seine ausgestreckte Hand. Sein Griff war fest und Pablo merkte dass Tommy die ganze Zeit die unmittelbare Umgebung beobachtete. Er scannte den Platz, speziell den Brunnen, wo junge Mädels Ihre Gesichter befeuchteten und die heiße Sommersonne genossen. Pablo hat rechtzeitig Athen verlassen, um seinen ersten europäischen Sommer zu erleben, nachdem er für viele Jahre abwesend war.

Tommy erzählte ihm noch einen Witz. Endlich hatte er jemanden gefunden de ihm zuhörte und das erfreute ihn so unglaublich, sodass ihm noch mehr Witze einfielen. „Sag mir, du bist doch offensichtlich ein Künstler"

„Ja, du hast das an meiner Haartracht gemerkt", sagte Pablo und setzte seine Sonnenbrillen, die ihm von der Nase gerutscht waren, zurecht. Er nahm sein Taschennotizbuch von seinem Stoffsack und zeigte Tommy seine

Zeichnungen. „Die sehen gut aus", sagte sein neuer Freund, „du solltest diese größer zeichnen". Der Ober ging vorbei und Tommy rief ihn. „Was würdest du gerne trinken?"

„Ein Bier für mich", sagte Pablo. „Nun du hast mir diesen Hut gerettet…"

„Ein Bier und ein alkoholfreies Bier", bestellte Tommy vom schussligen Ober, der davoneilte. Die Terrasse hatte sich zur Kapazität gefüllt. „Weißt du wem dieser schwarze Hut gehörte?" Pablo wartete bis Tommy weitersprach. Der Ober erschien mit den Getränken.

„Dieser Hut hat meinem Vater gehört, der hier geboren wurde. Ich wurde auch hier geboren. Wir haben auch hier gelebt, mit meiner Mutter und Schwester": Er suchte in seiner Hemdtasche. „Ah", rief er aus, „das ist es". Er zeigte Pablo eine kleine Fotografie

„Schau sie dir an. War sie nicht eine schöne Frau?"

„Ja, wirklich!" Pablo schaute auf das Portrait einer rassigen Frau.

„Du kannst es natürlich auch an mir sehen!" Er lachte und zeigte eine Reihe perfekt weißer Zähne. Er hatte eine eigene Art zu lachen. Es erinnerte Pablo an einen leisen Sarkasmus und Freude, die Reaktion der anderen Person, mit der er sprach, zu beobachten. Sie saßen und unterhielten sich, bis Tommy mit Erzählungen über seine Familie endete, die äußerst schlecht von dem aufkommenden faschistischen Regime behandelt wurden, als die Nazis in Bratislava einfielen.

„Ich spreche die ganze Zeit über mich", sagte Tommy schließlich. „Was ist deine Geschichte?" Pablo räusperte sich. Tommys Geschichte vom steigenden Nazismus in der Slowakei, erinnerte ihn an sein eigenes Aufwachsen

116

am Land, mit einer späteren Gewalttat gegen seine Familie, als sein Großvater von Vaters Familie von Nazischergen getötet wurde.

„Nun, meine Geschichte ist keine sehr gute“, begann Pablo und erläuterte seine plötzliche Abreise von Athen. „Ich habe dort alles verloren“. Sein neuer Freund sah ihn entsetzt an.

„Das ist entsetzlich. Vereinige dich mit den Meistern des Überlebens“. Pablo musste lächeln, Tommy hatte Humor, sogar eine große Portion Humor.

„So, du hast auch überlebt, aber dafür dass du Frauen gejagt hast“. Er lächelte.

„Wo lebst du jetzt?“ Pablo gab ihm seine Adresse und Alicas Telefonnummer.

„Gut“, murmelte Tommy „ist sie nett?“

„Ja“, erwiderte Pablo, „wir mögen uns gegenseitig“.

„Ist sie verheiratet?“ Tommy sah seinen neuen Freund neugierig an.

„Ja“, Pablo bewegte sich in seinem Sessel.

„Nun, sei vorsichtig, aber hier wirst du keinen Mann finden der mit einer Pistole herumläuft um seine untreue Frau zu rächen“. Beide lachten, aber Pablo fühlte sich etwas schuldig Alica zu begehren, die mit Juray verheiratet war.

„Hast du denn Witz über eine verheiratete Frau gehört, die...“ Jetzt geht das schon wieder los, dachte Pablo Tommy hat einen Witz über alle Konditionen in die Frauen hineingeraten.

„Nein, Tommy, bitte setze fort“. Er beendete seinen Witz und lachte herzlich. Dann entschuldigte er sich. „Ich muss jetzt gehen“ betonte er. „Aber ruf mich morgen früh an und komme in meine Galerie“. Pablo war erstaunt. „Oh, du besitzt eine Galerie?“.

„Ja“, sagte Tommy mit leiser Stimme, „aber ich bevorzuge den Namen ‚Art-Shop‘, oder ‚Kunstladen‘.

„In Ordnung", reagierte Pablo, „werde es tun".

„Einen guten Abend noch Pablo – dann fügte er hinzu – Picasso" und kicherte.

„Typisch Tommy", sagte Pablo leise bei sich, „er macht sich über alles lustig und doch ist er aufmerksam". Dann sah er ihn an.

„OK, Meister T", Pablo sagte es artikuliert, „es war mir ein Vergnügen dich kennenzulernen".

„Oh", rief Tommy aus, „du hast eine poetische Ader, Pablo". Er lächelte.

"Danke, auf Wiedersehen".

„Auf Wiedersehen – zbohom", sagte Tommy und lehrte Pablo ein weiteres slowakisches Wort.

Als Tommy gegangen war, ging Pablo in das Innere des Cafés. Er sah den Namen ‚Café Roland' in das Glas des Fensters geätzt Er benützte die Toilette im Untergeschoss und ersuchte den Ober ihm ein günstiges Taxi zu rufen. „Wo wünschen Sie hinzufahren?" Pablo nahm seinen Stadtplan und zeigte ihm die Straße. „Oh", sagte er, „Lomonosovova, nahe der Universität". Er wählte die Nummer und ging in den hinteren Teil des Cafés Er kam wieder.

„Das Taxi wartet auf Sie bei der amerikanischen Botschaft in 10 Minuten. Ich gebe Ihnen die Nummer für das Mobiltelefon des Taxifahrers. Du musst es überprüfen. Er spricht Englisch". Pablo verließ das Café und ging angemessenen Schrittes die Venturska Straße hinunter und überkreuzte die Panska Straße. Die Straßen erschienen ihm bekannt, als ob er hier vor dem Zweiten Weltkrieg gewohnt hätte und ihre ‚Goldene Zeit' erlebte, bevor die Transporte nach Auschwitz, durch die deutschen Besetzer, begannen, die alle jüdischen Einwohner loswerden wollten. Zum Glück waren sie nicht erfolgreich und Tommy war noch immer am Leben, dachte Pablo.

Als er zur amerikanischen Botschaft kam, wo die beiden Garden Wache standen, sah er das Taxi. Der Fahrer winkte ihm zu. Bis Pablo zum Taxi kam rauchte der Fahrer seine Zigarette. „Hallo", begrüßte ihn der Fahrer, „sind Sie der Gast vom Café Roland?" Pablo lächelte, der Ober hat ihn dem Fahrer gut beschrieben. „Ja, ich bin es". Der Fahrer startete seinen Wagen und als Pablo sich zurechtgesetzt hatte, fuhr er ab, schlängelte sich durch das komplizierte Straßensystem und war bald beim Wohnblock seiner Gastgeber angelangt. Alica öffnete die Eingangstür. „Hallo Pablo, nett dich wieder zu sehen". Er grüßte zurück. „Ich bin froh wieder hier zu sein".

„Hast du Bratislava ein wenig kennengelernt?"

„Ja, und sogar mehr".

„So? Das klingt ja interessant". Sie standen in der Eingangshalle nahe zueinander. Pablo küsste sie. Sie küsste ihn zurück. „Gehen wir hinunter", sie zog in am Arm. Sie küsste sich unterwegs noch mehr. Als Alica ihr Studio erreichte berührte er sie und entdeckte dass sie kein Höschen anhatte. Seine Finger grapschten ihr derriere. „Mhh", sagte er, „schön und gerade recht!" Er zog sie auf das Bett und öffnete ihre Bluse. Sie hatte auch keinen BH an. Er küsste ihre schönen Brüste, einen nach dem anderen, dann nuckelte er an ihren Nippeln. Sie wurden hart. Er öffnete den Zipp ihres Rockes und zog ihn herunter und erfreute sich ihrer Nacktheit. „Ich möchte dich lieben, wenn wir genug Zeit haben, bevor …"

„Wir haben heute viel Zeit…" Seine Küsse entlang Alicas schöngeformten Körpers erregten sie und entfachten ein Feuer in ihr, das zu ihm übersprang und ihn hart für sie werden ließ. Während er ihre Schenkel küsste drehte sie sich um und Pablo streichelte ihr perfekt-gerundetes und getontes derriere. Als seine Zunge um ihre Oberschenkel glitt, drehte sie sich plötzlich um und begann ihn zu entkleiden. „Ich möchte es auf Französisch". Sie seufzte als sie Pablos Hemd auszog. Er ließ seine Hose fallen und sie griff nach seiner Erektion. „Ahh", stöhnte er „du hast mich bei meinen Bällen". Sie lachte und zog seine Unterhose aus. Sein Penis schnellte nach vorne, sogleich zu ihren Lippen. Sie küsste ihn.

Als Pablo auf dem Rücken lag, stieg Alica breitbeinig über ihn. Für einige Zeit arrangierten sie sich um komfortabel aufeinander eingespielt zu sein. „Alica you give great head", benützte er ganz natürlich das englische Idiom, das ihm von der Zunge rollte. Er wusste es vom letzten Mal, aber dieses Mal genoss er den lethargischen Ansatz zum natürlichen Liebesakt. Die langsame Verführung durch ihre Lippen, durch ihre Zungen, die mit Penis und Vagina spielten, ihre Körper im Genuss verzauberten, das zärtliche Streicheln – sie bei seinen inneren Schenkeln und seinem Penis, und er bei ihren inneren Schenkeln und ihrer Vulva. Er würde nicht selbstsüchtig davon eilen und seinen Samen auf sie vergießen, in Gier befriedigt zu werden. Nein. Er würde sich zurückhalten, sie bis zum Rand ihrer Erregung bringen, bis sie ihren Höhepunkt erreichte. Erst dann würde er sich loslassen von seinem Zurückhalten und den Thriller des ‚lass-voll-los' mit seinem Klimax erleben.

Es ging alles ganz gut voran. Ihre French-Union, verkehrt herum, war nun endlich ein Erfolg. Es war fantastisch für Pablo dass Alica ihren sexuellen Höhepunkt erreichte. Er spürte ihren Orgasmus, der ihren Körper schüttelte und ihn in seinen Orgasmus hineinzog, den er beschleunigte, ihren heißen Po streichelte und ihren Anus berührte. Sie seufzte, atmete tief ein und als sie kam schluckte sie lautstark und erlebte eine zweite Klimax. Er ließ gehen und fühlte sich komplett entspannt. Der heiße Ball der sich in seinem Abdomen geformt hatte, schoss plötzlich wie ein Feuerball durch seinen Körper und kehrte wieder zu seinem Penis zurück. „UHH!" schrie er auf „Alica…Alica". Mehr konnte er nicht sagen, nur nach Luft schnappen und Sauerstoff in seine Lungen saugen. Nach einigem tiefen Einatmen flüsterte er „Es war wunderbar, herrlich, außerordentlich, hervorragend, unvergleichbar intensiv…" und während er an noch mehr Adjektive für ihren französischen Liebesakt dachte, spürte er immer noch ein postkoitales Nachbeben von unkontrollierten Zuckungen. Sein Penis wollte sich noch nicht zurückziehen und noch immer in ihrem warmen Mund sich wohl fühlend herumtummeln. „Ah!" Seufzte sie und öffnete ihren Mund weit um nach Luft zu schnappen, während sie sich noch am schlecken von seinem süßen Manna erfreute, wie er es nannte. Als er es sagte lachte Alica. „Dein Manna ist wie weißer Honig für mich. MHH…geh noch nicht!" Sie bewegte sich zu ihm hinauf und küsste ihn. Sie schmeckte himmlisch, dachte er bevor er einschlief.

Sie lagen noch immer in ihren Armen verschlungen, schmusten und küssten wenn sie zwischendurch aufwachten. „wir sollten langsam aufstehen", sagte Alica und begann sich aus seiner Umarmung zu lösen. „Wir müssen uns waschen und abkühlen". Er nickte.

„Es wird über mein ganzes Gesicht geschrieben sein", sagte er und verspürte ein plötzliches Schuldgefühl Juray gegenüber. Aber es verblasste schnell als sie sich zusammen duschten. „Liebeswirtschaft", sagte er und sie lachte über seinen schwarzen Humor. Sie umarmte ihn. „Mein Pablo, mein großartiger Liebhaber!" Er küsste sie und ging. „Es ist höchste Zeit mich für einen Imbiss zurechtzumachen, so wie brave Kinder". Sie musste wieder lachen. Pablo war ein idealer Liebespartner. Abgesehen davon dass sie zusammenpassten, hatten sie keine anderen Begierden als zu vögeln. Es war eine sexuelle Liebe, nach der sich viele Frauen sehnten und so wenige das Glück hatten es zu erleben. Zumindest hatte Alica dies von ihren Kolleginnen auf der Universität gehört. Es war so gesund für sie dass sie – und sie würde es niemals ihrem Ehemann sagen – dass sie das erste Mal einen kompletten Orgasmus erlebte. Ihr ganzer Körper wurde derart empfindsam dass sie noch einen Klimax hatte als er in ihrem Mund kam, seine Samenspritzer gegen ihre Kehle hatte diese seltene Sensation ausgelöst. Und als sie zusammen in der Dusche standen wurde sie wieder erregt, berührte ihre Muschi und verspürte eine neue brennende süße Sensation in ihrer Vulva. Wow! Sie sinnierte darüber und erkannte dass sie ihren Körper nicht kannte, bevor sie Pablo kennenlernte. Dieses Ereignis war wunderbar und sie würde es in ihrem persönlichen Journal beschreiben, wo sie über ihre Fraulichkeit schrieb. Sie wollte es für ihre Generation erforschen und vielleicht für ihr Kind, wenn sie welche bekäme.

Es war Zeit ihre Dusche zu beenden und das Abendessen für Juray zubereiten, der spät in der Nacht heimkam. Sie hatte ihm gesagt dass sie für ihn das Essen im Wärmeofen lassen würde, aber er sollte es nicht vergessen. Außerdem wollte sie etwas für Pablo zubereiten. Er liebte Schnitzel, sie wusste es von ihren Internetunterhaltungen. Sie zog sich an und ging in die Küche, drehte das Radio auf und hörte Musik während sie kochte und summte zu einem Liebeslied.

13.

Am folgenden Tag, war Pablo früh auf. Nachdem Alica ein Frühstück präpariert hatte, erschien er im oberen Stock. „Guten Morgen meine Freunde", grüßte er und als er nur Alica sah begrüßte er sie „Guten Morgen, hast du gut geschlafen?"

„Ja, danke Pablo", sagte sie, als Juray hereinkam. „Guten Morgen, Ich hoffe dein gestriger Tag war interessant".

„Ja, ich hatte ein überraschendes Ereignis. Am Stadtplatz lernte ich einen geselligen Mann kennen, dessen schwarzer Filzhut von einem plötzlichen Windstoß davongetragen wurde, aber ich konnte ihn für den Mann noch retten".

„Du hast das richtige getan", sagte Juray.

„Er hat mich auf einen Drink eingeladen", Pablo lächelte Alica an, die mehr Anteil nahm an Pablos persönlichen Ereignissen. „Und du hast dich mit ihm befreundet?"

„Ja. Wir unterhielten uns für einige Zeit. Er besitzt eine Galerie in der Stadt".

„Wie heißt die Galerie?"

„Mr T's Art-Shop. Kennst du es?" Pablo sah Alica an.

„Nein, aber ein Freund hat es mir erwähnt". Pablo lächelte und dachte an diese kuriose Episode, als er Tommys Hut nachgelaufen ist.

„Wirst du ihn wiedersehen?"

„Ja, ich werde ihn später am Vormittag sehen, da er mit mir sprechen wollte".

„Gut, Ich wünsche dir viel Glück, vielleicht könntest du sogar einen Job landen", sagte Alica und stand vom Frühstückstisch auf. „Ich muss gehen". Sie küsste Juray und verabschiedete sich von Pablo. Juray bereitet sich auf einen Vortrag auf der Universität vor. „Alles Gute Pablo und ich wünsche dir einen erfolgreichen Tag". Dann fügte er noch rasch hinzu „Du könntest natürlich mit mir bis zur Universität mitfahren".

„Danke Juray, aber ich muss noch meine Kunstrepros vorbereiten, die ich zeigen möchte".

„Natürlich. Du kennst ja die Hausordnung, Schlüssel, usw." Er nahm seine Aktentasche und verabschiedete sich.

Pablo war aufgeregt dass er heute Tommy sehen konnte und sich mit ihm über Kunst auszutauschen. Vielleicht würde er seinem neuen Freund helfen, obendrein zum Schmieden einer neuen Freundschaft beitragen. Vielleicht war eine Möglichkeit für etwas Arbeit, verbunden mit dem Betreiben eines Kunstladens verbunden, wo Tommy ihn gebrauchen konnte. Dies wäre ihm äußerst willkommen. Er müsste unter keinen Umständen diese Gelegenheit gefährden und Pablo war sich bewusst dass er sein Temperament kontrollieren sollte. Wann immer er in eine Diskussion über moderne und kontemporäre Kunst verwickelt wurde, brauste er zu leicht auf.

Vielleicht war Tommy mehr Geschäftsmann als ein Fachhändler in Kunst, aber Pablo war sich sicher dass er sehr kundig über Kunst und Künstler war und sich außerdem als einen Lebenskünstler bezeichnete. Pablo musste lachen, da er besonders diesen Teil des Lebens sehr gut kannte. Er musste seinen Umzug von Südafrika nach Griechenland überstehen. Unglücklicherweise wurden seine künstlerischen Bemühungen, die großartige Kunst kreierten, finanziell nicht unterstützt. Die kunstliebenden Griechen kamen und bewunderten Kunst, aber hatten keine Geldmittel um Kunst von aufstrebenden Künstlern anzukaufen. Aber er würde keineswegs sagen dass er ein Versager war. Hatte er nicht Erfolg in Athen, Interesse für seine Kunst zu erwecken? In der Tat! Iannis, Mario, Jo und

Aurora liebten seine Kunst. Aber er konnte bloß ein Aquarell verkaufen. Val, das junge Mädel, die seine Ausstellung in der Marousi Galerie besuchte, wo sie auch zeitweise arbeitete, war an einem besonderen Aquarell interessiert. Es zeigte einen Obelisk und eine angedeutet Gruppe mit unvollendeten Körpern. Val sagte, es erinnere sie an ein Raumschiff. Pablo musste innerlich lachen, als sie dies vor ihren Eltern sagte, die seine Gemälde sehen wollten. Ihr Vater erkundigte sich über sein Gemälde eines riesigen Haifisches der nach einer entkleideten schönen Frau schnappte, die von einem tapferen Mann verteidigt wurde.

Indem er auf eine gute Zeit mit einer angemessenen Leistung von Aquarellen und Gemälden zurückblicken konnte, bekam Pablo neugierig auf den Gebrauch von Cannabis. Greg, der schrullige Videofilmer, aufstrebender Filmmacher und kontinuierlicher Cannabis Konsument, stellte ihn einem anderen schrulligen Maler, Georgios, vor. Dieser nannte sich George, da er für eine Weile in New York gelebt hatte. Sie trafen sich gelegentlich, diskutierten über Kunst und rauchten Pot. Pablo teilte einen Joint mit George, da Greg es vorzog, Cannabis in seiner Pfeife zu rauchen. Wie die meisten Athener, kam George von einer Insel in die Hauptstadt. Wie Pablo sich erinnerte, war er von Chios. Er liebte Späße, war aufgeschlossen und verehrte die Malereien von Breughel, die er allen anderen Künstlern vorzog. Und da er riesige sich weit erstreckende Landschaften malte, auf denen sich viele Leute herumtollten, nannte ihn Greg den ‚Griechischen Breughel'. Er hatte wenig, wenn überhaupt eine Wertschätzung für Pablos Kunst, die neuen Kompositionswegen auf der Spur war, zu der George keinen Zutritt finden konnte. Pablo belustigte Georges Schrulligkeit und seine Unfähigkeit symbolische und mystische Kunst zu verstehen. Er pries jedoch Pablos Poesie, aber kritisierte seine Darstellungen von

Körperteilen und nackten Frauen. Es gab für Greg vielleicht eine Menge, die er von George lernen könnte, da er zu ihm als seinen spirituellen Lehrer aufsah, aber für Pablo war dies ein einmaliger Besuch.

Das Taxi stoppte bei der amerikanischen Botschaft. Er bezahlte den Taxifahrer, der vor der historischen Stadt stehen bleiben musste. Pablo nahm seine Kunstmappe und stieg aus. Erkannte bereits eine vertraute Umgebung und als er entlang Strakova Straße ging und an das Eckgebäude mit dem Erker erblickte, zweigte er rechts ab in die Panska Straße. Im folgenden Gebäude kündigte ein rundes Schild, das sich im rechten Winkel von der Fassade abhob ‚T's Art Shop' an. Es war in einer smaragdgrünen Farbe auf einem elfenbeinfarbenen Hintergrund gemalt. Auf der Peripherie war ein rotes Band für Effekt zugefügt. Als er bei der Eingangstüre ankam, erwartete ihn bereits Tommy mit seinem schwarzen Hut. „Willkommen zu meinem Kunstladen!"

„Guten Tag Tommy", sagte er. Sie gaben sich die Hände und Tommy bat ihn hereinzukommen. „Setz dich". Sagte er. Pablo setzte sich an den runden Konferenztisch.

„Was hast du mitgebracht?" Pablo öffnete seine Kunstmappe und nahm eine zweite Mappe mit Zeichnungen heraus. „Mit Kugelschreiber?" fragte Tommy?

„Allerdings", sagte Pablo. Tommy sah sich die Mappe, genannt ‚Mystischer Realismus' genau an.

„Eine interessante Kategorie" kommentierte er.

„Ich wollte bloß den Kritikern und Kuratoren bloß voraus sein", sagte Pablo. „Sie heften oft unpassende Namen und ordnen die Werke von Künstlern Kategorien zu, die vollkommen irrelevant sind".

„Stimme überein", sagte Tommy und legte die Zeichnungen die ihn ansprachen zur Seite. Da waren Studien von Pflanzen, Landschaften, Portraits und Stillleben, die er zu den mehr abstrakten Arbeiten vorzog. Pablo sagte nichts. „Ich sehe dass du zu deinen Arbeiten nichts sagst", bemerkte Tommy.

„Nein, gewöhnlich tue ich das nicht". Pablo lächelte.

„Es ist so recht für mich, da ich für mich selber sehe was mir gefällt". Pablo schwieg einen Augenblick, dann sprach er seine Meinung.

„Sicherlich, das ist der richtige Ansatz um Kunst zu betrachten". Er erfreute sich über die Art wie Tommy seine Arbeiten ansah, offensichtlich von einem anderen Blickwinkel und mit neugierigen Augen. Er fällte kein Urteil über Pablos Arbeiten, die einen inneren Dialog inmitten einer Gruppe von Körpern – in einem Wirbel dargestellt – die sich in Schmerz oder Ekstase windeten.

„Du bist ein talentierter Künstler, sicherlich", sagte Tommy. „Lass uns einen Kaffee trinken!" Er rief nach seiner Sekretärin. Eine kleine Frau erschien, die den Eindruck eines Mädchens vermittelte. Pablo nannte sie sogleich ‚Kind-Frau' für sich selbst. Da er nicht bemerkte dass er sie angaffte, lächelte sie ihm zu und Pablo rührte sich wieder. Ihre dunklen Augen funkelten mit einem inneren Feuer, das auf Pablo übersprang und ihn sofort anzündete. Sie erschien mit denselben schnellen Schritten, mit denen sie sich auch wieder entfernte.

„Ich sehe du magst sie", Tommy witzelte. „Sie ist ein wertvolles Mitglied meines Teams, das ich natürlich ‚Tommys Team' nenne. Er lachte. Das klingt faszinierend für mich, wenn es nicht abgekürzt ‚T's Team sein könnte". Tommy lachte. „Vielleicht „TT".

„Warum nicht? Du könntest es sogar auf den Tee-shirts als Logo verwenden". Pablo lächelte.

„Ja", sagte Tommy.

„Entschuldige, klang für mich amerikanisch", schnitt Pablo in die Konversation ein.

„Ja, Ich habe in New York eine Zeitlang gelebt". Tommy lächelte.

Tommys Sekretärin erschien mit einem Tablett. Sie servierte ihnen Kaffee. Bekleidet mit einem ärmellosen Georgette-Kleid in einer hellblauen Farbe, mit gedruckten Blumenmustern in einem helleren Blau. Es passte zu ihr. Ein geblümtes Tattoo dekorierte ihre Schulter. Interessante Frau, sinnierte Pablo. Als sie den Kaffee serviert hatte stellte Tommy sie vor.

„Das ist Nike, sie ist aus Griechenland". Nike hielt ihre Hand zu Pablo, der ihre schlanken Finger nahm und ihre Berührung genoss. „Kalimera", sagte Pablo.

„Dieser junge Mann kam gerade von Griechenland", sagte Tommy. „Sein Name ist Pablo und zufällig ist er ein netter Mensch". Pablo hielt noch Nikes Hand und sie wollte diesen Griff auch nicht lösen. „Ti kanis?", erwiderte sie. „Kala, kala", sagte Pablo und lächelte.

„Es ist nun genug ihr jungen Leute", räusperte sich Tommy. „Ich brauche jetzt Pablo um etwas zu besprechen. Lass ihn gehen". Pablo lachte. Seine Augen waren von Nikes Augen fasziniert. Er war von ihrer Persönlichkeit und ihrem Elfenaussehen fasziniert. Als Nike gegangen war und sich zu ihrem Büro beeilte, sagte Tommy: „Ich glaube sie mag dich". Pablo lächelte innerlich. Er spürte dass Nike ihn in nur einer Minute bewertet und sich in der intimen Augenbegegnung entschieden hatte, seine Freundin zu werden. Was für Glück hatte er in den letzten Tagen erfahren! Er glühte, als ob er Nike bereits geküsst hätte, die ihn anlächelte, mit ihren Lippen, die sich an den Enden kräuselten Wo hatte er bloß ein solch hintergründiges Lächeln zuvor gesehen? Er trank seinen Kaffee aus.

„Ich möchte dich auf eine kleine Tour durch unser kleines Art-Shop einladen". Tommy erhob sich. Pablo bemerkte bei ihm eine besondere Gangart, eine Hüfte höher als die andere Sie begannen mit dem hinteren Raum: „Schau Pablo, dieser Mann hier ist ein lokaler Künstler, dessen Vater meinen Vater kannte, die sich kennenlernten, als sie zusammen auf der Akademie waren. Ich habe ihn hier platziert, wo er die Gemälde meines Vaters komplimentiert, die in den ersten Räumen sind". Es gab Landschaften und Vistas der Stadt, Porträts von Tommys Vater und seiner Familie. „Offensichtlich waren sie gute Freunde und malten Portraits ihrer Familien. Es gab düstere Themen, wie der Beginn vom Zweiten Weltkrieg, als die deutschen Truppen in Bratislava einfielen. Jedoch die Art wie Karel malte war nicht zu verschieden in künstlerischer Sicht von der meines Vaters. Dies ist heute reflektiert mit der weltweiten Gewalt und Brutalität, auch auf den Gemälden meines Vaters über den Holocaust dargestellt".

Tommy ruhte etwas. Er wurde emotionell aufgeladen wenn er über das schwere Schicksal seines Vaters sprach, wodurch er Pablo im Allgemeinen über seine Erinnerungen als ein kleiner Bub berichtete, als die Nazis sie, nahe dem Ende des Zeiten Weltkrieges, verhafteten, verraten durch eine Mitbewohnerin im selben Haus. Sein Vater wurde nach Auschwitz-Birkenau deportiert, aber überlebte glücklicherweise die Todeslager.

„Jetzt habe ich genug geredet", sagte Tommy. „Schau dir die Gemälde an und lese die beigefügten Beschreibungen. Ich werde dir eine erste Ahnung über die schlechten Zeiten vermitteln, die wir durchlebt haben, insbesondere mein Vater": Pablo ging durch die zwei Räume wo die Gemälde von Andrej ausgestellt waren, die in der Sequenz mit der Geschichte seiner Erinnerungen gehängt waren. Pablo brauchte eine Stunde um sich die Gemälde anzusehen. Die Farben waren grell. Ein Inferno. Eine menschliche Katastrophe. Ein Schlachthof enormen Ausmaßes. Ein Pogrom. Pablo war innerlich erschüttert, Nie zuvor hatte er Horror gesehen, das mit solch expressiver Kraft dargestellt wurde.

„Ich sehe die Gemälde haben zu dir gesprochen", sagte Tommy, als Pablo zur Rezeption zurückkam, um seine Gedanken von diesem grausamen, blutigen Gestank europäischer Geschichte abzulenken. Darüber würde man niemals wegkommen. Man sollte es in der Schule unterrichten und zur Aufmerksamkeit aller Leute berichten, die darüber Ignorant waren, oder was noch schlimmer war, die Tatsache der Massenmorde leugneten.

Er stand einem modernen Portrait eines Mannes gegenüber. „Das ist ein Selbstportrait meines Vaters", fügte Tommy hinzu. „Ich behalte es hier, zusammen mit Literatur und Poesie, einigen Katalogen der letzten öffentlichen Ausstellungen und Reproduktionen seiner Gemälde für Verkauf. Da du für die Kunst meines Vaters interessiert bist, könntest du mir vielleicht beim Verkauf von Katalogen und Reproduktionen behilflich sein. Nach einer Pause sagte Pablo: „Ja, würde ich gerne". Tommys Mobiltelefon läutete. Er sprach kurz mit einem seiner vielen Freunde. „Entschuldige mich", sagte er, als sein Telefon erneut läutete. Er hatte bald eine Ausstellung im Rathaus der Stadt und Präparationen fanden statt. Er notierte etwas in seinen Terminkalender. Endlich war er wieder frei. „Kannst du morgen um elf Uhr anfangen?" Pablo nickte „Ja".

„Gut. Frage Nike über die Aufgaben. Sie wird es dir berichten". Er nahm seine interessante Brieftasche mit einem Emblem. „Ich muss zum Bürgermeister. Einen schönen Tag noch".

„Alles Gute und auf morgen". Sagte Pablo und ging zum Büro zum hinteren Raum.

„Hallo Pablo", begrüßte ihn Nike als er in ihr Büro eintrat.

„Hallo. Mr T schickt mich dir zu helfen, morgen ab 11 Uhr". Sie lächelte.

„Gut. Komm um 11 Uhr, wir werden etwas administrative Arbeit erledigen. Ich hoffe es wird dich nicht langweilen". Sie sah ihn sorgenvoll an.

„Nun, im Moment ist es für mich Überlebensnotwendig". Pablo pausierte. „Ich bin willig und bereit zu jeder Arbeit die hier anfällt". Nike zeigte ihr lippenkräuselndes Lächeln.

„Gut", sagte sie, es wird sich hier einiges ändern, wenn wir mit den Vorbereitungen für die nächste Ausstellung beginnen". Sie stand auf „Ich zeige dir gleich wo alles verstaut ist das wir täglich benötigen". Nike zeigte Pablo die Schreibwaren und die Fächer für Papier und die gefütterten Kuverts, die für den Katalogversand benützt wurden. Hin und wieder streifte sie ihn körperlich, als ob es versehentlich war. Aber Pablo spürte dass Nike ein definitiv eine kleine heiße Nummer war. Er konnte falsch sein, als ihn etwas zurückhielt sie schon am ersten Tag ihrer Bekanntschaft zu küssen. Vielleicht war sie ein Teaser, aber wenn er auf einer guten Zusammenarbeit zählen müsste, sollte er besser vorsichtig sein. Hatte Tommy ihn nicht gewarnt? „Wir werden diese Woche in die Lagerräume, im unteren Geschoss, gehen" Sagte Nike. Aber Pablos Gedanken waren plötzlich bei Alica. Hatte sie ihm nicht eine Nacht in Liebe angekündigt, wenn Juray seine Mutter in Košice, über das Wochenende besuchte?

„Bist du in Ordnung Pablo?" Er hörte Nikes besorgte Stimme. Sie kam ihm nahe.

„Ja, ich bin gut, nur eine Unstimmung im Magen". Nikes runzelte ihre Stirne. „Ich mach dir einen Cappuccino. Sie lächelte und bewegte sich knapp an ihn vorbei. Er folgte ihr. „Kannst du mir zwei Tassen vom obersten Regal herunterholen?" Sie hatte sich in der schmalen Kochnische gestreckt, konnte diese aber nicht erreichen. „Ich bin zu kurz". Pablo zwängte sich an ihr vorbei und holte zwei Becher herunter. „Danke", gurrte sie und betätigte die Kaffeemaschine. Nike servierte die heißen Getränke zu ihren kleinen Rundtisch in einer Ecke ihres kühlen Büros. Sie saß nahe bei ihm und ihre Knie berührten sich Es war offensichtlich dass sie gerne mit ihm flirtete. Es ist nichts falsch damit, dachte er. Ihr Betragen wärmte Pablo etwas auf und er seufzte als sie sich von ihm wegbewegte um sich wieder zurückzubewegen. Dann läutete ihr Mobiltelefon. Sie sprach mit einer leisen Stimme und bewegte sich sofort in den Nachbarraum. Pablo trank seinen Cappuccino aus. Sie hatte ihn perfekt zubereitet. Er würde ihr Blumen bringen und machte sich sofort eine geistige Notiz darüber.

14.

Pablo hatte eine angenehme Zeit seinen Job in T's Art Shop zu beginnen. Außer seinen Aufgaben, unterhielt ihn Nike mit ihrem Wissen über Geschichte und ihrem Interesse am Holocaust, das sie bereits in jungen Jahren hatte. „Ich wurde auf Kreta geboren und habe einen griechischen Pass, aber ich fühle mich eher als ein Europäer", sagte Nike, als sie ihm seinen Kaffee servierte.

„Dein Cappuccino hier schmeckt am besten", sagte er. Sie lächelte.

„Schließlich bin ich in München aufgewachsen", setzte sie hinzu.

„Ich höre es, du sprichst Hochdeutsch". Pablo nahm einen Schluck aus seiner Tasse.

„Es ist das Deutsch welches wir in der Schule lernten und es überall in Deutschland gesprochen wurde. Natürlich gab es den Bayrischen Dialekt, dessen Aussprache ich nicht annehmen wollte, außer einiger Wörter“.

„Nun, es ist ähnlich hier mit der österreichischen Sprache, die weicher klingt als Hochdeutsch“. Nike nickte.

„ja. Ich mag einige Wörter vom Wiener Dialekt, aber benütze keinen Dialekt, sowie die meisten Personen in Geschäften und Büros“. Pablo stimmte ihr zu. Ihre Knie berührten einander. „Entschuldige“, sagte sie dieses Mal, aber ihre Berührung war stärker als gewöhnlich.

„Keine Sorge“, lächelte er, „du hast mich ja nicht verletzt“. Nike erhob sich und nahm ihren Becher in die Küche.

„Ich helfe dir“, sagte Pablo und folgte ihr mit seinem Becher. Nike sah heute gut aus, mit einem süßen Ausdruck auf ihrem Gesicht und ihre Lippen gekräuselt. Er ahnte dass sie es fortsetzen würde ihn zu gängeln. Er wunderte sich über ihr Benehmen. Zeitweise würde sie ihn zu etwas intimen überreden wollen, dann wieder berührte sie ihn, aber sofort zog sie zurück als sie merkte dass sie ihn erregte. Worum geht es? Fragte er sich. Er dachte dass sie vielleicht eine Feministin sei, oder vielleicht eine schlechte Erfahrung mit einem Mann hatte uns nun sie dies auf ihn loslassen würde. Aber würde sie ihn nun einer Art Quälattacke unterziehen, um nicht direkt Körperliches einzubeziehen. Tatsächlich. Er würde sie heute testen, wenn sie ihn zum Archiv im Untergeschoß mitnahm.

Nike gab ihm, mit dem Laminieren von Dokumenten und Photographien, genug Arbeit. Tommy, geboren mit einer natürlichen Eitelkeit, war ein leidenschaftlicher Sammler von Familienfotos und Schnappschüssen von Freunden und Bewunderern. Natürlich war er ein gut-aussehender Mann und hatte viele Bewunderer. In seiner Jugend war er als ein Casanova bekannt. Er trug immer eine Fotografie seiner ersten Liebe und ein exzellentes Portraitbild seiner Eltern, in seiner Hemdtasche mit sich.

Pablos Gedanken waren bei seiner eigenen Kunst. Er formulierte seine Erfahrungen Tag für Tag in Verse, die zu Poemen wurden. Er nannte diese: ,Journal Poesie', wenn er über seine Arbeit als Poet befragt wurde. Aber niemand fragte ihn über seine Interessen, außer Tommy und einige seiner Freunde, die auf Besuch kamen und denen er vom Überlebenskünstler vorgestellt wurde. Tommy wiederholte dies immer wieder, um seine Anhänger und Freunde daran zu erinnern, dass er kein wohlhabender Mann war, aber etwas Kapital geerbt hatte und damit sein Art-Shop starten konnte. „Aber wie konnte er die laufenden Kosten bezahlen?" wurde er wiederholt befragt. Tommy lud sie alle in sein Art Shop ein, führte sie durch seine Galerie, erzählte über seinen Vater und dessen Vermächtnis, gab ihnen Bildbeschreibungen und versetzte sie in den Bann des ungeheuren Dramas. Tommy war ein guter Erzähler, ein ausgezeichneter Verkäufer und ein guter Beurteiler von Charakteren. Wenn er einmal das Interesse einer Person, für die Kunst die er zeigte, erweckte, verkaufte er zumindest einen Ausstellungskatalog und Reproduktionen von Gemälden.

Ein eleganter Mann erschien. Tommy war gerade angelangt und hing seine Jacke auf den Thonet-Garderobebaum. Der Mann kam ins Geschäft, nachdem er die Anzeige im Fenster angesehen hatte und grüßte. Nike war an der Verkaufstrese beschäftigt, Pablo laminierte Fotografien für Tommy, der mit berühmten Persönlichkeiten aus dem Filmgeschäft posierte.

Guten Tag der Herr", Tommy näherte sich dem Mann. „Sprechen sie Slowakisch, Deutsch oder Englisch?"

„Englisch und etwas Slowakisch". Sie unterhielten sich mit einem höflichen generellen Gespräch in Slowakisch, bevor sie zu Englisch übergingen. „Darf ich sie herumführen?" Tommy unternahm eine kurze Führung, die dazu führte dass sich ihre Diskussion auf den kleineren Gemälden fortsetzte. Nach einer Stunde fragte Tommy nach Erfrischungen und Pablo half Nike mit den Gläsern und Servietten. Sie servierte Kaltgetränke. Der Mann sprach über seine Kindheit in Bratislava, als seine Eltern ihr Geschäft verkauften und sie alle nach den USA auswanderten. „Es war gerade rechtzeitig", sagte er „bevor es unmöglich wurde ein Visum für die ganze Familie zu bekommen. Tommy ließ den Mann reden. Er hieß Andrej, genauso wie Tommys Vater und sie sprachen lange darüber. Schließlich, als Andrej zu der Ausstellung zurückging und Tommy glaubte dass er eine ‚Kaffeehausszene' kaufen würde, wollte er das Porträt eine Mannes in Öl auf Leinwand. Tommy war überglücklich, aber er zeigte es kaum. Andrej hatte noch nicht bezahlt. Er fischte eine Rolle Geld aus seiner Tasche und eine Debatte entstand über einen Diskont. Andrej wollte 15%, da er einen kleinen Fehler auf der Leinwand gefunden hatte. „Das ist nur durch den Gebrauch", sagte Tommy und sie kamen bei 10% überein.

„Abgemacht", sagte Andrej und zählte die Banknoten in hundert Dollar Noten. „Wow", flüsterte Pablo Nike zu, „er ist wohlhabend".

„Hoffentlich sind die Dollarnoten echt", sagte sie und beobachtete den Vorgang. Tommy sah mit einem steinernen Gesicht zu das seine Gefühle nicht verriet. Er ersuchte Nike das Bild zu verpacken und eine Herkunftsgarantie auszustellen. Pablo dachte dass das Gemälde kein Originalwerk war, da er das Gemälde zuvor gesehen hatte. Es war eine Kopie. Vielleicht hatte Tommy dies dem Käufer nicht erwähnt. Was ist das mit der Garantie?

„Das war ein guter Verkauf!", sagte Tommy und ersuchte Nike etwas Kuchen von der Feinbäckerei zu bringen und vielleicht einen Sekt dazu. Sie hatte Kaffee zubereitet und brachte es mit dem Kuchen in die Eingangshalle. „Nike, bitte pass auf das Geschäft auf, während ich zur Bank gehe", sagte Tommy, dankte ihr für Kaffee und Kuchen und ermunterte Pablo noch ein Stück von der Schokolade Torte zu nehmen und auch mehr Sekt zu trinken. Er ersuchte Nike, Pablo in den Tresorraum mitzunehmen und das Original des Portraits zu holen. Nike toastete mit Pablo. „Unser Chef wird uns sicherlich einen Bonus zahlen. „Prost!"

„Prost", erwiderte Pablo und sie begannen sich von dem perlenden Wein beschwingt zu fühlen.

„Lass mich den Schlüssel zum Tresor finden". Nike fand den Schlüsselbund am rückwärtigen Teil des Regals. „Ich muss Mr T besser beobachten. Er legt den Schlüssel nicht auf den gewohnten Platz in der schwarzen Kassette zurück". Sie erhob sich und Pablo ging hinter ihr her. Nike war leichtfüßig und Pablo konnte gerade noch mit ihr Schritt halten. Er fühlte sich plötzlich alt und unbrauchbar. Ein alternder Künstler, der versäumte für sein Alter Vorsorge zu treffen, der eine schlechte Zeit in Griechenland erlebte, war tatsächlich eine schwere Bürde für einen jeden zu tragen. Es war wohl auf seinem Gesicht geschrieben.

„Geht's die gut?" fragte Nike. Er löste sich von seinem Gedankengang.

„Ja…es ist gut", murmelte er. „Unser Feiern erinnerte mich an die Zeiten, als ich noch an mich glaubte". Sie standen im Aufzug und fuhren zum Untergeschoss. Nike legte ihre Arme um seinen Hals. „Es wird bald besser", sagte sie und küsste seine Wangen .Pablo war von ihrem Mitgefühl gerührt. „Danke Nike", sagte er mit leiser Stimme „das war süß von dir". Er küsste ihre Wangen in Freundschaft. „Freunde?" sagte sie und lächelte.

„Freunde", er umarmte sie. Sie war sehnig wie eine Tänzerin und geschmeidig wie Wachs in seinen Händen. Er mochte sie und sie gefiel ihm vom Moment des Kennenlernens. Nun hatte er eine Freundin. Konnte ein Mann mit einer Frau nur befreundet sein? Fragte er sich. Er zweifelte daran, aber nicht alle Frauen blieben bloß Freunde und nicht alle Männer konnten bloß Freunde mit Frauen sein. „Woran denkst du?" Fragte ihn Nike als sie zum Eingang zu den Archivräumen ankamen, wo sich auch der Tresor befand. „Ich dachte an dich und dein elfenhaftes Aussehen". Nike lächelte. „Da ist es und die meisten Leute denken ich bin nur von kleiner Statur und schlank gebaut, daher leicht herumzuschubsen". Er runzelte seine Stirne.

„Das denke ich nicht", sagte er. Pablo war verwirrt. Nike gab ihm Signale ihrer Sympathie und Attraktion, aber dann zerstörte sie diese mit ihren Kommentaren über sich selbst. Nun, dachte er, sie muss ein Trauma durchlebt haben, oder eine emotionale Tortur, um sich derart zu benehmen. Sie öffnete die Tür zum Archivraum mit einem besonderen Sicherheitsschlüssel und kontinuierliche Streifen von zentral angeordneten LED-Lichtern schalteten sich automatisch ein. Der Raum hatte eine rechteckige Form und Pablo sah die Gemälde in zwei Reihen übereinander angeordnet. Sein erster Eindruck konzentrierte sich auf die geniale Erfindung der Hängung, die er nie zuvor gesehen hatte. Auf beiden Seiten der weißen Wände waren Stahlhänger befestigt, von denen die Gemälde abgehängt wurden. Befestigte Pappgurte an den Ecken der Gemälderahmen hielten die Gemälde frei schwebend und in einer optimalen Position für eine effektive Luftzirkulation von der mechanischen Ventilation fest. Die korrekte Temperatur und Luftfeuchtigkeit wurde durch einen Hygrometer, an der Eingangswand befestigt, gemessen.

„Es ist für die Gemälde kritisch", sagte Nike, als sie die Daten auf ihr mobiles Smartphone eintippte. Jetzt drehte sich bei Nike alles nur um das Geschäft und ihre Momente der Zärtlichkeit waren vergessen. Sie näherte sich dem Tresor, deaktivierte den Alarm und sperrte die Tresortüre mit zwei Schlüssel auf. Pablo half ihr die schwere Stahltür zu öffnen. „Wir verstauen die wertvollen Gemälde hier", sagte sie und fügte hinzu „er ist feuerfest".

„Wahrlich", sagte Pablo „ihr habt ein tolles Set-up hier". Sie kräuselte ihre Lippen. „Da ist das Portrait des Mannes, von dem Andrej eine Kopie kaufte".

„Wusste er dass es eine Kopie war?" Nike tat beschäftigt. „Bitte hilf mir", sagte sie und stieg auf einen Stuhl. Pablo hielt den Stuhl fest, aber sie erreichte das Gemälde nicht. „Bitte bring die Leiter", sagte sie zu Pablo. Sie ging die Sprossen hoch, bis ihr kurzer Rock sich über seinem Kopf befand. Ihre schlanken Beine erstreckten sich zu ihrem Hinterteil. Er schaute unter ihren Rock und bewunderte ihre schön-geformtes Derriere. Er sah dass sie Tanga-Unterwäsche anhatte als sie sich für das Gemälde streckte, das an der Innenwand hang. Die Leiter bewegte sich. „Soll ich deine Beine halten?" sagte Pablo da er beängstigt war dass sie herunterfallen konnte. "Nein!" rief sie. Wieder balanciert, übergab sie ihm das Gemälde. Er legte es zur Seite und hielt ihr die Leiter. Nike stieg herunter, ihr Gesicht war etwas errötet.

„Du hast schöne Beine", komplimentierte er.

„Danke Pablo". Sie stand nahe bei ihm. „Aber wir müssen jetzt gehen".

„Nur eine Umarmung", sagte er und legte seine Arme um ihren schlanken Körper. Er wurde erregt und Nike reagierte als seine Hände ihren Hintern berührten. „Wir müssen gehen". Sie nahm einen tiefen Atemzug, „Mr T wird bald hier sein". Pablo fühlte sich von Nike abgelehnt, die, wie es schien, körperliche Nähe und Berührungen nicht mochte. „So schlecht?" Murmelte Pablo, „aber zumindest habe ich's probiert". Er räusperte sich, stellte die Steigleiter in die nächste Ecke und verließ den Tresor, nachdem er Nike geholfen hatte die Tür zu schließen. Dann verließen sie den Archivraum und Pablo half ihr die stählerne Sicherheitstür zu schließen, die Nike sorgfältig verschloss. „Die Lichter schalten sich automatisch aus", sagte sie und aktivierte den Alarm. Pablo nahm das Originalportrait mit. Im Aufzug auf engem Zusammensein sinnierte Pablo. Das Gemälde fungiert als Trennwand zu unseren körperlichen Aktivitäten, die wir nicht haben dürfen. Er wusste noch die Gründe nicht, aber erinnerte sich an die Geschichte eines Freundes, der ihm über seinen Onkel erzählte, der eine überzeugte katholische Frau geheiratet hatte. An gewissen Tagen hatte sie an sogenannten Keuschheitstagen ein Bügelbrett im Ehebett, welches sie zwischen ihrem Ehemann und sich selbst platzierte. War Nike religiös und ihr Leben auf ein Gelübde bezogen? Er sinnierte während sie die hintere Tür zum Art Shop aufsperrte. Sie ersuchte Pablo das Porträt an die Wand zu hängen, wo früher die Kopie des verkauften Bildes gehängt war.

Mr T kam von der Bank zurück. Die Dollarnoten wurden als echte Noten akzeptiert. Er lächelte. „I werde euch einen Bonus geben, wenn die Umwechslung erfolgte und schriftlich bestätigt wurde", sagte er. Nike und Pablo bedankten sich. „Ich muss gehen", sagte Nike und nahm ihre Handtasche. „Ich sehe euch morgen".

„OK", sagte Mr T, „Schau dass du deine Schlüpfer nicht verknotest". Sie lächelte. „Da besteht keine Chance dafür".

„Siehst du Pablo, Frauen! Man kann sie schwer verstehen" Er lächelte rätselhaft.

„Nun, ich muss sagen dass Nike eine attraktive Frau ist, aber sie ist in gewisser Weise seltsam". Tommy lachte auf. „Nun, du kannst sie berühren, aber nur mit einem Finger".

„Aha", Pablo hatte einen überraschten Gesichtsausdruck. Tommy setzte fort: „Nun, sie hat bereits ein Kind". Na, dachte Pablo, er beabsichtigte ja nicht ein Kind zu zeugen. Er ließ die Sache für die Zeit ruhen, er würde von Nike darüber, früher oder später, von Nike schon hören. Für jetzt war er schon genug angeregt worden um sich in Liebesstimmung zu fühlen. Und da war glücklicherweise Alica, die auf in den Flügeln ihres Studios auf ihn wartete. „Das Leben könnte so süß sein", sinnierte Pablo, „wenn nur Frauen ehrlich zu sich selbst wären und potentielle Liebhaber akzeptierten", murmelte Pablo, „wenn…"

„…wäre die Welt ein viel schönerer Platz", schlussfolgerte Tommy. Pablo lächelte.

„Wirst du deine Freundin heute Abend sehen?" Tommy war neugierig.

„Ja, werde ich. Aber ich habe noch kein fixes Programm, um dieses Thema, worüber wir gesprochen haben, in Betracht zu ziehen". Pablo bereitet sich vor zu gehen.

„Warte ein bisschen", sagte Tommy. „ich wollte dich etwas fragen".

„Ja", erwiderte Pablo.

„Du bist ein Künstler", sagte Tommy. „Würdest du eine Kopie von einem Original anfertigen?"

„Nun, prinzipiell schon", erwiderte Pablo. „Welches?" Tommy deutete auf das Original Portrait welches sie vom Tresor geholt hatten.

„Aha", Pablo war überrascht.

„Denke darüber nach und sag es mir morgen". Tommy erhob sich und beschäftigte sich hinter der Rezeption. Pablo verabschiedete sich und ging.

Während er ein Budget-taxi anrief, dachte er über das Portrait nach, welches er kopieren sollte. Das Gemälde war etwa 40x60 Zentimeter, nicht besonders schwierig, in einem modernen Stil, mit Schichten reiner Ölfarbe. Er würde Alica fragen ob sie ihm ein Geschäft für Künstlerbedarf empfehlen könnte. Dann würde er die Kosten für das Material berechnen und den Preis für das Gemälde ermitteln. Er war sich sicher dass Tommy etwas von seinem Preis abschlagen würde. Nun, er müsste mit dem Preis vorsichtig sein. Während er über seinen ersten privaten Job sinnierte, merkte er gar nicht wie schnell er bei Alicas Apartment angekommen war. Er läutete, da der Schlüssel nicht unter der Matte lag.

„Hallo Pablo", Alica begrüßte ihn als sie die Tür öffnete.

„Hallo Alica, ich bin froh dass du schon hier bist": Alica sah überrascht drein.

„Ja?"

„Nun, ich will euch beide heute Abend zum Essen einladen".

„Das ist nett von die, Pablo", Alica lächelte. „Ich werde alleine kommen, da Juray wieder sehr spät heimkommt".

„OK, dann sind es wir zwei. Ich gehe mich duschen".

„Gut, ich ziehe mich einstweilen an". Alica ging und Pablo eilte die Wendeltreppe zum Studio hinunter. Er zog sich aus und ging mit dem Bademantel hinauf ins Bad. Dann wieder runter und anziehen. Er hatte immer noch seine schwarzen Jeans und sein Strickhemd in Regenbogenfarben. Gerade richtig für einen warmen Abend mit einer kühlenden Brise, dachte er. Nun, er wollte seinen neuen Job mit Alica feiern, die ihn so wohlwollend, zum temporären Verbleib, in ihr Studio eingeladen hat und viel

Spaß hatte mit ihm zu sein. Er konnte sie nicht als seine Freundin bezeichnen, aber als eine ungezwungene Geliebte, genauso wie sie es wünschte sich auf ihre sexuellen Spiele zu berufen. Alles im Leben war mit Sex und Macht verbunden, so wie ihn seine Freunde stets daran erinnerten. Als Poet waren mehrere feinere Facetten zu seinen Liebschaften verknüpft. Mindestens dachte er so. Er hatte eine Abneigung zu mechanischem Ficken und schloss das emotionelle immer mit ein. Dies machte den Sexualakt für ihn genussreich. Aber zeitweise übernahmen Urelemente die Lust und er spürte animalische Gefühle dominieren.

„Ganz normal" sagte sein Gesprächspartner, wenn sie ausführlich über sexuelle Beziehungen sprachen. „Nun", sagte Pablo „ich erinnere mich an Phasen in meinem Liebesleben, manche erfüllt mit spirituellen Freuden und andere so dunkel wie die Hölle. Er fühlte sich seltsam durch den Konsum eines lokalen Whiskys, zum ersten Mal, wie er es feststellte. „Es gibt eine erstes Mal für alles", sagte sein freundlicher Gegenspieler. Damals war Pablo in eine schöne Frau verliebt – die alle Männer liebte, die ihren Pfad kreuzten. Er war. Bereits mit einer Frau verheiratet, die sehr eifersüchtig war. Er war unartig und verbrachte die meiste Zeit mit Blowie, aber war verwundert warum sie nicht mit ihm die Welt der oralen Freuden teilte. Verdammt sei sie, dachte er später, warum konnte sie solch eine Macht über ihn ausüben? Einige Jahre danach traf er auf sie bei einer Party und tanzte mit ihr. Er hatte plötzlich eine Erektion. Verdammt! Sie war eine magische Frau. Diese Frau war für ihn real und er würde sein Gehirn mit ihr ausficken, wenn seine Frau es ihm erlaubt hätte, mit der er niemals zu einem befriedigenden Liebesakt kommen konnte. Aber das hat er erst viel später realisiert. Viel später, als seine Ehe vorbei war und alles niedergebrannt war, wie das illegale Niederbrennen der Amazonaswälder.

Wann immer er Argumente mit B hatte, sie würde ihre Ehe mit den negativen Weltereignissen vergleichen: Die Zerstörung des Amazonas, das Schmelzen der Gletscher, die Verschmutzung der Ozeane, das Vergiften der Erde aus der Luft durch Chemtrails' oben und durch das Glyphosatbesprühen unten. Aber er glaubte an das Überleben. Poeten mussten die Botschaften der Liebe tragen, sagte er. Sie erwiderte: „Du und deine verdammten Wörter. Du lebst nur dafür und nicht für deine Frau und deinen Partner". Wahrscheinlich richtig, sinnierte er, aber als er jetzt die Welt bereiste, verspürte er eine Leichtigkeit seiner Existenz, etwas außergewöhnliches, einen Geist der ihn höher hob. Es musste etwas mit dem Vermächtnis der Ana zu tun haben, seiner griechischen Muse und eine, die über seine anderen Musen allein dastand, entlang dieses abenteuerlichen Lebens seiner Existenz. „Greife es!" Sagte sein Freund, der ihn zum POTUS (Präsident of the United States) verwies, der sagte: "Grab Pussy!" (Greife Muschi!) Pablo musste lachen. Er mochte Muschi, aber er war kein Muschigreifer, nur für Muschis Willen. Sein Freund lachte, aber Pablo bezog das auf die begrenzte Erziehung seines Freundes, einem Manko von Selbstdisziplin und seinem Abschweifen für einen rechten Weg für die Zukunft.

„Bist du fertig, Pablo?" rief Alica vom oberen Stock. Er rührte sich aus seinen Reflexionen, die er immer unterhielt, wenn er sich duschte.

„Ich komme", rief er zurück.

„Gut, ich bestelle ein Taxi". Pablo griff nach seiner Moon-beutel und eilte die Wendeltreppe nach oben. Alica sandte Juray ein SMS dass er sich später zu ihnen gesellen sollte, wenn er Lust hatte. Nur für alle Fälle, dachte sie.

15.

Alica wählte ein Restaurant im alten jüdischen Quartier von Bratislava aus. Sie betraten die moderne, im minimalistischen Stil gehaltene Betonstruktur, mit Naturziegel für gewölbte Decken und Wände. Einige Trennwände waren mit soliden Naturholzregalen für Weinflaschen entworfen. Einige chinesische Figuren und Schreine für Göttersymbole erinnerten allein daran dass man in einem chinesischen Restaurant war. Dies wurde sofort durch das Menu und mit einer Flasche Soyasauce bestätigt. Alica kannte die Besitzerin, eine elegante Chinesin, die einen lokalen Slowaken heiratete und sie stolz auf ihre Tochter war, die fließend Chinesisch und Slowakisch sprach. Dies, dachte Pablo, war ein Augenöffner für eine erfolgreiche Integration.

Das Essen schmeckte köstlich. Alicas Mobiltelefon läutete. Es war Juray. Er war mit seiner Arbeit fertig und entschied sich Pablos Einladung bei ‚Jasmin' zu folgen. Alica gab ihm Anweisungen es zu finden, da er noch nie dieses Quartier besucht hatte. Pablos Fuß berührte Alicas und ihr Flirt führte zu einem allerletzten Versuch, noch etwas Spaß mit körperlichen Berührungen zu haben. Alica ersuchte Pablo sie zu dem Vorzimmer zu begleiten, das vor den öffentlichen Toiletten war. Sie wusste dass Mütter die Windel ihrer Kleinkinder hier wechselten. Da keine Kinder präsent waren, wollte sie den Raum mit Pablo teilen. „Bitte liebe mich Pablo, ich bin heiß!" Sie setzte sich auf den Tisch und spreizte ihre Beine als sie sich seinen Küsse auf ihren Körper hingab und seine Zunge am inneren ihren Schenkel große Lustgefühle hervorrief. Sie war bald soweit erregt dass sie ihn an sich riss. Pablo zog ihre Beine hoch und sein Penis drang in sie hinein. Sie hatte eine schnelle Klimax, aber wünschte sich mehr. Sie glitt vom

Tisch herunter und beugte sich zu ihm hinunter. Pablo fand seine bevorzugte Position wieder und grätschte sich über sie mit rotierenden Bewegungen, die gerade richtig für sie waren. „Ja, Pablo, ja…" stieß sie hervor, „mehr, mehr, mehr…Ahh!" Genauso süß wie es für sie war, war es auch für ihn. Er musste es beenden, die Zeit wurde knapp, dachte er und schloss seine Augen. Er sah Nike wie sie vor Alica stand, die sie mit ihrer Zunge liebte. Er sah sich selbst wie seine erhitzten Hände nach Nikes großen erregten Brustspitzen grapschten. Er hatte eine unmittelbare Klimax und bewegte sich noch immer in Alicas Muschi, dachte aber er wäre mit Nike intim. „Uhh", seufzte er und atmete durch. Er zog sich seine Hosen an und ging zur Tür. „Ich gehe mich schnell waschen, jemand sollte an unserem Tisch sitzen wenn Juray kommt". Sie nickte und ging zur Frauentoilette, während er schon wieder sich zu ihrem Tisch bewegte.

Er setzte sich und nahm ein Schluck Bier, dann noch einen größeren. Liebe macht durstig, dachte er. Die chinesische Kellnerin brachte die Suppen. Er ersuchte sie einen dritten Teller vorzubereiten und bestellte sich noch ein Bier. Alica erschien. Sie sah erfrischt und strahlend aus. Sie setze sich und begann ihre Suppe zu essen. Als sie aß kam Juray ins Restaurant, konnte sie aber nicht hinter der hölzernen Trennwand sehen. Die Besitzerin begleitete ihn zu Pablos Tisch. „Guten Abend ihr beiden", grüßte er. Er beugte sich und küsste Alica. „Guten Abend, Juray", sagte Alica und Pablo begrüßte ihn.

„Ich hoffe ich bin noch rechtzeitig mit euch zu dinieren". Er lächelte und sah Pablo stirnrunzelnd an.

„Natürlich bist du rechtzeitig, Juray", erwiderte Pablo.

„Ich sehe dass dich mein SMS nicht nur rechtzeitig erreicht hat, aber du es auch gleich gelesen hast", sagte

Alica. Juray lächelte satirisch und bestellte sich ein vegetarisches Gericht. Das Essen kam dampfend heiß auf den Tisch und Juray erzählte ihnen über seine Forschungsexpedition. „Es ist ein Unterschied, wenn du den Platz siehst und ihn physisch erlebst", sagte er „es ist fast so wie ein Liebhaber auf Distanz gegen einem aus wirklichem Fleisch und Blut". Was ist bloß mit Juray geschehen? Grübelte Pablo. Hat er vielleicht harte Beweise entdeckt? Alica errötete leicht und Pablo war sich unsicher ob Juray etwas entdeckt hatte. Er sah seine Mimik kaum, da die allgemeine Beleuchtung gedimmt war und außerdem das Feuer in einem offenen Kamin, unweit ihres Tisches, flackerte.

„Nun, ich habe dich nie gehört verschiedene Arten von Liebe zu vergleichen", antwortete Alica und aß weiter.

Juray erkundigte sich über Pablos Arbeit und seine Erfahrungen im Art Shop.

„Du musst zur Ausstellung in zwei Wochen kommen. Es wird hervorragend sein." Sagte er.

„Ja, das würde ich mir gerne ansehen", sagte Juray und aß sein Stir-fry mit Gusto. Der Abend stellte sich anders heraus als Alica es geplant hatte. Erstens mochte Juray keine chinesische Küche, und zweitens, deutete er indirekt an dass sie möglicherweise ein sexuelles Verhältnis mit Pablo unterhielt. Jedoch erläuterte Pablo dass er einen guten Grund zum Feiern hatte, da er eine Kommission erhielt eine Kopie eines Gemäldes anzufertigen, die gut bezahlt wurde. Sie diskutierten die Vor- und Nachteile eine Kopierkünstlers, der sich seinen eigen Malstil erarbeitet hatte und seine kreative Phase, nicht mit dem Kopieren von Werken anderer Künstler, ruinieren sollte.

„Ich habe mir deine Argumente angehört", schnitt Pablo in die Debatte, „aber du hast eine Sache vergessen: Erstens, muss ich Geld zusammensparen, um meine eigene

Arbeit auszuführen und in einer renommierten Galerie auszustellen. Zweitens, um dies zu tun, muss ich einen erschwinglichen Platz zum Mieten finden, um dieses Ziel zu erreichen". Er hob sein Glas, prostete ihnen zu und trank sein rechtliches Bier aus. „Ich bestelle eine zweite Runde", sagte Juray und rief die chinesische Kellnerin, die etwas Slowakisch sprach. „Nicht schlecht", sagte Juray und sah ihr nach als sie ging. Alica konnte ihren Augen kaum trauen. Juray hatte sich plötzlich verändert. Er sah niemals Frauen nach. Es musste seine neue Masche sein, dachte sie. Aber wodurch wurde dies verursacht? Alica hatte eine dunkle Ahnung dass eine ihrer Freundinnen sie mit Pablo gesehen hatte, wie sie Zärtlichkeiten austauschten. Wie denn sonst? Sie musste es herausfinden und das Gerede zu entschärfen. Juray traf gelegentlich auf einige ihrer früheren Freunde am Campus. Da geschah es dass er zur Eifersucht angestachelt wurde.

Pablo beendete sein Essen und wartete bis Juray zur Toilette ging. „Wir müssen vorsichtig sein, Pablo", flüsterte Alica.

„Die Fenster haben Augen und die Wände Ohren", erwiderte Pablo zu ihrem Bedenken.

„Tatsächlich", sagte sie leise. Es war höchste Zeit dass er sich eine leistbare Unterkunft in der Nähe seines Arbeitsplatzes suchte. Er würde so schnell wie möglich herumfragen. Vielleicht konnte ihm Nike und ihre Familie helfen. Nike würde ihm helfen, wenn er ihr erklärte dass er Ruhe brauchte, eine angenehme Bleibe, nach seinem eigenen Geschmack eingerichtet, und wo er sich auf seine Malerei konzentrieren konnte. Pablo zahlte der Kellnerin und Juray bezahlte die Getränke. Er brachte sie mit seinem Fiat nach Hause. Er sprach über Familienangelegenheiten und unterhielt sich in seiner slowakischen Muttersprache mit Alica. Er hatte das bis jetzt nicht getan wenn

Pablo zugegen war. Es störte Pablo nicht, da er mittlerweile Notizen in sein Notizbuch machte. Sobald sie bei ihrem Apartment angekommen waren, sagte er Gute Nacht und ging sofort zu Alicas Studio hinunter, das er mit ihrer Hilfe, zu seinem Quartier avancieren konnte. Kürzlich fand er es vorteilhaft vor Mitternacht ins Bett zu gehen, da er dann besser schlafen konnte. Aber der Schlaf blieb ihm heute Nacht aus. Nachdem er sich von einer Seite auf die andrer drehte, drehte er das Licht über seinem Bett auf und schrieb ein Gedicht auf Englisch. Eine Frau zu lieben und sich eine andere dabei vorzustellen. Schließlich entspannte sich sein Geist und vereinigte sich mit seinem ausgetreckten Körper, als er einschlief.

Sein Mobiltelefon piepte in der Früh. Er hatte den Alarm vom vorherigen Morgen, auf wiederholen angelassen. Er war sofort hellwach. Es war acht Uhr. Er sprang auf. Er erwischte noch Alica, als sie das Frühstück zubereitete. „Hallo Pablo". Sie kam und küsste ihn. „Tut mir Leid wegen gestern". Pablo seufzte. „Nein! Soll die nicht leid tun, es war unterhaltsam". Sie lachten „Nun, hast du gut gemacht".

„Ja, aber meine Nerven waren angespannt, als er in Allegorien sprach, oder sagt man Gleichnisse?"

„Egal, es konnte ja nur ein Schuss ins Dunkle gewesen sein".

„Nun, ..." Alica pausierte. „Ich hätte die erwähnen sollen, dass er einen Freund hat der für eine Detektivagentur arbeitet".

„So denkst du dass er sich dort erkundigt hat um jemand einzusetzen, der beauftragt war unsere Bewegungen zu beobachten und diskriminierende Fotografien zu erstellen?" Alica errötete.

„Nun, ich denke er wäre dazu viel zu geizig um darüber Geld zu verschwenden. Aber grundlegende Beobachtungen könnten ja durch seinen Freund getätigt werden". Pablo wusste dass er eiligst handeln sollte um eine Untermiete zu finden.

„Sosehr ich es hier liebe, Alica" sagte er bedacht und pausierte, „Ich werde mich sofort für eine neue Unterkunft kümmern". Dann fügte er rasch hinzu „Könntest du mir vielleicht, mit Erkundigungen deinerseits, helfen? Dann würde auch der Druck auf dich nachlassen".

„Ja, ich werde herumfragen".

„Aber erwähne nicht meinen Namen. Sage dass es für einen Kollegen ist". Alica nickte.

„Ich muss jetzt gehen, Pablo", sagte sie mit einem leichten Unterton. Sie küsste ihn und ging eilends fort.

Als Pablo zum Art Shop kam, konnte er schon aus der Ferne viel Bewegung bei der Eingangstür beobachten. Leute kamen und gingen. „Bitte hilf uns mit den Boxen", sagte Nike und er half ihr die mit Katalogen angefüllten Boxen auf eine Handkarre zu laden, die Danny, ein Freund von Tommy, zum Rathausgebäude schob. „Es ist alles bereit!" Rief Tommy „die Ausstellung ist drei Tage vorverschoben worden. Wir müssen uns beeilen, alles den Kuratoren bereitzustellen". Pablo half und schwitzte. Er konnte Nikes süß-würzigen Duft von ihrem überhitzten Körper riechen, wenn er Nahe an sie herankam. Es regte ihn an und sie entschuldigte sich für ihr starkes Schwitzen. „Dein Duft ist nicht abstoßend", sagte er „Aber eher erregend". Sie sah ihn entgeistert an, als ob er zugab ihren Körpergeruch zu mögen. Um dies nachzuweisen sagte er: „Hast du heute schon jemand umarmt?" Sie sah ihn überrascht an. „Ja", sagte sie „meinen Sohn".

„Nun, alles was du dann noch brauchst ist die Umarmung von einem Mann". Seine Arme umschlangen sie und er presste sie an sich. Sie fühlte sich sanft und feucht an and seine Fingerspitze spürte ihre Erregung. „Das ist genug!" Tommys Stimme war schneidend und sie ließen voneinander ab.

„Es ist eine Umarmung in Freundschaft", sagte Pablo, als ob Tommy eifersüchtig wäre dass er sie haben könnte. „Verdammt!" Er fluchte in seinem Atem. Gerade als er ihr näher kommen konnte, wird dieser freundliche Mann zum Feind. Tommy brauchte Nike, um für ihn einige Briefe zu tippen, und holte sie vom Packen weg. Typisch, dachte Pablo. Dies würde den Preis für die Kopie um 100 Einheiten vergrößern. Dann half er Danny noch einmal fünf Boxes zum Rathaus zu bringen. Als sie zurückkamen erklärte Tommy eine Lunchpause.

Pablo nippte an einem Cappuccino, den Nike für ihn brachte. Er schmeckte wunderbar, wie immer. Nike kümmerte sich um ihn und liebte ihn auf ihre Art. Eine platonische Liebe mit etwas physischem Vorgeschmack auf eine sexuelle Liebe? Er war verwirrt. Hatte er nicht gerade eine vollblütige Frau geliebt, die sexuell zu ihm passte, wie die Hand in einen Handschuh? Er hatte keine Antworten. Alica war verheiratet und er war am besten Weg Jurays Ehe zu ruinieren. Er hatte kein Recht dies zu tun. Er war mit ihr involviert, aber bald würde ihre Leidenschaft nachlassen, sie würden sich trennen und sich von einem regulären physischen Liebesleben enthalten. Sie würden Freunde werden.

„Möchtest du einen kurzen Spaziergang machen?" Nike kam und nahm seine Hand. „Komm, Mr T hat sein tägliches Nickerchen, ich muss ihn in einer Stunde wecken".

„OK", bejahte er und Nike nahm ihn entlang der Straße mit, die er an seinem ersten Tag in Bratislava, Richtung

Rathaus, gegangen war. Sie erreichten die Bronzestatue des ‚Schönen Naci‘, und gingen zum Brunnen. Nike befeuchtete ihr Gesicht. „Ah, es ist großartig“. Als er seine Hände ins Bassin hielt, spritzte sie Wasser auf seinen Kopf. Er war pitschnass, aber hatte nichts dagegen, da es kochend heiß am Stadtplatz war. Der Basalt hatte die Hitze absorbiert, die Sommerhitze glühte und reflektierte es vielfach. Sie lachte und er schloss sich ihr an. „Wow!“ seufzte er. Nike nahm ihr Taschentuch und trocknete ihn ab. Ein Hauch von ihrem Parfum kam in seine Nase und er stellte sich ihren Körper vor, übergossen mit dem Duft der Hibiskusblüten, als er sie küsste. „Ich mag dein Parfum“, sagte er. Sie seufzte.

„Es ist ‚Fleur du Temps‘“, erwiderte sie und verschluckte den Namen der Firma, aber hatte eine Ahnung dass es der Name einer italienischen Frau war. Sie ging mit ihm um den Stadtplatz herum und erzählte ihm über Mode, Schuhe, Accessoires die sie mochte und eine Uhr die sie unbedingt haben wollte. Er hörte ihr gerne zu und erfreute sich an ihrem guten Geschmack. „Ich habe einen jungen Mann getroffen“, sagte sie plötzlich. „Er ist jünger wie ich, verheiratet, möchte aber eine Freundin neben seiner Frau haben“. Sie pausierte und wartete auf seine Reaktion.

„Nun, ich kann ihn nicht blamieren. Es gibt Phasen in einem Leben durch die man durchgeht“.

„Hmm, es sieht so aus als würdest du aus Erfahrung sprechen“, folgerte sie. Er nickte.

„I denke ich hatte meinen Anteil davon“. Er lächelte und beobachtete ihren Schritt. Zeitweise sprang sie plötzlich voraus, eine Kind-Frau, eine elfisch-artige Audrey Hepburn, dachte er. Glücklich und zufrieden mit einem Lunchtime Spaziergang in der Sonne. Als sie sich gegen das starke Sonnenlicht stellte, sah er den Umriss ihrer Kör-

perlinien, die sich durch das durchscheinende Baumwoll-
kleid abzeichneten. „Bleib stehen!" Sagte er und öffnete
sein Mobiltelefon und tätigte mehrere Schnappschüsse.

„Fantastisch", rief er aus „sowie eine Frau, die ich in derselben Pose, mit ähnlichen Körperlinien sah, als ihr Kleid
in der sengenden Sonne zu Asche verbrannte". Sie lachte
auf.

„Mein Freund, Poet und Künstler, bitte hör mir zu. Ich
habe eine Kommission für dich. Ich möchte eine Malerei –
es kann eine Zeichnung oder ein Aquarell sein – welches
mich zeigt und einen jungen Mann der verliebt ist".

„Aha", erwiderte er.

„Gebrauche deine Fantasie. Er ist gold-blond und groß".
Sie lächelte schelmisch. Dann nahm sie seine Hand und
zog ihn. „Komm, es ist Zeit um Mr T aufzuwecken".

16.

Mr T erwachte und rief nach ihr.

„Ich bin hier, Mr T". Sie beeilte sich zu seinem Büro, wo
eine Couch installiert war.

„Haben sie gut geruht?" Er bedankte sich und ratterte
eine Serie von Erledigungen herunter, um die sie sich sofort kümmern sollte.

„Könnte mir Pablo dabei helfen?" Sie lächelte Mr T an
und er sah sie an mit einem wissenden Lächeln um seine
Lippen. „Ja, macht einfach weiter, aber kein Techtel-
mechtel!" Sie lachte. „Aber Mr T, sie kennen mich ja inzwischen. Ich bin eine religiöse Person". Er sagte nichts, Religion war ihm heilig und während er die lokale Synagoge
besuchte, zelebrierte sie in der Russisch-Orthodoxen Kirche.

„Was ist mit dir Pablo?" fragte er eines Tages, „was verehrst du?"

„Ich bin ein Agnostiker", sagte Pablo „aber ich respektiere jede Religion, solange diese nicht durch Predigen und Anstiftung zu Gewalt eskaliert". Tommy nickte.

„Ich stimme da mit dir überein". Pablo war froh dass Tommy ein toleranter Mann war und Fremde akzeptierte. Hatte er nicht Rassenhass und Erniedrigung, durch die Intoleranz der Nazis ertragen?" Pablo dachte an seinen Großvater, väterlicherseits, der von Nazi Verbrechern ermordet wurde. Kein Jude, von aristokratischer Herkunft, musste er das Gefängnis mit eingesperrten Antifaschisten übersehen. Diese politischen Gefangenen waren ein Dorn im Auge des lokalen Pharmazisten, der ihn aufforderte dass er die antifaschistischen Insassen mit dem Essen vergifte, Großvater verneinte vehement und ersuchte ihn von solch Aktionen Abstand zu nehmen. Es war allein seine Verantwortung und nicht die des Pharmazisten, dass diese Insassen unversehrt blieben, bis ihr Transport kam, der sie zum Obersten Gericht nach Wien überführte. Großvater hatte gewöhnlich ein paar Gläser Wein im lokalen Café. Auf seinem Weg nach Hause attachierten ihn zwei Männer, die von einem Pharmazisten mit einem slawischen Namen angestiftet wurden. Sie schlugen mit einer eisernen Stange auf seinen Kopf und trafen seine Schläfe. Er kollabierte, rollte die Böschung zum Bach ‚Stoob' hinunter. Sie ließen ihn in seinem Blut liegen. In dieser Nacht starb er an seiner Wunde, die an seiner Schläfe sichtbar war. Er musste sofort tot gewesen sein. Pablos Mutter kümmerte sich um ihren Schwiegervater, als er von der unteren Seite der Böschung heraufgebracht wurde. Sie holte ein Pflaster von der Apotheke, die dafür nichts verlangte, um die Wunde über seine Schläfe zu bedecken. Es gab keine Polizei, keinen Staatsanwalt, niemand der diesen hinterhältigen Mord angeprangert und den faschistischen Apotheker und seine Kumpanen strafrechtlich verfolgt hätte. Nach dem Ende vom Zweiten Weltkrieg, kamen Großvaters Söhne zurück, aber nicht Pablos Vater. Im Bezirksvorort der östlichsten Provinz Österreichs begann eine Seelensuche und eine Serie von Verbrechen wurden gegen Nazi Kollaborateure zu Gericht gebracht. Jedoch die Mörder seines Großvaters wurden weder ausgeforscht, noch gefasst. Einer der Handlanger beichtete am Totenbett dem katholischen Priester sein Verbrechen, nannte den Beteiligten und seinen Meister, der ihn lebenslang bezahlte um zu schweigen. Es wurde öffentliches Wissen, aber die Schuldigen waren eben verstorben. Der Apotheker lag auf seinem Totenbett, als Pablos Stiefvater diesen Fall zu Gericht bringen wollte. Aber bevor die bürokratische Maschinerie in Gang gesetzt wurde, starb der Nazi-Apotheker. "Ich hoffe dass er für ewig in der Hölle brennen wird", sagte Pablo laut und verließ seinen Heimatort, wo die Familie dieses bösartigen Mannes sich nicht einmal entschuldigte. Solch ein Ort, mittlerweile zur Provinzstadt avanciert, kann niemals meine Stadt sein. Sie ist mit dem Blut gerechter Männer und unschuldiger Menschen befleckt, die sich alle aufrecht gegen den Faschismus stellten, und niemals öffentlich dafür anerkannt wurden.

„Worüber hast du nachgedacht?" Tommy war wie gewöhnlich neugierig wie Pablos Verstand funktionierte und wie er es mit seinem übereinstimmen konnte.

„Der Mord an meinem Großvater durch fanatische Nazimitglieder, war Teil des Führers Plan um seine Gegner und die seiner Ideologie zu vernichten". Tommy empfand ein ernstes Mitgefühl mit ihm. Er, der von allen gegenwärtig, konnte nachfühlen wie man mit dem Verlust eines Familienmitgliedes durch Mord umgehen musste. In Tommys Familie waren es sechzig Menschen, die im Holocaust getötet worden sind. Es schmerzte Pablo, der eine Fotografie in einem der Enzyklopädien über den Holocaust gefunden hatte, die auf Tommys Bücherregal war. Er sah dieses Bild auf einem Flugblatt das von den Alliierten bei Kriegsende abgeworfen wurde. Es zeigte zwei glatzköpfige Männer, die einen toten Mann, abgehungert zum Skelett, mit einer riesigen Stahlzange zu einem Verbrennungsofen schleppen. Pablo war plötzlich ein vierjähriges Kind, der Flugblätter sammelte, die von einem Transportflugzeug abgeworfen wurden.

Alica fand eine Atelierwohnung für Pablo. Ein Künstler war der Besitzer, der es für eine kleine Gebühr an Freunde vermietete. Er war einverstanden es für Pablo zu vermieten, wenn Alica auch für ihn unterschreiben würde. In der Nähe der historischen Altstadt fühlte sich Pablo privilegiert so eine große Gelegenheit zu erhalten, um seine privaten Arbeiten fortzusetzen. Pablo arbeitete hart während des Tages in Tommys Art Shop. Er legte Geld beiseite und hoffte eines Tages sein eigenes Atelier zu besitzen, welches er sich in seinen Träumen schon vorgestellt hatte. Alica besuchte ihn gelegentlich, wenn sie das Verlangen spürte mit ihrem Liebhaber zu verweilen. Er brauchte sie als seine Muse und sie stand Modell für ihn. Er malte schöne Akte von ihr in einem neuen Stil, den sie noch nirgends gesehen hatte. Es erinnerte sie an Gauguin und Van Gogh, aber dann wieder an Matisse und manchmal an Chagall, aber dies alles derart verknüpft in solch einer Art dass er es neu kreierte und seinen eigenen Stil entwickeln konnte. Pablo arbeitete an seinen Privaten Gemälden, die gezielt für eine Ausstellung gedacht waren. Aber im Art Shop musste er im Untergeschoss an den Kopien für Mr T arbeiten.

Nike rebellierte gegen Mr T, da er Pablo gebrauchte um Kopien von seinen spezifischen Originalen zu kriegen, die wie heiße Kuchen weggingen, wenn es auch den Künstler umbrachte. Aber Mr T hatte sich von Pablo entfremdet, als er diese einst wertvolle Freundschaft in einen Goldesel umwandelte, der Pablo einen harten Schlag auf sein Hinterteil versetzte. Mr T wurde von seinem Liebesinteresse völlig eingesponnen, einer sexy, kurvenreichen Frau, namens Lisa, Besitzerin einer Galerie in Wien.

„Bald wird er noch einen Art Shop in Wien öffnen, und deine Kopien an Lisa verkaufen, die sie auf dem internationalen Markt versteigern lässt", sagte Nike zu Pablo.

„Ich muss den Preis meiner Kopien erhöhen", erwiderte er zu Nike, die einen grünen Tee zubereitete und Pablo einlud. „Ich kenne einen besseren Plan", sagte sie mit einer verschwörerischen Stimme. „Da alle Originale in Bratislava sind, wo du arbeitest, könntest du sie durch mich auch verkaufen". Sie lächelte.

„Könnte ich dir trauen?" Pablo sah sie an. Sie hatte es vermieden mit ihm intim zu werden, aber sie waren verspielt und mit Petting vertraut, wie Tommy es vorgeschlagen hatte. "Ich würde es mit dir tun, aber nur wenn du ein Kondom verwendest". Pablo lächelte.

„Nun, ich habe nie eines verwendet, aber in deinem Fall würde ich es tun". Sie schürzte ihre Lippen.

„Na gut, da du ja dieses Wochenende arbeiten wirst, werde ich dich besuchen kommen". Er lächelte. Er wusste wenn sie mit ihm Sex haben wollte, dann konnte er ihr wirklich trauen.

Pablo hat sein Leben, als ein Künstler und Poet, reorganisiert. Seine neue Umgebung passt genau zu ihm. In der

Nähe befindet sich die Dom Quo Vadis Galerie und Organisation für Künstler, wo er einen Stammplatz im Salon hat und eine Menge von kontemporären visuellen Künstlern, Filmmachern und Musiker treffen kann. Er hatte Glück dass er eine Miete über ein Jahr und etwas mehr erhalten konnte, mit der Möglichkeit einer Erweiterung auf ein zusätzliches Jahr. Seine tägliche Gehzeit zum Art Shop betrug eine halbe Stunde, aber er konnte sich wenigstens das Geld für das Taxi sparen. Er erfreute sich an seinem Spaziergang von seinem Atelier unter der Stadtautobahn zur Michalska Straße und entlang Venturska Straße in die Panska Straße, wo das Art Shop von Mr T gelegen war.

Er hatte Nike eingeladen ihn in seinem neuen Zuhause zu besuchen und er versuchte etwas Ordnung in seine Bude zu bringen. Das Bett auf dem Mezzanin war gemacht, während das Eingangsgeschoß als sein Workshop fungierte. Hier grundierte er seine Leinwände, die er an die Wände lehnte, wo er Haltevorrichtungen befestigt hatte. Die kleineren Leinwände bemalte er auf einem großen Tisch, der aus zwei Türpanelen zusammengesetzt war. Danny, Tommys Aushilfe, war so freundlich ihm diese von einer Baustelle zu besorgen. Er wollte Juray nicht involvieren, da ihn dieser wohl im Effekt töten würde, wenn er unangemeldet hereinplatzen würde und sehen würde dass er seine Frau nackt portraitierte.

Er errichtete eine Hi-Fi Installation mit CD-spieler, Radio und einen Satz von Lautsprechern für einen raumfüllenden Klang. Musik war und wird immer ein wesentlicher Teil in seinem Leben sein. Er hatte verschiedene Beleuchtungssysteme für LED-Beleuchtung, speziell für den Eckbereich mit einem großen Bett für seine Modelle. In der Entspannungszone stand eine große rote Ledercouch, die er durch Danny am Flohmarkt erstanden hatte. Zwei bequeme Clubsessel und ein Kaffeetisch, den er aus Bauteilen zusammensetzte, die ihm Tommy gab, vervollständigten den informellen Wohnzimmerbereich. Die großen Fenster an der Fassade dienten für eine gute natürliche Beleuchtung. Ein französischer gusseiserner Ofen würde das Atelier im Winter entsprechend aufheizen. Entlang der Fensterparapete installierte er die Regale aus Holzplanken und auserlesenen gesinterten Lehmziegeln, wo er seine Bücher und Kunstkataloge, die er von Tommy und Freunden erhalten hatte. Ein Freund von Tommy schenkte ihm eine Gipskopie einer Skulptur, ein Frauenakt in aufrechter Position mit einer erhobenen Hand, als ob sie jemand einladen wollte.

Sein Atelier war fast komplett eingerichtet. Einige seiner letzten Gemälde befestigte er an der gegenüberliegenden Wand zur Sitzgruppe. Pablo stapelte unfertige Arbeiten gegen die Eingangswand, wo er spezielle Industrieleuchten vorfand, die vom vorherigen Mieter zurückgelassen wurden. Sie waren Panzergrau und passten gut zu seinem weißen Farbschema, der roten Ledercouch und den bequemen Clubsesseln im Elefantenstil. Es war Samstag und Nike würde bald erscheinen.

Es klopfte an seiner Tür. Er ging zur Tür und öffnete sie. „Hallo Nike!" Er umarmte sie. „Hallo Pablo". Er hielt ihre Hand. „Bitte komm herein, willkommen in meinem Atelier". Nike sah sich um. „Du hast hier einen schönen Raum für deine Kunst". Sie ging umher. Er sah ihre Figur an, gekleidet in einem engen Oberteil und einem Faltenrock aus Musseline. Es ließ sie wie eine Rosenknospe erscheinen. „Eine wunderschöne Blume bist du", sagte er und lächelte. „Danke dir". Er komplimentierte ihr mit seinem Blick, vielmehr als mit Worten, als sie wieder von ihrer Besichtigung zurückkam und sich auf die rote Couch setzte. „Dein blumiges Outfit wirkt st sehr hübsch auf der roten Couch", sagte er. „Ich möchte gerne einen Schnappschuss von dir". Er benützte sein Mobiltelefon und nahm eine Serie von Fotografien von ihr. Langsam entspannte sich Nike und streckte sich, nahm ihre italienischen Schuhe mit einem Netzgewebe Einsatz von ihren Füssen und platzierte sie auf den Sitz.

„Möchtest du einen Drink?" Sie sah auf. „Ich habe Campari, wenn du magst": Sie lächelte.

„Das wäre großartig, danke".

Pablo ging zu seiner Kochnische hinter seiner Sitzecke, abgedeckt durch eine Trennwand mit Wein- und Schnapsflaschen in Boxregalen. Er goss etwas Campari in zwei hohe Gläser ein, gab einige Eiswürfel dazu und eine geteilte Zitronenscheibe. Als er die Drinks servierte, hatte Nike sich mit einigen Polstern hingestreckt. „Ich mag deine rote Ledercouch", sagte sie und bedankte sich für den Drink. Er setzte sich neben sie und hob sein Glas.

„Prost Nike, ich hoffe du magst den Drink". Sie kräuselte ihre Lippen. Das bedeutete Anerkennung mit ihrer Mimik. Sie nippte zuerst und dann nahm sie einen Schluck und noch einen.

„Ich mag deinen Campari sehr. Er schmeckt köstlich".

„Erzähl mir über deinen Urlaub". Sie nahm ihre Beine von der Couch. „Ich muss gerade sitzen wenn ich trinke", sagte sie. „Prost", sie stießen mit ihren Gläsern an.

„Magst du etwas Musik hören?" Er stand auf, setzte sein Glas auf den Kaffeetisch und ging zum CD-Spieler. Er hatte Klassische Musik, aber für jetzt wählte er einen leichten Bar-Jazz aus. Die sanfte rhythmische Musik erfüllte den Raum und komplimentierte die gekühlten süß-bitter Getränke. „Danke Pablo, du drückst heute einige romantischen Tasten". Er lächelte, „Mit dir anwesend ist es mir ein

Vergnügen". Pablo setzte sich neben Nike. Sie berührten sich wie zufällig und er küsste sie leicht auf ihre vollen Lippen. Sie reagierte. Ihr Kuss war warm und verführte ihn mit leicht-animalischer Sanftheit, die kecker wurde und ihn mit ihrem inneren leidenschaftlichen Feuer herausforderte. Genauso wie er sich ihren ersten Kuss vorgestellt hatte. Er glitt auf ihr hinunter, küsste ihren Nacken und öffnete ihr Oberteil. Sie trug keinen BH und er erfreute sich an ihren kleinen Busen mit den großen areolas und den Spitzen die sich erhärteten. Er begann sie zu streicheln, liebkosen und mit geschürzten Lippen zu küssen. Nike liebte seine Liebkosungen, öffnete sich ihm und wünschte dass er sich weiter hinunter bewegte um sie zu kosten, sowie sie es sich vorstellte dass er es würde, als sie ihn das erste Mal sah. Ihre Hände streichelten seine Haare als seine Finger auf ihrem Mon veneris spielten. Sie raunte und bewegte sich, da Pablo die Berührung ihrer Muschi noch vermied, bis sie ihre Beine weiter spreizte. Als ob sie geschaffen wären für diese wunderbare orale Handlung sie zu verehren, ihr das größte Kompliment zu machen, es erregte Pablo, der diesen intimen Liebesakt schon in seinen Gedanken ausgeführt hatte und jetzt diese Aufgeregtheit in sie projizierte. Zuerst spürte er ihre Erregtheit so sanft da sie sich dabei etwas streckte, aber als er ihre Klitoris berührte, seufzte sie und ihre Brüste schoben sich nach vorne, ihr Rücken wölbte sich und ihr Körper bewegte sich auf seinem Gesicht, als er seine Zunge benutzte. Sie wollte mehr und begehrte ihren Höhepunkt, aber Pablo, der die orale Liebeskunst von seiner Muse, Ana, erlernt hatte, machte diesen Moment noch intensiver für eine Weile, bis Nike an seinen Haaren riss und er ihre nahe Klimax spürte. Dann steigerte er seine Zungenbewegungen und mit den schnelleren Bewegungen erzielte er was Nike für eine Zeitlang nicht erlebt hatte. Ihr Körper hob und senkte sich und ihr Atmen wurde heftiger, sie zerrte an seinen Haaren, und ihre Finger gruben sich in seine Schultern mit solcher Vehemenz, als ob sie seine Haut durchbohren wollte. Er hatte ihre süße innere Vulva und leckte weiter ihre Klitoris, die einen Minipenis ausstreckte, schneller und schneller bis sie schrie: „Pablo du schleckendes Biest...du verdammter Fotzenlecker...du...oh, oh uh ich komme...und dann warf sie ihren Kopf zurück und schnappte nach Luft als ob sie ertrinken würde.

Pablo konnte von einem Winkel hinaufsehen um ihre Gesichtsausdrücke zu studieren. Er ließ nicht los bis Nike sich von ihrem Orgasmus entspannte. In ihrem postklimaktischen Zustand zog sie ihn an den Haaren hoch, ließ ihn auf der Couch sitzen. Sie grätschte sich über ihn küsste ihn und ritt auf seiner Erektion, die sich in seinen Chinos zu wölben begann. Dies ging so für eine Weile. „Bring mich ins Bett, Pablo", flüsterte sie und er hob ihren Elfenkörper und legte ihn auf das große Bett nahe der Sitzgruppe. Er zog ein Kondom aus seiner Tasche.

„Lass mich das machen", sagte sie und er legte sich zurück. Sie zog seine Hosen herunter, seine Erektion sprang heraus. Nike sagte „Oh, schön" und ihre schlanken Finger zogen das hauchdünne Kondom über seinen Penis.

Er legte sich zurück wie sie es wünschte. Sie streichelte ihn mit ihren feinen Fingern und bald war sein ganzer Körper erregt. Sie ließ ihn etwas Agonie verspüren, die sie auch vorher verspürte. Plötzlich, als sie bemerkte dass sein Atmen sich erhöhte spreizte sie sich über seinen Penis und begann ihn zu reiten. Zuerst dachte er dass sie eine durchschnittliche Frau im Bett war, aber sie begann ihr Becken mit einer Finesse, wie eine Bauchtänzerin, zu bewegen und er fühlte das Süße ihres Flickens. Sie hatte Erfahrung, er wusste das, aber als sie sich bewegte und rotierende Bewegungen auch in einem wiederkehrenden

Rhythmus machte, sah er sich nicht in der Lage es länger durchzuhalten bis er zu einer Klimax kam. So dachte er an mathematische Formeln im Goldenen Schnitt. „Was war das?" schrie er, und „Nike, du Gestalt einer Göttin, geboren um mich zu lieben, einen Mann aus dem Land der Hinzel, wie gut du mich heute vögelst. Es ist gut…oh…ich werde kommen und dich überall bespritzen, aber du hast meinen Samen eingesperrt. Ahh", schrie er, „ich komme…Wow…oh…" Sie zog seinen Penis schnell heraus und steckte ihn in ihren Anus. Dies geschah so schnell dass er noch härter wurde durch die Enge und er bewegte sich in ihrem Hintern unkontrolliert, während sie sie auf ihn mit Gegenbewegungen weiterritt. Für eine Weile konnte er dies noch aufrechthalten Dieser plötzliche Wechsel hatte seinen Klimax verhindert. Aber bald hatte sich ein derartiger Sturm in seinem Inneren gebildet dass sein Atem so stark arbeiten musste, dass sie glaubte er würde enden. In diesem kunstvollen Ficken kam auf ihn eine derartige Explosion zu, dass er schrie und fluchte, sie pries und eine Fotze nannte und eine kunstvolle Bitch. Dann kollabierte er nach seinem Orgasmus, seines ersten, seit dem Tod von Ana. Sein Kopf fiel zur Seite. Kein Wunder dass die Franzosen es ‚Le petite mort' – Den kleinen Tod – nannten. Er konnte sich erinnern dass er seine Muse geliebt hatte. Oh, dieses Mal war es die eine, die schwer-zu- bekommen spielte, dachte er. Er öffnete seine Augen. Nike lag neben ihm, ihr Arm lag auf seiner Brust, ein Bein über seinem Schenkel, ihr kecker Hintern sichtbar. Er berührte die samtige Haut. Ihre Schamhaare kitzelten seinen Penis und er wurde wieder hart. Sie regte sich.

„Mein Gott, Pablo, du bist wieder erregt". Sie bewegte sich und küsste das Innere seines Oberschenkels und spielte mit seinem Penis. Ihre Finger zogen seine Vorhaut zurück und ihre Zungenspitze spielte auf seinem

Frenulum. Es machte ihn verrückt nach ihr. Als sie seine errötete Glans in ihren Mund nahm, fühlte er sich im Himmel und in der Hölle zugleich. Zwischen Streichelbewegungen ihrer schlanken Finger atmete sie ein und brachte ihn geschickt zu einem nahen Höhepunkt, aber sie wusste dass sie ihn noch mehr aufreizen musste dass er ejakulieren konnte. Schließlich bewegte er seinen Cock zwischen ihren Fingern und sie saugte stärker. Sie hörte sein schweres Atmen und wusste dass sie ihn jetzt zu seiner Höhe bringen konnte. Als ihr langer Mittelfinger seinen Anus berührte, wölbte er sich. „Mehr…" stöhnte er. Nike schleckte ihren Finger ab und schob ihn vorsichtig in seinen Anus. Auf halber Strecke schrie er Obszönitäten. Als er kam, stieß sie ihren Finger ganz hinein und massierte seine Prostata. Sofort verspürte er ein erhöhtes brennendes Gefühl bei seiner augenblicklichen Ejakulation. Er fühlte sich freudig erregt, von seinem Körper losgelöst und er zog ihren Kopf zu sich herauf und küsste sie, sein Sperma war über ihr ganzes Gesicht, ihren Nacken und über ihren Busen. Sie rieb sich an ihn und nahm ein naheliegendes Handtuch und trocknete sich ab und dann ihn. Er ruhte und schlummerte ein.

Sie erhob sich und suchte sein Badezimmer auf, duschte sich, seifte sich gründlich ein und duschte sich wieder. Als sie fertig war erschien Pablo. Er küsste sie und stieg in die Dusche. Sie seifte ihn ein und küsste ihn, dann ließ sie in abduschen. Als Pablo fertig war, lad sie auf dem Bett, welches er für Sitzungen präpariert hatte.

„Bleib so bitte", sagte er und holte sein Skizzenbuch und Stifte. Er skizzierte sie mit einem schwarzen Stift. Eine Seite nach der anderen, bis er erschöpft war.

„Möchtest du etwas trinken?"

„Ja, einen Cold drink". Er stand auf, ging zur Bar und schenkte ihr einen Fruchtsaft ein.

„Es ist Kiwi", sagte er.

„Danke". Nachdem sie sich erfrischte, gab er die Skizzen zur Seite und dachte an sein nächstes großformatige Gemälde: *Demoiselles de la Ville* – Junge Frauen aus der Stadt. Er dachte es als Hommage an Picasso zu kreieren, mit einer Auswahl seiner Frauen. Es würde ein großes Kunstwerk werden.

Nike musste gehen, da sie ihren Sohn von ihrer Tochter abholen musste, die gewöhnlich auf ihn aufpasste, wenn er mit seiner Schule fertig war. Er küsste sie. „Auf Wiedersehen, Nike".

„Erinnere dich Pablo, im Art Shop sind wir nicht intim, nicht einmal Berührungen".

„Ja, ich werde unsere Regeln befolgen. Kein Hanky-Panky, kennst das?" Sie lachte als sie sich erinnerte wie Mr T es zu ihnen sagte. Pablo schloss die Tür hinter ihr.

17.

Pablo beendete zwei Kopien für Mr T, der ihn lobte. Als er bei der Fertigstellung der Bilder Pablo bezahlt, zieht er zehn Prozent für die Galeriegebühr ab, aber er hatte sich bereit erklärt ihm zehn Prozent des Einkommens der Galerie für die Bilder zu zahlen. Es passt Pablo und er hat sich mittlerweile für das Kopieren eine Methode erarbeitet, damit er den Prozess beschleunigen kann. Zuerst entwirft er eine Strichzeichnung mit den Haupteigenschaften, um das Prinzip der Komposition zu erstellen und dies überträgt er auf die präparierte Leinwand. Erst dann beginnt er den allgemeinen Ton der Themen oder der Objekte zu malen und konzentriert sich auf feinere Details. Er ist erfolgreich, aber er sorgt sich um ein zukünftiges und dauerhaftes Zuhause. Er hält Ausschau mit der Hilfe seiner neuen Freunde, die ihm mit dem Erkunden helfen und der Suche nach guten Verbindungen.

Seit einiger Zeit stand ein Mann in einem eleganten Anzug, an der Ecke des Einganges zu den Apartments, wo sich Pablos Atelier am obersten Stock befand. Pablo bemerkte ihn aus dem Augenwinkel und wollte ihn nicht anstarren, um zu verhindern dass er ihn bemerkte. Warum spionierte ihn dieser Mann aus?" Pablo trug die Kopien für Mr T in einer wasserdichten Mappe zum Art Shop. Wie gewöhnlich nahm er dieselbe Route, welche die kürzeste und angenehmste war. Als Pablo beim Art Shop ankam, kam ein Mann mit einem dunklen Teint heraus, der einen Strohhut aufhatte. Er warf einen schnellen Blick auf Pablo, der das Gefühl hatte sein Gesicht zu kennen, verwarf dann aber seine Vermutung.

Tommy saß in seinem Büro und bewunderte Pablos Kopien. Sie waren ausgezeichnet und gut verkäuflich. Das war für Tommy wichtig. Pablo hatte eine Maltechnik entwickelt, über die auch Künstler in den Kneipen diskutierten. Aber Pablo würde nie über sein gutes Einkommen von Kunstkopien, nicht bekannter traditioneller Künstler, sprechen. Er wollte als ein individueller Künstler des 21sten Jahrhunderts bekannt sein.

„Ein schwarzer Mann aus Südafrika war hier", sagte Tommy „und er kaufte eine Kopie, die du angefertigt hast".

„Nun, das ist ja großartig", erwiderte Pablo. „Ich habe ihn auf die Liste unserer Klienten gesetzt, da er noch mehr kaufen wollte". Pablo wollte keine Kopien mehr fabrizieren, er wollte seine Kunst verkaufen, die er aus seinem inneren Geist kreierte. Seine wirkliche Kunst, wie er sie nannte. Nike begrüßte ihn und als sich Tommy für seine Mittagsruhe zurückzog, erschien Louise, eine junge Frau die Nike befreundete. Sie ist ein wenig größer als Nike, bemerkte Pablo und sie benimmt sich als ob sie alle Männer, die ihr über den Weg kreuzten, gleich erobern wollte. Sie berührte Pablo auf der Schulter, klopfte ihn auf seinen Rücken und spielte sich auf wie ein sofortiger Kumpel. Pablo und Nike tauschten Augenkontakt aus und Pablo entschuldigte sich noch etwas zu bearbeiten. Er verließ das Art Shop um kaufte Lunch für Nike und sich. Als er zurückkehrte war Louise schon weg. Nike war froh Pablo zu sehen. Sie teilten sich Lunch und Nike gab ihm Louises Telefonnummer. „Sie möchte gerne ihr Portrait von dir gemalt haben", witzelte Nike.

„Hast du ihr den Preis genannt?" Nike sah auf, „Pablo, erstens ist das für dich allein auszuhandeln, nicht?"

„Nike, wie du weißt, bin ich inzwischen teuer, speziell für Damen der Gesellschaft". Er lächelte. „Wirklich, ich weiß" Sie berührte ihn unter dem Tisch. „Danke für deine Liebe, Pablo", flüsterte sie.

„Ich danke für deine Liebe, für dein erotisches Zusammensein und für die Klimaxe", er spürte Zärtlichkeit und ein Begehren für sie. "Könnte ich dich für eine neue Sitzung sehen?" Sie entschuldigte sich um das Geschäftstelefon zu beantworten.

Pablo betrachtete seine Skizzen. *Demoiselles de la Ville* ist am Weg ein Gemälde zu werden, aber es ist zu langsam, sinniert er. Er hat Nike vollendet und erwartet Alica heute für eine Sitzung. Sie hat ihm zugestimmt eine der Demoiselles zu sein und es als eine Ehre verstanden, außerdem wollte sie mit ihm ins Bett. Das letzte Mal sagte sie zu ihm dass sie hungrig auf ihn sei. „Wenn ich so weitermache, brauche ich Viagra, witzelte er, aber Alica lachte „Du brauchst das nie, ich zeige es dir".

Nike war lange beschäftigt und antwortete endlich: „Ich möchte gerne für dich sitzen, aber es müsste unter einer

Stunde sein, da ich mich mit einer Menge Familienangelegenheiten auseinandersetzen muss“.

„Gut“, sagte Pablo, „könntest du übermorgen kommen?“
Nike überprüfte ihren Terminkalender auf ihrem Mobiltelefon. „Ja, könnte ich, nach der Arbeit, etwa um fünf Uhr“.
Dies passte Pablo. „Weißt du Nike, ich schätze deinen Input“. Sie lachte. „Ja, ich auch, ich liebe es mit dir“. Dann
ging sie zum rückwärtigen Büro um Mr T zu wecken. Pablo
ging um einige Besorgungen für den Art Shop zu erledigen
und anschließend nach Hause. Er musste noch zwei Kopien für Tommy fertigmachen, aber die dritte Kopie würde
er Nike für einen Privatverkauf geben, wie vereinbart.

Lisa erschien im Art Shop und begrüßte Tommy. „Ich
kenne dich von deiner Ausstellung in Wien“, sagte Tommy.
„Natürlich“, sagte sie. „Könnten wir uns ungestört in deinem Büro unterhalten?“ Sie machte ihm Augen. Lisa sah
umwerfend in ihrem roten Kostüm aus, mit ihren großen
Busen, die aus ihrer engen Bluse drängten. Sie ließ die
zwei oberen Knöpfe offen, da sie wusste dass Tommy ihre
besten physischen Attribute anstarren würde: Busen, Hintern und Beine. „Ja, komm in mein Büro nach hinten“. Nike
sah sie neugierig an „Nicht dass du über uns schlecht
denkst“, deutet er auf sein Büro. „Das würde ich nie tun,
Mr T“. Sie lächelte.

Der große dunkle Mann erschien und Nike fiel fast um.
Sie war in seine freundliche Art vernarrt. Er verströmte einen großen Sexappeal der auf Nike wie ein elektrischer
Funke übersprang. Sie nahm seine ausgestreckte Hand
mit ihrer und fühlte sich erregt. Wow, dachte sie er will
mich. Der dunkle Mann stellte sich als Clark Moyuba vor,
aber bestand darauf als ‚Der Kenianer‘, angesprochen zu
werden. Nike sprach lange mit ihm und er erzählte ihr dass

er von königlicher Abstammung sei und ein Mitglied des früheren Rates des Präsidenten angehörte. Nike war derart eingenommen von ihm, dass sie ihre Verkaufsgeschicke übertraf. Schlussendlich kaufte der Kenianer eine Zeichnung mit einer Kaffeehausszene. Nike dankte ihm und stellte ein Ursprungszeugnis aus. Er sah sich auch eine Kopie von Pablo an, die eine Landschaft in der Nähe des Wienerwaldes darstellte, die er mochte. „Ich möchte es kaufen, aber ich kann erst morgen vorbeikommen", sagte er und zog seinen Strohhut. Er hat einen feinen Kopf, sinnierte Nike. „Ich werde es für sie reservieren. Es ist ein gutes Gemälde". Er erledigte die entsprechende Anzahlung. „Alles gut". Er ging mit einem Lächeln das seine perlenweißen Zahnreihen zeigte. Nike setzte sich nieder, da ihre Kräfte ihrem Körper entwichen waren. Sie liebte Pablo leidenschaftlich, aber als sie ihre Augen schloss, schien es dass sie den Kenianer statt ihm geliebt hatte. Sie würde es Pablo nicht sagen, der sich verletzt fühlen würde, daher behielt sie es für sich. Aber sie würde Pablos Gemälde verkaufen und Geld für ihn verdienen.

Pablo begann sein großes Gemälde mit lebensgroßen Frauen, die er an nach seinen Modellen komponierte: Nike, die Elfenfigur, sehr delikat; Alica, die sportliche Intellektuelle, mit einem gut-geformten Körper. Er würde noch weitere drei Frauen benötigen um seine Demoiselles zu vervollständigen. Louise war eine davon, mit Interesse an einem Portrait. Es wird andere geben, dachte er. Er musste sich die Zeit nehmen um passende junge Frauen auszuwählen.

Lisa hatte sich Tommy genähert, da sie sein Interesse an ihr wecken wollte. Sie schlug ihm eine Beteiligung an Galerien vor, die sie erwerben wollte. Außer ihren verführerischen Fähigkeiten, Tommy von einem soliden Geschäft zu überzeugen, wusste er jedoch dass sie eine listige Frau war. Doch auf einen tête-à-tête mit ihr konnte er keineswegs verzichten. Zuerst war es Hanky-Panky, wie er es nannte. Aber bald hatte sie ihn überzeugt mit ihr eine zusätzliche Galerie zu teilen, wo sie als ein Schlafpartner im literarischen Sinne war. Nike teilte diese neue Entwicklung mit Pablo, ihrem Vertrauten, da sie seine Muse war, die ihn mit ihrer Liebe zu einem großartigen Gemälde inspirierte. Nike, seine leidenschaftlich-liebende Elfin. Pablo spürte dass sie zu ihm abgekühlt war. Im Art Shop würde niemand auf den Gedanken kommen dass sie eine Liebesaffäre unterhielten. Es war vereinbart und sie hielten sich daran. Nike war von ihrer Arbeit im Art Shop abhängig und Pablo würde dies niemals gefährden. Außerdem war sie ein wichtiger Kunde für seine Kunst, da sie ihn mit zwei Gemälden für ihre Freunde beauftragte. Das eine zeigte ein nacktes Paar in Liebe vereint, das andere zwei verliebte Männer. Es war ein großer Erfolg mit ihr, da er dies aus seiner Fantasie malte. Er hatte ihr Herz erobert. Sogar Tommys Liebesinteresse, Lisa, bemerkte es. Außerdem war Nike Pablos geheimer Partner – er dachte an Schlafpartner – wie passend! Weil sie es war und seine Kunst verkaufte.

Tommy hatte eine großartige Zeit mit Lisa und ging aufrecht, erfüllt mit Stolz. Er summte Liebeslieder und trug eine rosarote Nelke in seinem Knopfloch. Das Leben war für jeden süß. Nike wurde in das Art Shop Wien promoviert, wie er es nannte. Lisa war etwa eine überwältigende Persönlichkeit, aber sie war gute Gesellschaft und sie ließ Nike niemals spüren dass sie die Partnerin von ihrem Arbeitgeber war.

Als Lisa ihre andere Galerie geschlossen hatte, konnte
Nike nach Bratislava reisen und sich um den Art Shop Bratislava kümmern. Zu diesen Zeiten würde Viki, ihre Tochter beim Betreiben der Galerie helfen. Wann immer Louisa
erschien um ‚Hallo‘ ihren Freunden zu sagen, führten Nike
und sie lange Gespräche. Es war meistens über Männer.
Alica rief Pablo an um ihre Sitzung zu verschieben, da sie
eine plötzliche Steigerung ihrer Arbeitsbelastung erlebte.

„Ich werde es dir in einer Woche wissen lassen“. Pablo
arbeitet einstweilen an seinen Kopien weiter.

Pablo wurde von Tommy zu einem Meeting im Art Shop
Vienna geladen. „Hallo Picasso“, begrüßte ihn Tommy und
stellte ihn Lisa vor, die ihm Augen machte. Pablo mochte
Lisa sofort und fragte ob sie für ihn Modell stehen wollte.
„Wir werden darüber noch sprechen“, lachte sie. Pablo
weiß dass sie wollte, aber es musste nur dann sein wenn
er seine Kunstdiskussionen mit Tommy hatte und die
Nacht in Tommys Gästehaus verbrachte. Lisa öffnete ihr
Jackett und zeigte ihren prächtigen Busen, die sie auf-
rechterhielt um Männer zu beeindrucken.

„Ich habe einen Vorschlag für dich“, begann sie die Diskussion über neue Geschäfte. „Ich brauche in sechs Monaten eine Serie von exzellenten Kopien von nicht so bekannten österreichischen Landschaft- und romantischen
Szenenmalern. Ich werde einige Gemälde mit nach China
mitnehmen“, sie pausierte. Tommy blickte überrascht
drein und Pablo raspelte. „Welche Größe sind die Originale und wo sind diese?“ sagte Pablo.

„Nun, ich habe einen Freund, der welche besitzt“, sagte
Lisa und stieß ihren Busen vor. Sie sieht wie ein instant
Fick aus, denkt Pablo, eine lebende Konkubine. „Ja, ich
könnte das machen“, sagte Pablo, „ich brauche bloß die

Originale". Tommy bewegte seinen schwarzen Filzhut damit seine Augen im Schatten lagen, verursacht durch die Deckenleuchte.

„Ich glaube wir sollten über Budgets sprechen". Pablo bewegte sich in seinem Sessel. „Ich muss sie in Bratislava malen", sagte er „ich bin dort für die Produktion ausgerüstet".

„OK", sagte Lisa und berührte seinen Arm und wechselte ein Bein über das andere. Das Geräusch von reibendem Nylon hatte einen erotischen Effekt auf ihn. Sie lächelte als sie ihn ansah wie sich seine Augen über ihre Beine bewegten. „Du siehst attraktiv aus, Lisa", flüsterte er „und deine Körpersprache ist erotisch". Sie lächelte und zeigte ihm ihre perfekten Zähne. Wie ein Filmstar, dachte er. Sie las Pablos Gedanken und wollte ihn für sich. Nun, dieses Projekt mit den mit den Kopien von österreichischen Epochenmalern war gerade richtig ihn näher an ihren mütterlichen Busen zu kriegen.

„Bezahlung pro Gemälde" fragte Lisa und sah Pablo an.

„Ja, ich mag das. Barzahlung bei Lieferung". Tommy bewegte sich in seinem Sitz. „Ich möchte mit dir später darüber reden, Lisa". Sie wusste, er brauchte etwas sexuelle Aufmerksamkeit, was ihr nichts ausmachte, da er leicht zu handhaben war. Es ist nur eine Frage der Zeit, dachte sie, dass er keine Erektion mehr haben könnte, sogar mit ihren oralen Fähigkeiten. Tommy entschuldigte sich und besuchte das Badezimmer.

„Ich verstehe dich, Pablo. Könntest du mit mir vielleicht nach China kommen?" Pablo lächelte. „Oh, vielleicht könnten wir einen Anteil von ‚Ein Slow Boot nach China – Romanze dazulegen?" Lisa lachte auf. „Du wärst echter Spaß", sie streichelte seinen Arm. Es sandte Schauer von Gefühlen an seinem Rückgrat hoch. Diese Frau ist – außer ihrem sensuellen Dasein – eine Frau die wie geschaffen für mein großes Gemälde ist. Er würde ja sehen wie seine Kooperation mit ihr weiterging, bevor er sich dazu entschloss. Plötzlich bewegte sich Lisa um einen Katalog zur Vernissage vom Tisch zu nehmen, kam ihm näher zu ihm und küsste ihn. Er küsste sie zurück und legte seine Finger, durch ihre offene Bluse, auf ihren vollen Busen. Sie seufzte und setzte sich in seinen Schoß und tanzte wie eine Professionelle.

„Wow", stöhnte er. Sie lächelte.

„Ich war ein Modell und eine Tänzerin". Sie bewegte sich so plötzlich weg von ihm wie sie sich auf ihn gesetzt hatte.

„Ich habe es festgestellt, du bist großartig". Er atmete aus. „Außerdem sind wir attraktive Menschen und würden uns sicher gut verstehen".

„Wir haben soeben angefangen", lachte sie. Mein Gott, dachte Pablo, „ich werde nach einer Reise mit ihr sterben". Im Moment als sie sich wider zurechtrichtete, ihren engen Rock wieder über ihre gut-geformten Hüften hinunterzog, kam Tommy zurück. „Habt ihr eine gute Zeit gehabt?" sie lachten beide.

„Natürlich!" sagte Pablo betont und lächelte.

„Ich bin eifersüchtig" sagte Tommy und wünschte die Diskussion beendet. Lisa versprach einige Gemälde zum Kopieren, morgen ins Art Shop zu bringen. „Geh'n wir zum Café de'l Europe etwas essen", schloss Tommy die Besprechung.

Pablo schlief gut im Doppelbett von Tommys Apartment, das er für Gäste bereithielt. Er hatte Unterkunft im Apartment seiner Ex-Frau. Pablo erwachte durch den Morgenverkehr. Er duschte, zog sich sofort an und eilte zum Art Shop Vienna, an der Ecke von Kurrent Straße, gegenüber einem Antiquitätenladen und nahe Lisas Galerie. Großartig, dachte Pablo, alles in der Nähe. Freunde und Liebhaber alle so nahe, wirklich. Lisa erwartete ihn bereits im Geschäft. Sie begrüßte ihn mit freundschaftlichen Küssen auf seine Wangen. „Da sind die Originale, siehst du? Sie sind im traditionellen Format 60x40 cm für die Landschaften und ein Porträt 45x60 cm". Pablo betrachtete sie. Nicht leicht zu kopieren, aber ich werde es schaffen". Er pausierte und setzte fort: „Außerdem werde ich schnell-trocknende und reine Ölfarben, in Schichten aufgetragen, verwenden, sodass wir den gleichen Effekt bekommen". Lisa beobachtete seine engen Hosen als ob sie ihn gerne berühren wollte. Er spürte ihre Begierde und bewegte sich. Dies regte sie noch mehr an.

„Lass uns über die Bezahlung eines Gemäldes sprechen". Sagte Pablo und wollte an seinen Prinzipien standhalten. Aber sie hatte das antizipiert.

„Wieviel hast du gedacht?" Pablo blieb fokussiert.

„Nun, zwei Monate ununterbrochene Arbeit für ein Gemälde…2000". Lisa wurde blass, aber sie erwiderte ruhig: „Ich dachte an 1000". Pablo seufzte und setzte sich nieder.

„Hör zu, Lisa, es ist ja auch eine Arbeit unter Zeitdruck". Sie sah geradeaus.

„OK, aber ich zahle dazu die Reise". Er hatte dies erwartet. „Nun, das ist vorbehaltlich von Tommys Genehmigung". Sie lächelte. „Sei über Tommy unbesorgt, überlasse das mir".

„Nun, du darfst auch nicht vergessen dass ich es mit altmodischen Maltechniken zu tun habe". Sie seufzte. „Pablo du bist eine harte Nuss zu knacken". Er sah direkt in ihre Augen und sie zögerte etwas. Sie wollte ihn. „Komm mit mir für einen ‚Quickie' dann". Sie zog ihn zum rückwärtigen Büro, zog ihr rotes Kostüm aus. Darunter hatte sie kleingeschneiderte Unterwäsche an Ihre Figur war in sehr guter Verfassung und sie fiel über Pablo her, der sich ausgezogen hatte. Ungeduldig, zerrte sie seine Unterhose runter, packte seinen Penis mit einem Griff, dass Pablo innerlich zusammenzuckte. „Was ist mit 2000 pro Gemälde?" Sie musste ihre sexuelle Kraft ausüben und obwohl Pablo überwältigt war, holte er sie bei ihrem Spiel schnell ein. „1200". Sagte sie. Er beugte sich hinunter. „1850" erwiderte Pablo. Ihre Hände auf dem niedrigen Tisch, Pablo drang in sie von hinten ein, da sie ihn so hart verlockt hatte, reagierte er mit etwas Gegenkraft, da sie es hart wollte. „Oh…1600", seufzte sie. Schließlich stöhnte sie und wollte dass er es beendete, da sie sehr erregt war. „1700!", erwiderte er und zog zurück.

„Gut…Stoß ihn da hinein…" Sie bewegte sich und packte Pablos Penis und platzierte ihn in ihren Anus. „Schieb!" forderte sie. „Wir brauchen es beide!" Pablo war durch ihren plötzlichen Akt abgelenkt, aber nicht überrascht. Sie war die härteste aller Unterhändler, die er jemals getroffen hatte. „OK", sagte er.

Plötzlich kam die Friktion wieder, die er zuvor vermisst hatte und er stöhnte.

„Nun komm doch!" schrie sie ihn an. „Ich habe bereits darauf gewartet. …Ohh…" Als er seine Erregung sich zu einer Klimax emporwand, stieß er in sie kräftig hinein, während sie ihr Becken rotierte. Pablo sah sich in einem kleinen Boot auf hoher See, ein Höllensturm schlug auf ihn ein. Aber es war sie, die viel mehr bei diesem emotionalen Sturm der aufgepeitschten Leidenschaften, in diesem fast-track Vögeln getroffen wurde, dachte er als er aus ihr herausglitt, als sein Penis schrumpfte. „Ohh", murmelte sie, drehte sich um und küsste ihn mit einer heiß-feuchten Zunge. „Du bist ein wunderbarer Liebhaber". Sie ging in die Hocke und rieb ihren großen Busen an seinem Cock und genoss das schlüpfrige Gefühl auf ihren Brustspitzen, das für sie ein Teil ihrer sexuellen Befriedigung war. Lisa war scharf auf Frottage, bemerkte er und sie zeigte ihm eine neue Seite zu einem ‚Quickie', teils hart, teils sanft, wie sie es liebte. Lisa, die Männerfresserin, sinnierte er.

18.

Zurück in Bratislava, begann Pablo sofort die Originale, die Lisa ihm übergeben hatte, zu kopieren. Er benützte seine bewährte Methode und kopierte die Hauptlinien der Umrisse auf seine präparierten Leinwände, die jederzeit bereit waren. Dann war er soweit die Ölfarben aufzutragen. Er malte Schichten von den hellsten Tönen der Bereiche, die er analysiert hatte, um keine Zeit mit Pausen zu verschwenden. Die schnell trocknenden Farben erlaubten ihm schnelles Arbeiten und das war wohl was jetzt zählte. Es wird später Zeit geben um zu ruhen, wenn er das Bargeld bekam für seine erste Kopie.

In guter Zeit hatte er das Gemälde mit der generellen Tönung fertig, platzierte das Original auf den Leuchttisch um die dichten Farbstellen und Schichtungen zu ergründen. Verschiedene Lichtstärken und farbige Beleuchtung verhalfen ihm zu einer schnellen Analyse. Zufrieden mit den entsprechenden Farbschichten und als er die Farbtöne des Originals getroffen hatte, konzentrierte er sich auf die Details, Quadratzentimeter auf Quadratzentimeter. Er wusste nicht was Lisa mit seinen Kopien anstellet, um sie als authentische Gemälde verkaufen zu können, aber dies sollte ihn im zurzeit nicht beschäftigen. Er lieferte ihr nur wozu er verpflichtet war. Sie konnte mit den Gemälden tun was sie wollte. Schließlich fälschte er ja nicht die Signatur der Künstler.

Sein Mobiltelefon läutete. „Hallo Pablo, es ist Louise. Ich habe eine Stunde Zeit für eine Sitzung".

„Oh Louise, könntest du nach fünf kommen?"

„Natürlich, ich sehe dich später". Er dachte dass sie nun bereit dazu wäre. Hatte sie keine häuslichen Schwierigkeiten?" Er wollte sie zeichnen und zu seinem Demoiselles-Gemälde zufügen. Er könnte sich eine Pause vom Kopieren gönnen, dachte er, als er sich den Details der Wiesenlandschaft zuwandte. Das rote Bauernhaus würde sicher gut in China ankommen, hat schon Lisa erwähnt. Pablo liebte Maler des 19-ten Jahrhunderts, da ihr Pinselstrich seiner Art zu malen angepasst war. Als er die Gesamtarbeit inklusiv der Details fertiggestellt hatte, pausierte er. Es war an der Zeit etwas zu essen.

Etwas später als 17:00 Uhr läutete seine Türglocke. Es muss Louise sein, dachte er und ging zur Tür. Als er die Tür öffnete stürmte Louise herein. „Hallo Pablo", sie umarmte und küsste ihn und eilte durch sein Atelier. Sie ging zur Sitzgruppe und ließ ihre leichten Kleider fallen. „Ahh" gurrte sie, „ es ist schön hier".

„Möchtest du einen Drink, Louise?" Sie drehte sich zu ihm und zeigte ihre perfekte Körperhaltung, die sie meinte.

„Ja, etwas Alkoholisches". Pablo ging zur Bar. „Ich habe Bourbon".

„OK", sagte sie „mit viel Eis". Pablo brachte ihr den Drink in einem hohen Glass. Sie lächelte.

„Dies ist meine beste Pose", sagte sie und stand mit einem Bein nach vorne.

„Nimm dieses Seidentuch", sagte Pablo „und drapiere es um deine Taille".

„Wie dies?" Pablo arrangierte es für sie. „So". Er knüpfte eine Masche. „Nun öffne die Masche" sagte Pablo „und lass das Tuch natürlich über deine Füße fallen". Louise versuchte es und nach zwei Versuchen war dann Pablo das dritte Mal zufrieden. „Bitte bleib jetzt so!" Pablo skizzierte sie schnell und konzentrierte sich auf ihre Sanduhr-Taille und ihre gutgeformten Hüften. Sie entspannte sich und er zeichnete ihr derriere, als sie sich auf das Bett legte. Er instruierte sie ihre Füße einzuziehen, bis sie an Odaliske, einem Gemälde von Ingres, erinnerte. „Ich mag das", sagte sie und kam herüber um sich noch einen Drink einzuschenken.

„Findest du mich hübsch?" gurrte sie als sie ihren Drink ausgetrunken hatte und sich Pablo näherte, der seine Skizzen begutachtete. „Zeig mir deine Hand" sagte er und zeichnete sie mit gespreizten Fingern. „Aber so", sagte er und spreizte ihre Finger.

„Hast du etwas zu essen?", fragte sie nachdem er ihre Finger skizziert hatte. „Ich habe nichts zuhause", sagte er „aber ich könnte etwas vom unteren Geschäft holen". Sie zog ihn zu sich. „Keine Ursache, komm her". Sie küsste ihn, ihre Hände öffneten seine Gürtelschnalle. „Ich weiß dass du mich füttern kannst..." Sie lachte. Pablo hatte keine Lust auf Liebe, außerdem hatte er sie beobachtet wie sie vom Art Shop zusammen mit dem Kenianer wegging.

Einige Alarmglocken läuteten in Pablos Innerem. Aber dann, als sie sich geschickt mit seinem Penis befasste, verflog seine Resistenz ihr gegenüber und er genoss ihren Blow-job. Sie war sehr erfahren in der erotischen Liebe, war selbstsicher und eine vollblütige Frau.

„Ich muss jetzt gehen", sagte sie, „ich mag dich Pablo und bitte male mich wahrheitsgemäß". Er war über Louises Attitüde erstaunt. Sie sagte was sie wollte und tat was auch ihrem Partner guttat. In dieser Instanz dankte sie ihm dass er sie malte. „Ich werde unsterblich sein!" rief sie aus und tanzte nackt in seinem Workshop umher. Wunderbar, dachte Pablo. Er würde ihre Bewegungen für ein Ganzkörperportrait studieren.

Als Louise gegangen war, konzentrierte er sich auf die Kopien von Lisas Originalgemälden. Er musste das Ölgemälde in einer Woche fertig haben, so dass er sehen konnte ob Lisa zufrieden war und sie ihm auch bezahlte wie sie es vereinbart hatten. Da er sich ausgehungert fühlte, wollte er das koreanische Lokal unten besuchen und ein Stir-fry essen. Er liebte frisches Gemüse. Außerdem wollte er Tommy anrufen, ob er ihn morgen im Art Shop sehen könnte. Nachdem er seine Mahlzeit beendet hatte, an seinem Bier nippte, aktivierte er sein Mobiltelefon. „Hallo Picasso", grüßte Tommy. „Was gibt's neues?" Pablo erzählte ihm über seinen Fortschritt zu den Kopien. Tommy würde ihn morgen Vormittag sehen. Er wollte dass Pablo einige Laminierungen für ihn erledigte und einen Entwurf einer Übersetzung vom Deutschen ins Englische unternahm. Es war ein Text von einem Katalog für eine Kunstausstellung welches von amerikanischen Kunden verlangt wurde. Tommy grüßte und beendete abrupt.

Pablos Mobiltelefon läutete. Es war Nike. „Hallo Pablo geht's gut?"

„Ja, danke und dir?"

„Mir geht's gut. Ich möchte mit die sprechen".

„Natürlich, komm vorbei".

„Jetzt kann ich nicht, aber morgen zu Mittag, OK?".

„OH, bist du in Bratislava?"

„Ja".

„OK, ich werde zum Art Shop kommen" Dann erinnerte sich Pablo dass er seine Kopie fertig haben musste. Lisa wollte es sicherlich sehen. Intuitiv wählte er ihre Nummer.

„Hallo Pablo, mein Lieber" gurrte sie. „Lisa..."

„Ja", unterbrach sie ihn. Pablo pausierte.

„Ich habe die erste Kopie fertig. Ich brauche deinen Kommentar und deinen Input, bevor ich endgültig den Firniss auftrage“.

„Oh, es ist jetzt eine Woche und du bist noch dort?“ Pablo runzelte seine Stirne.

„Es ist fertig, aber braucht vielleicht einen Feinschliff“.

„Na gut, ich komme morgen, wenn es die passt“

„Ja, sagen wir am späten Nachmittag?“ Lisa pausierte. „Ich lade dich ins beste chinesische Restaurant der Stadt ein“, sagte Pablo.

„Das wäre schön“, sagte sie. „Ich sehe dich morgen“. Pablo sinnierte über seinen Terminkalender, der zusehends überfüllt wurde. Nun, er hatte zurzeit viele Eisen im Feuer. Aber es gab kein Zurück mehr, nur vorwärts. Er dachte zurück und lächelte. Er ist als ein verarmter Künstler hier gelandet, der seinen Besitz von Qualitätsgütern, Gemälden und wertvollen Büchern an eine habgierige Hauswirtin verloren hatte. Er ging zu seinem Lichttisch und studierte das historische Originalgemälde. Er war mit seiner Gesamtleistung zufrieden, schließlich war der Unterschied zwischen einer Kopie eines anderen Künstlers und einer Fälschung eine feine Linie, aber er hatte keine Besorgnis. Seine Arbeit war eindeutig eine Kopie, da die Leinwand frisch war, die Ölfarben verschiedener Qualität waren und er keine Chemikalien verwendete um Haarrisse ausgetrockneter Ölfarben nachzuahmen. Auch präparierte er seine Leinwand nicht um sie an die Qualität des 19-ten Jahrhunderts anzupassen. Die Malereien waren allein für die aufkommende chinesische Mittelklasse, die hungrig auf Kunst aus Europa war, wo diese Künstler von der Mehrheit ignoriert wurden.

Er öffnete sein laptop und wählte Musik von YouTube aus. Da es mit seinem Lautsprechersystem integriert war, klang die Musik großartig, mit einer starken Sanftheit, wo aber alle Instrumente ausgeprägt hörbar waren. Er wählte ein Santana Konzert, nippte seinen Bourbon und döste. Er war noch in der Lage sein Glas sein Whiskeyglas auf seinen Tisch zu stellen.

Spät in der Nacht wachte er auf. Er stand auf und ging zu seinem Lichttisch und beendete seine Kopie mit einigen feineren Farbfeldern, die ihm vorher entgangen waren. Dann zeichnete er auf Packpapier die volle Figur von Louise, korrigierte die Linienführung bis ihre Pose in seinen Augen als richtig erschien. Dann trug er Acrylfarben auf und hängte die Studie auf seine Wand, reserviert für sein großes Gemälde. Er setzte sich zurück und studierte seine Skizze, ging hie und da zur Wand und korrigierte hier und dort. Dann setzte er sich wieder nieder und begann den Prozess der Bearbeitung erneut, bis er sich müde fühlte und sich in seiner Badewanne durchtränken wollte.

An nächsten Morgen nach seinem Frühstück verpackte Pablo das historische Original und seine Kopie in eine Blasenfolie und steckte sie in seine Plastiktasche. Er schloss sein Atelier ab und ging die Treppen hinunter. Im Foyer traf er einen schnaufenden und keuchenden Danny. „Hallo Danny was gibt's?" Tommys Handlanger musste seinen Atem anhalten. „Wir sind… bestohlen worden!"

„Was?" sagte Pablo, „bitte beruhige dich!" Aber Danny drängte Pablo zum Art Shop zu kommen.

„Nun, erzähl mir alles in Ruhe, Danny", sagte Pablo und versuchte beruhigend auf ihn zu wirken. Danny wischte sich den Schweiß von seinen Augenbrauen.

„Diesen Morgen, als ich für Mr T nach seinem Spazierstock suchen sollte, den er angeblich in der Galerie vergessen hatte, entdeckte ich es. Ich deaktivierte den Alarm und bemerkte dass die rückwertige Tür unversperrt war.

Ich sah dann das das Portrait von ‚Manson‘ weg war“.
Danny atmete tief ein.

„Tatsächlich ist es ein Verlust, aber kein sehr großer“,
sinnierte Pablo laut. „Wenn kein forcierter Einbruch war,
würde die Versicherung nicht zahlen“ sagte Pablo. „Jemand hat es genommen und diese Person müsste einen
Schlüssel benützt haben, der auch die Tür des Hauptgebäudes sperrte“.

„Das könnte nur Frau Lisa sein“, folgerte Danny.

„Vielleicht“, sagte Pablo. „lass uns zuerst mit Tommy
sprechen, aber mittlerweile sag es noch niemand! Hörst
du Danny?“ Danny schluckte, da er gewöhnt war alle Türen und Fenster zu überprüfen hatte, bevor er die Galerie
abschoss und den Alarm aktivierte.

„Ja Pablo“.

„Versprich es!“

„Ich verspreche es“. Stotterte Danny. Pablo wunderte
sich warum der sonst so selbstsichere und ruhige Danny
so plötzlich erschüttert war. „Weißt du sonst noch etwas?“
Er schluckte.

„Nein“.

„Na gut, aber wenn du dich an irgendetwas erinnerst,
sogar an das kleinste Detail, melde es mir unverzüglich,
aber nur mir!“

„Ich will“. Sie gingen so schnell wie möglich und kamen
zum Art Shop in guter Zeit. Nike war bereits anwesend und
sie versicherte Mr T dass dies nur eine Person mit einem
Schlüssel es tun konnte. Außerdem war diese Person in
großer Eile und ließ die rückwärtige Tür offen. Pablo ging
mit Danny in die Galerie und grüßte Tommy und Nike. Sie
grüßten zurück.

„Setz dich Pablo“, sagte Tommy „ich beende nur etwas
mit Nike hier“. Pablo legte seine Künstlermappe auf einen

Nebentisch, wo Poster und Postkarten, Kataloge und einige Reproduktionen verstaut waren. Dann nahm er seinen gelben Terminkalender und überprüfte seine Termine. Tommy kam zum Sitzbereich zurück, während Nike im Büro blieb.

„Danny, bitte gehe für mich zur Post und besorge uns bei deiner Rückkehr etwas Eiscreme" Er gab Danny spezielle Instruktionen und Danny ging. Tommy drehte sich zu Pablo. „Was denkst du?" Pablo pausierte um seine Gedanken zu ordnen.

„Ich denke wir wissen wer im Besitz der Schlüssel zum Art Shop ist. So, nur zwei Personen haben auch einen Schlüssel zum Eingang in das Gebäude, wo die Eingangshalle direkt zur rückwärtigen Tür der Galerie führt". Er hielt inne und räusperte sich. „Nun, das Gemälde, welches entwendet wurde muss einen Wert für die Person darstellen, die es gestohlen hat. Vielleicht wollte es jemand haben um es für Bargeld zu verhökern".

„Aha!" rief Tommy aus „jemand hat hier das Problem festgenagelt!" Er räusperte sich.

„Nun, wir müssen die andere Person im Besitz der Schlüssel ersuchen zu kommen und diese Frage diskutieren". Pablo nickte.

„Was hast du dort?" Sagte Tommy und deutete auf die Kunstmappe.

„Original und Kopie eines historischen Gemäldes". Tommy murmelte „Historisch?" Pablo öffnete seine Tragtasche für Kunst, packte die Gemälde aus und platzierte sie Seite an Seite gegen die Wand neben dem Kaffeetisch.

„Schau es dir genau an und sage mir was du siehst". Tommy stand auf und stellte sich zur Gegenwand um die Ölbilder zu betrachten. „Nun...nun...", murmelte er ich bin dumm. Ich sehe keinen Unterschied". Dann ging er näher zu den Gemälden. Erst dann sah er es. „Das rechte Bild hat Haarrisse und glänzt mehr", kommentierte er. „Wow, wenn man die Haarrisse nachmachen könnte und es mit etwas Firnis behandeln könnte, könnte man es für ein altes Ölgemälde halten". Pablo lachte auf

„Nun, wenn ich einen Firnis auftragen und die Unterschrift kopieren würde, könnte ich behaupten dass ich ein Original restauriert habe!" Sie lachten. Tommys Augen bewegten sich zu seinen Gedanken und funkelten. Pablo war sich bewusst dass er dem alten Herrn einige neue Ideen vorgeschlagen hatte, an denen er wohl weiter kauen würde.

Plötzlich erschien ein roter Punkt der die Straße kreuzte. Lisa kam für ihren Termin mit Pablo. Sie trug ein anderes Sommerkostüm in einer andern roten Schattierung.

„Hallo", grüßte sie und küsste Tommy zuerst und dann Pablo, der seine Hand auf ihr Derriere presste. Tommy erwiderte, als er plötzlich im Eingangsbereich auf und ab ging. „Ich werde eifersüchtig auf euch!" rief er aus und setzte sich in einen bequemen Sessel. Lisa lachte. „Kein Grund dazu, Tommy. Pablo und ich sind gute Freunde". Pablo lächelte. Lisa drehte sich zu den aufgestellten Ölgemälden. „OH", sagte sie „ich muss mich niedersetzen und gut hinschauen". Pablo brachte ihr einen Stuhl. Sie setzte sich hin und betrachtete die Malereien einige Zeit. Nike servierte Erfrischungen. Pablo nippte an seinem Glas Wasser und Tommy schloss sich ihm an. Plötzlich erhob sich Lisa, nahm die Kopie und eilte fort. Pablo sah Tommy an. Als sie wieder kam, hatte sie die Kopie in einen ähnlichen Goldrahmen installiert wie das Original. „Unglaublich", rief Tommy aus „ich kann selbst nicht einmal den kleinsten Unterschied sehen". Lisa nickte. „Das denke ich auch, aber wir könnten noch einen 'Säuretest' versuchen. Als Nike erschien wurde auch sie getestet und konnte keinen Unterschied sehen. Kathy, eine Bekannte von Tommy wohnte gegenüber. Als sie zum Einkaufen beim Art Shop vorbeiging rief sie Tommy und eilte zur Tür. Sie kam in die Galerie und Tommy grüßte sie.

„Kathy, tue mir einen Gefallen". Sie sah in verdutzt an. „Was?" Tommy nahm ihren Arm und ging mit ihr zur Wand gegenüber den zwei Gemälden. „Schau die die beiden Gemälde an", sagte er „welches von beiden, würdest du sagen, ist das Original?" Kathy nahm sich Zeit, offensichtlich konnte sie ihre Meinung nicht abmachen. Schließlich deutet sie auf die Kopie.

„Ich denke das ist das Original". Tommy bedankte sich bei ihr. „Ich schulde dir Kathy", sinnierte er „aber ich möchte dich nicht weiter vom Einkaufen zurückhalten". Sie lächelte. „war ich korrekt?" Tommy lachte befreit. „Du warst mehr als korrekt!" Während sie sich verabschiedete ging sie zur Tür hinaus, ihr Kopf hochgehalten in einer stolzen Geste.

„Fantastisch!", witzelte Lisa, Pablo hat den Säuretest bestanden!" Nike lachte auf. „Feier!" Rief sie aus. „Pablo, der Grandiose seit Andrej, der Bescheidene!" Alle lachten und klatschten Pablo auf den Rücken. „Pablo der Großartige Kopierer!" Er hasste das. Wenn sie bloß seine wirkliche moderne Kunst akzeptieren würden! Shit! Schwor er innerlich und sah wie Lisa ihn mit ihren hochhackigen Lackstiefeln in den Hintern kickte." Autsch!" rief er auf.

„Entschuldige", sagte Nike „hat es dich hart getroffen?" Pablo lächelte.

„Nein, nicht du, Nike".

„Dann wer?" Sie wollte es unbedingt wissen. Pablo drehte sich herum. „Eines Tages werde ich es dir sagen, Nike". Sie sah ihn an, ein seriöser Ausdruck verblieb auf ihrem Gesicht. Was ging in Nike vor? Tommy entschuldigte sich, er ging mit Lisa um einige Dinge zu besprechen.

Nike fragte Pablo ob er sie zum Lunch begleiten würde. Nike ging mir Pablo ins Café Roland am Hauptplatz.

„Und was ist der Anlass?" Nike hatte einen ernsten Gesichtsausdruck.

„Ich habe Probleme", sagte sie. Pablo wartete geduldig bis sie fortsetzte. Sie bestellte alkoholfreie Getränke. „Bitte gut gekühlt", fügte sie hinzu.

„Es ist komplex", sagte sie zu Pablo. Er wechselte seine Sitzposition. Nike machte ihn heute nervös. „Nun", setzte Nike fort, „da ist das Problem mit dem Hausschlüssel". Aha, dachte Pablo. Die Hühner kommen in den Hühnerstall nach Hause, wie man sagt.

„Was ist mit dem Schlüssel? Du hast ja einen, nicht?"

„Ja und nein…ich hatte den von Mr T, den er mir gab um abzusperren und den ich dann in meine Geldbörse gab".

„So? Nichts verkehrt, du hast sie ihm zurückgegeben, oder nicht?" Nike wurde blass.

„Du musst mir helfen, Pablo".

„Hör zu, Nike. Wenn ich dir helfen soll, dann musst du mir die Wahrheit sagen!" Er sagte es mit einer lauten Stimme, aber niemand nahm Notiz. Die Musik im Hintergrund dämpfte laute Konversation. Nike nickte. Sie pausierte. Dann setzte sie fort.

„Ich traf Louise, eine Freundin den Abend bevor in der ‚Meet Bar'. Sie sagte dass sie ihr Mobiltelefon im hinteren Büro der Galerie vergessen hätte, wo wir uns ursprünglich unterhielten. Gib mir die Schlüssel zur Galerie, ich werde mich beeilen, sagte sie. Da ich müde von meiner Tagesarbeit war, gab ich ihr den Schlüssel aus meiner Geldbörse. Ich werde die Hintertür benützen, sagte sie, damit mich niemand sieht. Frau Kathy, die gegenüber wohnte, war kurios über die täglichen Vorgänge und saß oft am Fenster zur Straße, welches Panska Straße überblickte.

Louise kam schnell zurück und sagte dass sie den Alarm wieder aktiviert hatte". Nike pausierte wieder.

In Pablos Kopf begannen sich Verknüpfungen zu bilden. Wer war dieser dunkle große Mann? Und dann Louise und ihre Rückkehr zum Art Shop. Aber es müsste ja eine Videoaufnahme geben die den Täter oder die Täterin zeigen müsste. Außerdem was würde Louise mit dem Gemälde eines Massenmörders tun? Hat jemand gesehen dass sie ein Gemälde von der Galerie davontrug? Natürlich nicht, da sie die rückwärtige Tür benützte. Er machte einen Gedankenknoten um den dunklen Mann zu beschatten.

„Wie hieß der Mann der dunkle, hochgewachsene Mann, der von dir ein Gemälde kaufte?"

„Clerk, aber er ersuchte mich in als ‚Der Kenianer' anzusprechen", sagte Nike. Irgendwo in Pablos Kopf läutete eine kleine Glocke und er sah plötzlich sein Gesicht. „Aha!" sagte er laut, „ich denke er könnte der Clerk sein, der kurze Zeit im Büro arbeitet, wo ich meinem ersten Job erhielt", erinnerte sich Pablo. „nun, er wurde von seinem Job gefeuert, da er Kopierpapier von der Bürodruckerei gestohlen hatte, und nun ein Gemälde, indem er seine Freundin benützte".

„Wie ist Louises Verhältnis mit ihm?" Pablo sah in Nikes Augen. Sie brach plötzlich in Tränen aus. Pablo legte seinen Arm um ihre Schulter „Nun, Nike, wir sind Freunde, du kannst es mir erzählen". Sie brauchte einige Zeit sich zu beruhigen. „Er fickt sie…Schwein…" Oh Eifersucht, dachte Pablo.

„Komm nun, Nike, wir müssen sehr vorsichtig sein, aber alert und dieses Verbrechen aufklären".

„Ja, ich werde dir helfen, aber sage nichts zu Tommy".

„Nein. Du weißt wie er ist, schlussendlich würde er die Wahrheit aus uns herausquetschen". Nike nickte. „Er wird es", sagte Pablo, „sag ihm nur die Wahrheit!" Nike sah entsetzt drein.

„Gibt es keinen anderen Weg?"

„Nun, ich werde mir etwas ausdenken. Ich werde Tommy sagen dass ich diesen Kenianer beobachten werde um zu sehen was er macht. Mittlerweile sollten wir mit der Story, dass jemand bei der Übersiedlung mit den Möbeln, lange Finger hatte". Nike begann sich zu entspannen und dankte Pablo für seine Freundschaft.

„Wir waren immer gute Freunde und waren auch beim Liebhaben so gut miteinander". Nike seufzte.

„Und wir werden immer gute Freunde bleiben".

„Ja, Pablo, wirklich!" sagte sie und ihre Augen wurden feucht. Pablo küsste ihre Wange. Die Kellnerin erschien. Nike bestand darauf für die Getränke zu zahlen. Sie gingen zum Art Shop zurück.

Herr T hatte einen guten Mittagsschlaf und er sah erfrischt drein. „Gute Nachricht!" Verkündete er. „Jemand sah eine Frau wie sie das Haus verließ, mit einem flachen Packet. Unglücklicherweise wurde die Kamera verdeckt, so konnten wir die Person nicht identifizieren, aber sie sah wie eine Frau aus. Ich habe meine Freunde verständigt dass sie nach dem Gemälde Ausschau halten, wenn es irgendwo bei einem Kunsthändler, oder bei einer Auktion auftauchen sollte".

„Gut", sagte Pablo „ich muss zurück und die anderen Kopien fertigen". Er verabschiedete sich und rief Lisa von seinem Mobiltelefon an.

„Magst du mit mir heute Abendessen?"

„Ja mein Lieber, ich treffe dich um sieben".

„Wo?"

„Komm zum Radisson Blue Carlton", schlug sie vor. „Das Hotel hat ein feines Restaurant".

„Werden wir wie Aristokraten dinieren und uns zuprosten? Er lächelte.

„Alles geht auf mich!", sagte sie und fügte hinzu: „Du hast es verdient!" Pablo dachte dass er eine Handvoll Lisa heute zu handhaben hatte. Er war froh dass sie ihn begehrte, aber er wusste auch dass sie ihn abladen würde, sobald seine Kopien nicht mehr gefragt waren. Würde sie sich seiner entledigen?

19.

Pablo erwachte zu seiner Lieblingsmusik. Er schlief wie tot. Dieses Bett? Dann erinnerte er sich an die letzte Nacht. Er dinierte mit der sinnlichen ‚Frau in Rot', Lisa. Sie hatten eine fröhliche Zeit zu feiern. Lisa hatte argentinische Steaks bestellt und Flaschen von erlesenem Rotwein. Sie schlemmten. Er erinnerte sich an ihre Schönheit und ihr entblößendes Kleid. Sie machte ihn verrückt nach ihr und fütterte ihm aufregend pikante Speisen. Schließlich beschlossen sie ihr Diner mit delikatem Käse und mehr feurigen Rotwein.

Lisa war wieder die Verführerin. Sie liebte ihn und er befriedigte sie mit ‚der ‚Griechischen Art', wie sie es nannte. Er war der beste damit, lobte sie ihn. Was immer, er musste zurück und die andern Kopien malen und sie vor dem Fälligkeitsdatum liefern. Andererseits, hatte er eine Sitzung mit Nikes Tochter Viki, der Üppigen, vereinbart. Er war in keiner Stimmung für eine sexuelle Anstrengung, aber er liebte sexuelle Gefälligkeiten von seinen Modellen, wenn sie es mochten. Niemals Nötigung, nur ein Gelegenheitsspiel, sagte er stets zu sich. Es hat ihn weit vorangebracht. Er fühlte sich gut als er sich duschte. Großartige

Sprühauswahl. Wo war Lisa? Als er vom Badezimmer zurückkam, erfrischt und in guter Stimmung, sah er eine Notiz auf dem Schreibtisch im Wohnzimmer. „Teuerster Liebeskünstler Picasso. Danke für die Großartige Nacht. Entschuldige mich, aber ich musste gehen, da ich einen wichtigen Termin in Wien habe und dorthin zurückrasen muss. Lisa. P:S: Alles ist bezahlt, inklusive eines vollen Englischen Frühstücks für dich! Genieße es!" Lisa, die Geschäftsfrau, die auf Stressebenen gedieh, die er zu vermeiden versuchte. Er sinnierte über ihren perfekt geformten Hintern und ihre wunderschönen Beine. Ihr anales Vergnügen war ihr Geheimnis, als nur durch diesen Akt konnte sie eine volle Klimax erlangen. Die Ursache musste bei ihrem stressvollen Aufwachsen als Balletttänzerin gelegen sein. Später wechselte sie zu einer Karriere als Modell.

Nachdem er sein englisches Breakfast verzehrt hatte, bestellte er sich einen doppelten Espresso. Sein Mobiltelefon läutete. Es war Danny. "Ja?", Danny ratterte Sätze, die wie Kugel aus einer Maschinenpistole herausschossen.

„Bitte Danny sprich langsam, ich bin gerade aufgestanden", entschuldigte er sich.

„Ich muss mit dir dringend sprechen" beharrte er.

„OK Danny, komme in einer Stunde in mein Atelier". Dann hängte er auf. Nun was hat Danny mittlerweile herausgefunden? Er würde dem kleinen Halunken zuhören. Danny war sicherlich alert und er konnte auf ein breites Netzwerk von lokalen Freunden zurückgreifen. Er mag etwas herausgefunden haben. Pablo trank seinen Espresso fertig und schritt in die warme Sommerluft eine späten morgens hinaus. Seine Gedanken über Kunst, Malerei, Mr T's Art Shop, den Art Shop Vienna und das gestohlene

Gemälde, näherten sich zu einem Wasserfall in seinem
Kopf und stürzten zusammen mit den Körpern von Nike,
Louise, Lisa und Alica in einen riesigen Kristallbecher, wo
ein großer dunkler Mann alle mit einem Riesenkochlöffel
herumwirbelte. Ah! Das phallische Symbol bezogen auf
den Mann, den sie den Kenianer nennen. Er erinnerte sich
auf das Gesicht des dunklen Mannes, das sich nun in aller
Schärfe auf der Zeitlinie seines Gedächtnisses abzeich-
nete. Gerade als er um das Eck vom Radisson Blue Carlton Hotel ging, sah er einen Schatten vor ihm vorbeigehen.
Pablo blieb stehen und bewegte seinen Kopf vorsichtig
nach vorne. Vor ihm ging der Kenianer mit einem Strohhut.
Verdammt! Er folgte ihm zwanzig Schritte dahinter. Pablo
öffnete seine Zeitung, wann immer der Kenianer bei einem
Geschäft anhielt. Er folgte ihm entlang Strakova Straße
und hielt seinen Abstand. In der Venturska Straße blieb
der dunkle Mann stehen und betrat ein Gebäude. Pablo
folgte ihm und blieb hinter dem ersten Treppenflug stehen.
Der Kenianer kam die Treppe herunter und trug ein einge-
packtes Packet. Pablo versuchte mit seinem Mobiltelefon
Schnappschüsse zu machen, aber er war etwas zu weit
zurück. Er fotografierte das Gebäude. Der Mann ging in
der Venturska Straße in eine Galerie, K-Galerie benannt.
Pablo fotografierte es. Dann erinnerte er sich an seine weiche Baseballkappe und setzte sie auf. Ich hätte es schon
früher aufsetzen sollen, brummte er. Nahe am Schaufens-
ter der Galerie hatte er eine gute Position um sich als einen Touristen auszugeben, der Schnappschüsse von historischen Gebäuden macht, wobei er sich dann auf das
Foto konzentrieren konnte, welches er durch die Auslage
der Galerie nehmen wollte. Er fotografierte so viel wie
möglich, durch das Fenster und sogar durch die offene
Eingangstüre, bevor er sich abwandte und in ein Café auf
der gegenüberliegenden Seite ging. Er rief Danny an.

„Komm zur Venturska, K. Galerie. Überprüfe den schwarzen Mann drinnen".

„Ich bin gerade eben dort", meldete sich Danny. Das war schnell, dachte Pablo.

„Frag den Galeriebesitzer welches Geschäft dieser Mann dort tätigte".

„OK, werde ich". Er hängte auf. Pablo sah wie Danny erschien und in die K. Galerie hineinging. Fantastisch, dachte Pablo, er mag sogar etwas überhören. Nun, nach ein paar Minuten erschien der dunkle Mann wieder. Pablo stand auf. Er wartete bis der Mann in die Zelenska Straße einbog, dann folgte er ihm zur Richtung des Hauptplatzes. Pablo sah wie er ins Café Roland ging. Pablo ging zum Brunnen und wartete bis der dunkle Mann wieder erschien. Er sah sich um, als ob er jemanden suchen würde, den er hier treffen sollte. Er rief Danny an.

„OK Danny, ich bin beim Café Roland".

„Ich komme", sagte Danny „und wir könnten in der Ecke unter dem Sonnenschutz im Schatten warten. Da würde er uns sicher nicht vermuten".

„Gut, beeile dich!"

„Ich bin schon gleich da". Danny hatte sein Mobiltelefon an und ging geradewegs zu einem Tisch neben dem Fenster, unter der Sonnenschutzmarkise. Pablo nahm die Gelegenheit wahr und folgte ihm. Er setzte sich neben Danny.

„Hör zu Pablo, er fragte den Besitzer der Galerie für einen Schätzpreis von seinem Gemälde".

„Aber wie hat er das Gemälde erworben?" Danny lächelte.

„Weist du's?"

„Durch seine Freundin".

„Aha, sag mir nicht es war Louise", sagte Pablo und Danny schaute ich überrascht an.

„Wie bist du darauf gekommen?" Pablo lächelte. „Ich werde es dir später erzählen. Jetzt müssen wir ihm folgen".

„Ich mache das", sagte Danny. Pablo erhob sich.

„Ich gehe jetzt Danny und werde zuhause sein. Bitte sei vorsichtig und berichte mir zurück".

„Sicher, werde ich!" Pablo ging eilends davon. Er hatte keine Zeit für Überwachungen. Der Kenianer war, wie er vermutete, nur eine schlechte Nachricht.

Er ging in sein Atelier, entledigte sich seiner Kleider, goss sich einen großen Bourbon ein und begann mit seiner Arbeit an der nächsten Kopie. Zeitweise sah er auf und nach einigen Stunden machte er eine Pause. Er rollte die Leinenhülle von seiner großen Leinwand, an der er stetig weiterarbeitet, so wie er inspiriert war und vergaß sogar die Originale, ihm unbekannter Künstler, für eine weit entfernte Galerie in China zu kopieren, wo Lisa ihre Beine mit der chinesischen Kultur benetzt hatte, um dort echte österreichische Kunst zu verkaufen, was immer. Er hatte keine Vorstellung wieviel Profit sie machen konnte und wieviel sie jemals ihrem Partner, Tommy, deklarierte. Aber Pablo dachte dass er das, in einem ihrer verwundbaren Momente, herausfinden konnte: Im Bett.

Er zeichnete die Umrisse der lebensgroßen weiblichen Figuren nach seinen Skizzen. Er erfreute sich an Nikes Tanz, ihrer elfenartigen Haltung, wie sie Louise berührte, die Nike nicht nur Nike, sondern auch in einer gebückten Pose, eine andere Frauengestalt berührte. Er dachte diese sollte Alica sein. Dann erschien Lisa zwischen ihnen und umarmte beide. So wie die ursprünglichen drei Musen, dachte er, aber er wollte noch zwei weitere Frauen. Die eine könnte die üppige Viki sein, aber die fünfte Frau musste er noch finden. Er beendete sein Skizzieren und bedeckte seine Leinwand. Zeit für eine Pause.

Er präparierte sich ein Gemüsegericht mit Paprika und Tomaten, gut-gewürzt, mit etwas Hühnerfleisch, welches er mariniert hatte und in einem großen Glas in seinem Kühlschrank verwahrte. Er goss sich ein lokales Bier in ein Glass und nippte daran, während der Eintopf garte. Als er ihm schmeckte, drehte er die Flamme ab und servierte sich das Gericht in einer großen Schüssel. Er liebte es sich von einer großen Schüssel selbst zu bedienen. Es schmeckte herrlich. Schade dass keine seiner Musen seine ‚ad-hoc' kulinarischen Kreationen mit ihm teilen konnte. Nachdem er gegessen hatte, trank er sein restliches Bier, wusch sein Geschirr und trocknete es ab. Alles verstaut, setzte er sich an seinen Arbeitstisch und malte an der Landschaft seiner zweiten Kopie weiter. Es ging gut voran. Wenn er nicht unterbrochen wurde, könnte er am nächsten Tag mit den Details fertig werden.

Da schon Mitternacht war, wollte er einen Spaziergang unternehmen und eine Zigarre rauchen. Als er die Ecke bei Venturska Straße erreichte, sah er eine Gestalt, die sich ihm näherte, geduckt wie durch Schmerzen. „Danny? Bist du es? Der junge Mann war verletzt und blutete überall. „Bitte hilf mir Pablo!" Er war in einem sehr schlechten Zustand.

„Natürlich!" Pablo stützte ihn und half ihm zu seinem Atelier, legte eine Decke über das Bett und half ihm sich niederzulegen. Dann half ihn Pablo sich auszuziehen. Er war am ganzen Körper von heftigen Schlägen blutig.

„Ich rufe besser eine Ambulanz", sagte Pablo, „du brauchst eine medizinische Versorgung". Danny hob seinen Arm. „Bitte, keine Ambulanz. Ruf mir einen Arzt".

„OK", Pablo wählte die Telefonnummer eines Arztes, die ihm Nike vor einiger Zeit, für Notfälle, wie sie damals meinte, gegeben hatte. Er erreichte den Arzt und berichtete ihn über Danny. „Ja, verstehe" meinte er, „ich kann in einer Stunde da sein". Pablo gab Danny einen doppelten Bourbon und half ihm ins Badezimmer. Danach legte sich Danny nieder und schlief. Es läutete an der Tür. Pablo ließ den Arzt herein und sagte ihm dass Danny schwer verprügelt worden war, aber nicht ins Spital gehen wollte. Er konnte den Grund dafür noch nicht erklären, da er sich beim Sprechen schwertat.

Der Arzt untersuchte Danny und fand keine Knochenbrüche, gab ihm eine Injektion und gab Pablo Medizin für Danny. „Alle sechs Stunden eine Pille von der roten Box, und eine von der blauen Box, wenn er Schmerzen hat". Pablo bezahlte ihn und bedankte sich bei ihm für sein Kommen zu später Stunde. „Bitte rufen sie mich in ein paar Tagen an".

„Natürlich werde ich". Der Arzt ging und Pablo widmete sich seiner Kopierarbeit. Er konnte nicht mehr sehr viel arbeiten, aber er beendete die generelle Farbgebung zu seiner Zufriedenheit. Danny ruhte und schlief, hundemüde. Als Danny aufwachte, fragte ihn Pablo wie er sich fühlte. „Oh ein bisschen besser", sagte er.

„Hast du Hunger?" Danny nickte, aber er hatte Schmerzen. Pablo bereite ihm einen Brei aus Haferflocken und gab eine Portion Honig dazu. Danny setzte sich im Bett auf und aß den Brei. Danach gab ihm Pablo die Schmerzmittel. Kurz darauf schlief Danny wieder ein. Er schnarchte. Das ist das erste Zeichen einer Genesung, sinnierte Pablo und arbeite noch etwas an seiner Kopie weiter.

Pablo konnte nicht gut schlafen, hatte seinen Wecker auf vierstündige Intervalle gestellt, sodass Danny seine Medizin rechtzeitig einnehmen konnte. In der Früh kochte Pablo wieder etwas Haferflocken mit Nüssen, Beeren und Honig. Danny hatte einen guten Appetit und erholte sich schnell. Seine argen Schmerzen waren durch die Medizin gellindert und langsam regten sich seine Lebensgeister wieder. Er begann zu sprechen. Pablo hörte ihm während seiner Kopierarbeit zu. Alle vier bis fünf Stunden gab ihm Pablo seine Medizin, so wie er es hörte, wenn Danny Schmerzen hatte. Nach zwei Tagen rief Pablo den Arzt an, als Danny den Großteil seiner Medizin verbraucht hatte. Er versprach am nächsten Tag auf eine Visite zu kommen.

Pablo wollte dass Danny sich ausruhte, während er im Art Shop erscheinen musste. Er hatte einige Aufgaben für Tommy zu erledigen und berichtete ihm dass er dabei war Beweise zu sammeln, die er ihm in einer Woche vorlegen könnte. Nike ging mit Pablo auf eine Spaziergang und erzählte ihm über ihr Treffen mit Louise, die mit dem dunklen Mann involviert war, außerdem vertraute sie ihm dass der Kenianer sie forciert hatte das Gemälde von ‚Manson‘ zu stehlen. Er wollte es verkaufen um sich Drogen zu kaufen. Er war auf dem Weg sich ein Netzwerk von Drogenpushers auszubauen, während er in seinem Büro in Venturska Straße saß.

„Das ist ja direkt unter unserer Nase“, sagte Pablo.

„Ja“, sagte Nike „aber wir können da nichts tun“. Pablo schwieg.

„Noch nicht“, sagte er „aber wir brauchen alle Beweise, die wir zusammentragen können“. Pablo begleitete Nike zum Art Shop zurück. „Kein Wort zu Tommy!“ Warnte er sie.

„Natürlich nicht“. Erwiderte sie. Pablo ging nachhause und sinnierte über diesen Fall. Er fürchtete dass er Louise nicht mehr vor dem dunklen Mann retten konnte, der gegen sie gewalttätig wurde, wann immer er eine Dosis ‚Crack‘ konsumierte. Nike hatte ihm Details über das Verprügeln von Louise geschildert.

„Wir werden ihn kriegen!“ sagte Pablo.

„Ich hoffe dass es nicht zu spät sein wird", erwiderte
Nike. Dies sorgte auch Pablo, aber seine Hände waren
gebunden. Danny wurde von ihm mit dem Tod bedroht,
wenn er zur Polizei und so war auch Louise, höchst wahrscheinlich. Nike war in Gefahr wenn sie nur ein Wort darüber verlautete und der dunkle Mann verursachte mittlerweile Drogenabhängigkeit und wahrscheinlich den Tod
von vielen jungen Menschen. Pablo dachte dass Danny
vielleicht einen Freund hatte, der einen Privatdetektiv
kannte, den sie diskret konsultieren könnten.

Tommy entschied einen Art Shop in Paris zu eröffnen.
Lisa hatte ihm diesen Floh ins Ohr gesteckt. Nun, sie war
äußerst erfolgreich und würde eine schlafende Geschäfts-
partnerin werden, sodass Tommy in seiner Popularität
schwimmen konnte, da er das Rampenlicht der öffentlichen Aufmerksamkeit genoss. Lisa hatte bei Pablo noch
mehr Kopien bestellt und Pablo erwog Danny, als seinen
Assistenten in diese Arbeit anzustellen, um Lisas Forderungen nachzukommen. Danny war genesen, wieder
wohlauf und heilfroh wieder einen Job mit Pablo zu bekommen. Er mochte seinen neuen Boss, der eher ein
Freund war als ein Sklaventreiber. Der Sklaventreiber war
sexy Lisa, die auf Visite zum Art Shop kam, die jetzt Art
Shop Bratislava hieß. Lisa hatte alle Namen geändert und
beabsichtigte eine Kette von Art Shops zu eröffnen, die
den Namen der Stadt trugen, wo sie lokalisiert waren: Art
Shop Wien und sie freute sich schon auf Art Shop Paris,
das spätestens in drei Monaten eröffnet werden sollte.
„Gerade richtig zur Zeit der Eröffnungen vieler Museen
für moderne Kunst, wie die ,Fondation Louis Vuitton von
Frank Gehry. Sie mochte das Gebäude von Renzo Piano
auch sehr.

„Noch immer ein ‚Crowd Puller‘“, belehrte sie das Team Tommy im Art Shop Bratislava, wo Tommy sich al liebsten aufhielt und wann immer er seine Helfer versammelte, die ihm offiziell als ehrenwerte Mitglieder beistanden.

Lisa bewirtete sie alle im Radisson Blue mit einem fantastischen Dinner für ihre Familien oder Liebhaber, wie sie diese verschmitzt nannte. Pablo traf Viki, die sinnliche Tochter Nikes und fragte sie direkt ob sie für ihn sitzen würde, da er sie benötigte um sein großes Gemälde für Lisa fertigzustellen. Sie stimmte zu und Pablo wollte sie am kommenden Tag zeichnen, obwohl er zweifelte dass seine Sitzung am Morgen stattfand, da ihnen Mengen zum Essen und Trinken, in einer feierlichen Atmosphäre, aufgetischt wurden.

Pablo wusste dass diese Zeit bei Lisa für ihr Bedürfnis nach Sex abgegrenzt war, wann immer sie hier aufkreuzte. Nun, als sie ihr französisches Unterfangen bekannt gab, kreierte sie eine Aufregung, weil die versammelten Helfer spekulierten welche Person wohl das neue Art Shop Paris leiten würde. Lisa legte sich weder fest, noch wollte sie zu viel darüber sagen. Sie verhielt sich diplomatisch. Pablo ahnte sofort dass er die große Chance hatte, seine Hommage an Picasso dem Art Shop als eine Leihgabe anzubieten, es Lisa zum Kauf anzubieten, oder es Tommy offiziell als ein Geschenk für die Art Shop Öffnung zu schenken. Dies wäre doch eine großartige Idee. Pablo suchte Lisa in ihrer Suite auf und begann sie zu skizzieren. Er studierte ihre Gesichtszüge, Hände und Beine. „Das bin ich nicht“, girrte sie, machte sich an ihn heran, riss ihm die Kleider vom Leib, erfreute sich an seiner Nacktheit, führte ihm einen Striptease vor und beobachtete wie sie ihn erregen konnte. Dann verführte sie ihn und ließ ihn wieder abkühlen, nur um Champagner über ihn zu gießen, den sie von seinem Körper leckte. Dies machte ihn so wild dass er über sie herfiel und sie vernaschte. Dann drehte sie sich plötzlich auf ihre Bauchlage, um ihren fein getönten Hintern ihm entgegenzustrecken, damit er sie für Dessert ‚a la Grece' Art' befriedigen sollte.

Pablo konnte kaum schlafen. Er und Danny, der im Zeichnen talentiert war und Pablo half, arbeiteten zusammen. Pablo bildete Danny als einen Künstlerassistenten aus. Da er über zwei Ebenen zum Schlafen verfügte, war es kein Problem ihn als Mitbewohner unterzubringen. Pablos zuhause wurde auch sein zuhause. Er bekam unersetzlich für Pablo.

Pablo hatte Viki für eine Sitzung geladen. Sie kam mit einem Kater, trank alle Erfrischungsgetränke die sie antraf und ließ ihre Kleider fallen. Sie erinnerte Pablo an eine Skulptur von Maillol, als er sie im Detail zeichnete. Für seine große Leinwand verschönerte er sie etwas. Dann sprach er darüber mit Danny und er stimmte zu. „Ich zeichne sie", sagte Danny und ersuchte Viki aufrecht zu stehen, aber mit einer erhobenen Hand. Danny skizzierte sehr gut. Pablo war sehr erfreut, er hatte endlich seine fünfte ‚Demoiselle' gefunden, die ihn mochte, aber er hatte Danny in Sinn um eine emotionelle Verbindung zu erstellen. Aber Viki hatte andere Vorstellungen, Danny konnte sie ruhig zeichnen, aber sie wollte Pablo, der sie neckte.

„Eines Tages werden wir dich schön trinken und einen Dreier mit die haben", sagte Pablo scherzend. Vikis Augen glühten und er wusste dass er ins Schwarze getroffen hatte.

20.

Danny wird von einem Freund ersucht zu einem Treffen mit einem Detektiv zu kommen, der versprochen hat zu helfen, ohne sie zu involvieren. Pablo ersucht Danny trotz allem zur Vorsicht. Pablo stimmte mit Danny überein dass er die Ermittlungen vorsichtig vorantreiben sollte. Sie müssten genug Beweise in der Hand haben, um die illegalen und heimtückischen Aktivitäten des dunklen Mannes der Polizei zu übergeben. Die zwei selbsternannten PI's (Privatdetektive) haben sich zu Klassen für ‚Krag Maga' angemeldet. „Nur damit wir uns etwas absichern", sagte Pablo zu Danny.

Nike wollte zu ihm kommen und einiges mit ihm diskutieren, aber Pablo fürchtete sie würde dadurch kompromittiert und arrangierte mit ihr ein Treffen im Mondieu Café. Sie sollte vor ihm dort sein. Er würde sie im hinteren Teil des Cafés finden, da er nicht gerne neben dem Eingang sitzen wollte. Nike war pünktlich. Pablo überprüfte ob ihr jemand gefolgt sei, blieb an der Ecke von Venturska und Panska Straße stehen und verschwand in einem Hauseingang. Niemand war weder Nike, noch ihm gefolgt. Als er zu Mondieu hinein geht, sah er Nike mit ihrem pechschwarzen Haar und ihren dunklen Augen, die wie Kohlen glühten. Sie winkte ihm zu. Er setzte sich neben sie, den Eingang im Blickwinkel. Sie küssen sich. Nike sprach und Pablo hörte zu:

„Er ist hinter mir her…" Nike war nervös.

„Beruhige dich, Nike, niemand wird dir ein Leid antun, solange ich hier bin". Nach ein paar Schlucken Campari-Soda beruhigt sich Nike. „Erzähl mir leise", sagte er.

„Diese fremden Personen folgen mir. Ich habe sie auf meinem Weg zum Art Shop bemerkt. Sie kommen entlang Venturska, da sie dort aus einem Gebäude heraustreten".

Pablo zeigte ihr einen Schnappschuss des Hauses, welches er fotografiert hatte, als er dem dunklen Mann folgte. "Ja, das ist das Haus!" sagte Nike und hätte es fast ausgerufen. Pablo zeigte ihr den Zeigefinger über seine Lippen.

„Aber hör zu!" sagte sie. „Ich habe Louise den Tagen zuvor im Art Shop Wien getroffen. Sie weinte. Ich sprach mit ihr im hinteren Büro. Sie sagte dass der Kenianer ihr ganzes Geld, das sie verdient, abnimmt. Er will ihre Ersparnisse, aber Louise hat mir ihr Sparbuch anvertraut, damit er es nicht findet. Er benützt das Geld für den Drogenhandel, wird zusehends habgierig und Louise fürchtet dass er sie zur Prostitution zwingen will. Er beschäftigt einige afrikanische Frauen an dieser Adresse und arbeitet an der Gründung eines Prostituierten Ringes. Er zahlt sie mit Drogen und wenn ihm jemand widerspricht, tötet er die Person. Was könnten wir tun?" Pablo war still für den Moment.

„Wir müssen ihn auf frischer Tat ertappen", sagte Pablo und nippte an seinem Glas Campari. „Du musst wieder nach Wien zurückgehen". Sagte Pablo. „Gut, du hast hier Familie, aber es ist gefährlich für dich hier zu bleiben". Nike seufzte.

„Ich muss meinen Sohn mitnehmen. Viki wird hier bleiben und im Art Shop helfen".

„Das ist OK, sicher. Danke für dein kommen. Wir müssen noch eine Strategie für die Eröffnung von Art Shop Paris entwickeln". Pablos Gesichtsausdruck war ernst. Er machte sich große Sorgen. „nun, wir werden dort alle Helfer für eine Unterstützung brauchen".

„Ich komme und helfe. Louise wird auch dort sein". Pablo nickte. Dieser Trip würde ihn besonders betreffen. Was wenn der dunkle Mann Louise als Pfand benützen würde? Nike könnte auch involviert werden. Er erwartete

Dannys Nachricht, welche Hilfe sie von Seiten des befreundeten Detektives erhalten werden.

Pablo und Danny arbeiteten in Tandem um die Kopien für Lisa fertig zu malen. Sie drängte für eine Ausstellung in Shanghai. „In zwei Monaten!" Rief sie aus.

„Nun, wir haben ein dutzend Kopien fertigzustellen", sagte Pablo. „Wir werden es schaffen, aber bitte, Lisa, kein drängen mehr!" Sie pausierte.

„Sicher, sicher, entschuldige, ich bin nur über die zeitliche Koordination nervös geworden". Pablo lächelte, da er Lisas Masche kannte. Sie wollte ihren Druck auf ihn und Danny abladen. Pablo gab Danny die Landschaften, da er sich gut heraufgearbeitet hatte und zu einem sehr guten Kopierkünstler avanciert war. Pablo hatte daher mehr Zeit um seine *Demoiselles de Vienne,* wie er sie jetzt nannte, fertig zu malen. Er kam gut voran, aber er musste Viki zu einer nochmaligen Sitzung bitten. Außerdem brauchte er Alica auch, aber dann dachte er Danny etwas Auszeit zu geben.

„Ich gebe dir etwas Freizeit, Danny. Wir werden öfters spät in die Nacht arbeiten müssen, um alle Kopien für Lisa fertig zu stellen". Danny blickte von seiner Arbeit auf, wo er einige Details für die Blumen im Vordergrund malte. Die historischen Kopien der Landschaften von Lisa Baar waren ein großer Erfolg und waren noch immer gefragt. Nun, Lisa manipulierte den Kunstmarkt mit ihren Lieferungen. Pablo sagte ihr dass er sein Honorar erhöhen wollte, da er Danny bezahlen musste. Lisa stimmte zu und das gute Arbeitsverhältnis setzte sich fort. Pablo konsumierte regelmäßig Gojibeeren um sein Libido für Lisa in Schuss zu halten. Solange er es mit ihr tun konnte, würde seine Arbeit erfolgreich bleiben, aber noch konnte er Viagra vermeiden. Wer weiß, sinnierte er, wie lange ich noch diese Scharade ertragen werde.

Sobald Danny gegangen war, läutete Pablos Mobiltelefon.

„Hallo Pablo, wie geht's dir?"

„Mir geht's gut, Alica, und dir?"

„Gut". Sie klang etwas deprimiert.

„Ich bin bei dir in einer halben Stunde".

„Gut, ich freue mich dich zu sehen".

„Ich freue mich auch". Sie hängte auf. Pablo drehte leichte Barmusik auf und prüfte seine Flasche Campari. Es war noch genug für Alica übrig. Er hatte genug Bier. Sie kam, läutete die Türglocke und Pablo ließ sie herein.

„Du siehst gut aus Alica", sagte er.

„Hallo Pablo, du auch! Aber du arbeitest sehr hart". Sie schaute auf die vielen Leinwände, die gegen die Eingangswand gestellt waren.

„Nun, ich habe einen Vertrag". Ihre Augen blieben auf dem großen Gemälde hängen.

„Du meinst die große Leinwand?"

„Nein, die kleinen Kopien die ich fertigen muss". Alica küsste ihn und begann sich auszuziehen. Pablo arrangierte ihre stehende Position auf der Sitzungsecke für seine Modelle. Alica war ein geduldiges Modell und Pablo hatte noch immer Gefühle für sie. Er wunderte sich wieviel Alica noch für ihn empfand. Aber dann beschäftigte ihn das Skizzieren seiner Muse auf lebensgroßem Papier und seine Konzentration übernahm. Er arbeitete gezielt, bis er mit ihrer Positur zufrieden war. Als er sie ersuchte sich zu drehen, um für eine Studie ihres Rückens still zu stehen, spürte er Verlangen nach ihr. Er sagte eine Pause an und brachte ihr ein Glas Campari-Soda.

„Du bist mein schönster Rückenakt, Alica", flüsterte er. Sie drehte sich vor ihm um, Glass in der Hand. „Küss mich Pablo…" Er umarmte sie und spürte ihre samtene Haut. Sie verschüttete ihr Getränk. Der Campari strömte auf ihrem Körper hinab. „Mhh" sagte er „sollten wir ein solch köstliches Getränk auf einem schöngeformten Körper fließen lassen?"

Pablo handelte impulsiv und Alica reagierte sofort. Sie genoss seine orale Aufmerksamkeit, bis sie seufzte. Er nahm ihr Glass und stellte es auf den Seitentisch. Alica war heiß. Als er sich seiner Hosen entledigt hatte, riss sie ihm die Unterhose herunter. Sie küssten sich und aßen sich gegenseitig auf, bis sie beide ins weite Bett hineinsanken. Liebemachen kam für sie so natürlich wie ein Händedruck, dachte er und schürfte tief in die Lust, die er noch immer mit ihr empfand. „Ahh, Alica…" stöhnte er, als er in sie eindrang. „Ich liebe dich Pa…bl…oo…"stöhnte sie als sie sich zusammen im Rhythmus zur Soft-Jazz Musik bewegten. Er freute sich dass er im Vorhinein die richtige Musik ausgewählt hatte.

Großartiger Sex mit Alica, dachte Pablo und sah sich selbst und Alica in Zeitlupe auf dem Monitor seines Gedächtnisses. Dann schlief er ein. Alica stand nicht auf. Sie kuschelte sich gegen seinen Penis und spürte wie sich ihre sexuellen Gefühle fortsetzten.

Sie weckte ihn nach einer Stunde, sanft, mit kleinen Küssen auf seinem Körper. Pablo murmelte und streckte sich, als Alica seinen Körper überall küsste. Wie sehr er ihre Aufmerksamkeit liebte. Wie gut orale Liebe mit Alica war. Sie hatte ihre Fertigkeit verbessert, dachte er, als sie seinen Penis in ihren Mund nahm und seinen Anus mit ihrem Finger berührte.

„Du bist wunderbar", seufzte er.

„Wir Mädels wissen wie man einen Mann befriedigt". Sie gurrte und lachte.

„Wirklich", sagte Pablo „du bist besonders talentiert". Er erkundigte sich nicht nach mehr, aber er sah sie einst mit ihrer Freundin Intimitäten austauschen. Er schob das zur Seite, da er Eifersucht schon länger überwunden hatte, als ihm dies Ana, seine Muse und große Liebe gelehrt hatte. Er erinnerte sich dass es ihn damals verletzt hatte.

„Einen Penny für deine Gedanken", Alica wurde ernst.

„Ich bin glücklich dass du heute hier warst", sagte er und meinte es. Sie spürte es. Pablo war ein authentischer Mann und daher liebte sie ihn genau so sehr wie ihre Freundin und auch ihren Ehemann, sinnierte sie.

„Ich gehe besser, obwohl ich gerne für die Nacht hierbleiben möchte", sagte Alica. Pablo sah sie verliebt an und küsste sie.

„Ich nehme das als ein Kompliment", sagte er mit leiser Stimme.

„Natürlich, mein Mann!" Sie stand auf und ging ins Bad. Pablo betrachtete ihre schöne Figur. Wie glücklich ich bin ihre Schönheit zu teilen, dachte er. Sie kam zurück, küsste ihn und zog sich schnell an. „Ich habe mich verspätet. Ich muss gehen". Sie glühte. Er stand auf und begleitete sie zur Tür. „Auf Wiedersehen mein nackter Adonis", kicherte sie und eilte davon. Er schloss die Tür hinter ihr. Ich bin hungrig, sinnierte Pablo. Er ging ins Badezimmer, erfrischte sich, schlüpfte in seine Jeans, Slippers und Tee Shirt, versperrte die Tür und ging hinunter zum koreanischen Esslokal.

Danny kam zurück als er Alica auf die große quadratische Leinwand malte. Ursprünglich kaufte er vier Leinwände, 1,2 x 1,2 Meter und platzierte sie zusammen auf ein 2,4 x 2,4 Meter großes Quadritych, das einen größeren

Impact hatte. Außerdem konnte es leichter transportiert werden, natürlich mit geringeren Kosten.

„Ah, du bist beschäftigt mit deinem Masterpiece", rief Danny, als er die Werkstatt und auch sein Zuhause betrat, welches er mit Pablo teilte.

„Ja", murmelte Pablo. Er sprach wenig wenn er malte, besonders wenn es an seinem Meisterstück war. Er hat an der perfekten Figur von Alica gearbeitet, gut proportioniert, mit einem gerade richtig großen Busen und ein rasiertes Muschi. Sie stand in Lebensgröße auf der rechten Seite des Gemäldes, ihr abgewinkeltes Bein berührte Vikis üppigen Hintern, mit einer Hand auf ihrem Schenkel, nahe zum Schatten von einem blauen Penis. Ihre andere Hand umfasste Vikis Hals, ihre Finger spielten mit Vikis Brustspitze. Der Schattenmann in Blau stellte den Künstler dar, der hinter Viki stand, seine Hand auf ihrem abgebogenen Schenkel, während seine andere Hand Alica intim berührte. Viki hob ihre linke Hand hoch, als Zeichen ihres starken Selbstbewusstseins. Etwas hinter Alica steht Nike, ein elfenhafter frontaler Akt, ihre Körperhaare entfernt, eine Hand berührt Alicas Schenkel und ihre andere Hand ist hinter ihrer knabenhaften Hüfte. Auf der linken Seite: Lisa überkreuzt Vikis gehobenen rechten Oberschenkel, der von Pablos blauer Schattenhand unterstützt wird. Neben ihr in schwunghafter Position steht Lisa, mit ihrem perfekt enthaarten Körper und einer Linienführung, die an eine Sanduhr erinnert. Sie schmiegt sich an eine ebenso formschöne und sinnliche Louise.

„Es ist ein Meisterwerk, Pablo!" Danny starrt auf die Figur von Viki, die er augenblicklich begehrte, als Pablo ihren Akt zeichnete. Pablo rührt sich aus seiner Konzentration.

„Ich muss ihre Eigenschaften anführen, vielleicht mit gewissen Hüten und auch mit Masken auf ihren Gesichtern", murmelt er und skizziert eine Amsel auf dem Kopf von Louise. Lisa skizziert er mit einer elfenbeinfarbenen Maske die an den Karneval von Venedig erinnert, während Alica verlängerte Wimpern erhält. Nike mit ihrer elfenhaften Figur sieht wie eine hübsche Puppe aus. „Nun, Danny, du solltest die mollige Viki malen, da du Lust für sie verspürst". Danny nähert sich dem Gemälde. „Ja, ich würde das gerne tun". Pablo lächelt. „vergiss nicht ihren üppigen Busen und ihre fein-geschnittenen Schamhaare". Danny lächelte.

„Ja, die sind schön, wie schwarzer Samt". Bingo" dachte Pablo, Danny ist ein guter Beobachter. Er wird es schon gut fertigbringen. „Vergiss nicht, sie auch kontemporär darzustellen!" Danny schaut zu Pablo hinauf, der auf einer Bierkiste steht. „Ja, ich werde genauso malen wie du tust".

Diese Nacht konnten sie das Gemälde beenden. Pablo bearbeitete schlussendlich einige Details und sirrte mit seiner breiten Wandmalbürste über das gesamte Gemälde, um einen geisterhaften Effekt zu erzielen. „Wie in einem Traum", sagte er zu Danny, der ihm zunickte.

„Wir nehmen Alkohol und betupfen das Gemälde", sagte Pablo. „Dadurch bekommen wir einen ungewöhnlich träumerischen Effekt. Pablo war in voller kreativer Fahrt. „Es sollte eher einen Skizzenentwurf ähneln, eine Bühnenbild-Ideenskizze für ein Theaterstück oder eine Oper, vielleicht. Weißt du?"

„Oper wäre angemessener", meinte Danny.

„Warum das?" Pablo war amüsiert.

„Weil dadurch ein Drama zwischen den nackten Frauen aufkommt, da sie mit ihren Gliedmaßen Intimität ausdrücken".

„Sehr gut, Danny. Du bist ein Poet". Danny war nicht nur erfreut, aber er hatte sein Vorbild in Pablo gefunden, den er als genialen Künstler und progressiven Poeten nacheiferte. Außerdem hatte er nicht sein Leben gerettet, ihn aufgenommen, um seine Hilfe ersucht und seine künstlerischen Talente geweckt? Es war allein Pablo. Er würde niemals vergessen wie er ihm geholfen hatte und ihn in seine Welt der Kunst einbezogen hat. Er fühlte sich wie ein Bruder und nicht wie ein Angestellter.

„Bist du bereit, Danny? Bitte widme dich Vikis kurzen Schamhaaren". Pablo lächelte. Danny würde gerne Viki haben, aber wenn er sie auch in der realen Welt nicht haben konnte, so konnte er doch ihre intimen Körperteile berühren. Danny lächelte und legte sich seine Malerutensilien zurecht.

Während Danny sich mit Details für Vikis Figur beschäftigte, beendete Pablo den ersten Stapel von Kopien, die Lisa in einigen Tagen erwartete. Er war nun überzeugt dass er die Landschaftsbilder fertigmalen konnte, da Danny eine sehr gute generelle Vorbereitungsarbeit geleistet hatte. Er vervollständigte die Lichtreflexionen auf den Blumen und an einigen Stellen auf dem Bauernhaus. Dann folgte er dies auf allen anderen Kopien durch. Zu Mitternacht hatte er sechs Kopien perfektioniert. Danny hatte mittlerweile Viki mit allen Details fertiggemalt, nur mehr das Tupfen mit Alkohol war noch ausständig. Das würde er besser morgen früh machen, und zuerst an einer kleinen Stelle ausprobieren.

„Danny bist du hungrig?"

„Oh ja, wirklich!"

„Lass uns den Koreaner besuchen". Sie wuschen sich die Hände und nahmen ihre Leinenjacken. Danny aktivierte die Zeitschaltuhr für die Beleuchtung und versperrte die Ateliertür hinter ihnen. Dann holte er Pablo ein, der mit schnellen, großen Schritten die niederen Stufen hinunterlief.

Beim Koreaner bestellten sie Stir-fry mit Gemüse. Es war für sie beide das bevorzugte Gericht für die späte Nacht. Etwas Kräutertee war auch gerade recht. Aber Danny bestellte etwas Saki, das er zum Tee hinzufügte. „Etwas für dich", sagte er und fügte ein wenig zu Pablos Tea dazu. „Es macht Spaß mit dir zu malen, Danny", sagte Pablo. „Jedoch diese Eröffnung des Art Shop Paris, einer Vernissage für eine Sonderausstellung, und all dieses Marketing das Lisa unternimmt, besorgt mich". Danny schluckte seinen gekauten Bissen.

„Nein, sorge dich nicht", sagte er. „Tommy und Lisa haben für eine gute Sicherheit gesorgt". Pablo dachte nach. „Vielleicht", erwiderte er. Aber in seinem Hinterkopf rührte sich die Erinnerung an eine böse Erfahrung, die er zuvor erlebt hatte. Vielleicht wurde er in der Vergangenheit, durch einen bewaffneten Überfall in seinem Haus, schwer traumatisiert. Aber das lag schon dreizehn Jahre zurück und er hatte diesen Vorfall verarbeitet und archiviert.

„Lass uns gehen, Danny, wir haben einen schweren Tag vor uns". Er bezahlte und sie gingen schweigend zurück. Danny drehte den Alarm ab und sperrte die Tür auf. Pablo benützte das Badezimmer und verabschiedete sich für die Nacht. Er stieg die Treppen zum seinem Schlafzimmer im Mezzanine hoch, zog sich aus und legte sich ins Bett.

„Bist du fertig, Danny?" Pablo inspizierte die eingepackten Gemälde. Dann rief er Lisa an. Sie antwortete sofort. „Hallo mein lieber Pablo", gurrte sie, „wie geht es meinem Lieblingskünstler?" Pablo pausierte. „Mir geht's gut. Lisa, deine Leinwände sind fertig, wie vereinbart". Sie gab einen freudigen Ton von sich, wie eine Pop-sängerin.

„Nun, ich werde nach Bratislava kommen, aber Dank meinem Jag ist es bloß in 45 Minuten", gurrte sie fort. „Oh

Liebling, wie schön“. Pablo wartete bis sie fertiggesprochen hatte.

„Lisa, es sind sechs Gemälde, du weißt den Preis, plus das Material“. Sie pausierte. „Ja, ich gehe zur Bank und transferiere das Geld zu meinem Konto in Bratislava. Keine Sorge. Ich freue mich dich wieder zu sehen. Du weißt wo ich logiere“.

„Ja Lisa, ich werde dich zum Diner sehen. Wir transferieren die Gemälde beim Art Shop in den Kofferraum“. Lisa murmelte. „Warte, die Gemälde werden nicht hineinpassen“.

„Nein!“ rief Pablo aus.

„OK, ich werde den Mercedes meiner Schwester ausleihen“.

„Gut Lisa, ich werde jetzt aufhören. Eine gute Fahrt“.

„Ich sehe dich beim Art Shop am späten Morgen“. Sie hängte auf.

Danny half Pablo die sechs Gemälde in den Karren zu laden und zum Art Shop in der Altstadt zu fahren. Tommy war noch nicht da, aber Viki war zugegen. Nike war mit ihrem Sohn nach Wien unterwegs und ihr Sohn musste in ein Vollinternat wechseln, sodass Nike ihrem Beruf ganztägig nachgehen konnte.

„Hallo Viki“, begrüßte sie Danny und ließ den Karren bei der Eingangstür stehen. Viki half ihm die Gemälde ins Art Shop zu tragen. Sie löste die Verpackungen und lehnte die Bilder gegen die Wand bei dem langen Konferenztisch. Sie betrachte sie mit Bewunderung, als Tommy hereinkam.

„Gerade zur richtigen Zeit um deine Kunstwerke zu sehen“, sagte Viki.

„Es sind nicht meine Kunstwerke“, sagte Tommy.

„Nein", erwiderte Viki, „aber du bist mit deinem Sexy-partner dabei". Tommy sagte zuerst nichts. Dann fasste sich.

„Nun", sagte er „ja, wirklich". Er summte ein populäres Lied und sagte die Lyrik in Deutsch:

„Nimm dir keine schöne Frau, du hast sie nicht al-lein…lass das lass das sein". Viki lachte.

„Du kannst Recht haben". Tommy setzte sich gegen-über den Gemälden, die gegen die Wand gelehnt waren und sah sie länger an.

Pablo erschien mit einem Original welches er zum Ko-pieren erhalten hatte. Tommy ersuchte ihn dieses zwi-schen dem Kopierten zu stellen.

„Ausgezeichnet", sagte er „wie gewohnt". Er erhob sich und ging zu seinem Büro um Viki zu sprechen.

Mittlerweile, als Viki einige Erfrischungsgetränke ser-viert hatte, kam Lisa mit dem Mercedes vor die Türe. „Wow", staunte Viki „du bist erlaubt hierher zu fahren?" Lisa lächelte, begrüßte alle, küsste Pablo und Viki und war ihre übliche coole Schwester, diesmal selbst. „Ich habe so eine Art Erlaubnis". Sie lachte. Lisa hatte alle Leute die sie brauchte, ganz schnell in der Tasche, dachte Pablo und sah zu Viki hinüber, Sie lächelte. Wahrscheinlich dachte sie dasselbe. Tommy erschien und küsste Lisa.

„Ich bin hier um dein Team zu loben, Tommy", begann sie. „Ich bin mit unseren Abmachungen sehr zufrieden und möchte dich zum Lunch einladen". Tommy lächelte ver-schmitzt.

„ist es nicht wunderbar einen stillen Partner zu haben, der auch Schlafpartner genannt wird?" Er sah zu Pablo hinüber, der ihm zulächelte. Er konnte sich nicht kümmern wenn Tommy es wusste. In gewisser Weise waren sie nicht nur Freunde, sondern auch, durch Lisas Körper, wie Verwandte. Er musste innerlich lachen. Viki sah ihn erneut an, als sie ihr Lachen unterdrücken musste. Danny und Viki verpackten die Gemälde mit Luftpolsterfolie und Danny brachte sie zu Lisas Mercedes. Lisa hatte den Kofferraum geöffnet und Danny verstaute die Gemälde vorsichtig. „Ausgezeichnet Danny", gurrte sie „du bist ein Schatz". Danny lächelte, er erfreute sich an schönen Frauen und losen Neckereien, während er in Lisas Halsausschnitt starrte und ihren schönen Busen bewunderte. Lisa lächelte. Sie brauchte fortwährend die Aufmerksamkeit eines Mannes. Lisa schloss den Kofferraum und ging ins Art Shop zurück. Sie nahm Tommys Arm und zog in zu ihrem Wagen. „Wir sehen euch später Leute", scherzte sie in einer fröhlichen Stimmung. Tommy liebte es wenn er Lisas Busen fühlte, als sie seinen Arm an sich presste um näher bei ihr zu sein.

21.

Lisa erwartete Pablo in ihrer Suite. Pablo musste sich geistig nicht vorbereiten, Lisa glühte mit einem Übermaß an Libido.

„Pablo, mein Lieber, Lass dich von mir unterhalten". Sie ersuchte ihn nackt in ihrem Bett zu sitzen und ihren sinnlichen Striptease, den sie vorbereitet hatte, zu genießen.

„Es ist für dich, mein großartiger Liebhaber", gurrte sie. Dann brachte sie ihm den bereitgestellten Drink, küsste und berührte ihn. Sie drückte auf die Fernbedienung. Ein französisches Liebeslied erklang, welches einen Orgasmus simulierte. Sie tanzte mit hohen Stillettos zu der verführerischen Ballade und spielte aller ihre sexuellen Register aus. Ihre Sensualität sprang auf Pablo über und er wurde erregt. In ihren letzten Zügen ihrer Verzücktheit, entblößte sie ihren Busen, der mit einem roten Band zusammengehalten war. Sie wurde erregt als sie Pablos Erregung beobachtete und sie berührte ihre Muschi als ihre Finger ihren Tanga beiseiteschoben und darnach spielte sie mit ihrem Anus. Pablo beobachtete sie fast ehrfürchtig, transformiert von ihrem Autoerotizismus. Mit einem letzten leisen Schrei zog sie an der Schleife ihres Tangas und stürzte sich zu Pablo ins Bett. Sie waren beide entflammt, küssten sich kreuz und quer, aßen sich gegenseitig auf, bis sie Pablo ersuchte in sie anal einzudringen. Während er seinen Penis in ihren befeuchteten Anus hineinsteckte, schrie sie auf, als sie ihre Muschi berührte und ihren Höhepunkt genoss. Während sie sich weiter rhythmisch gegen Pablo bewegte, wurde sie wieder sehr erregt. „Stoß Pablo...stoß mehr...ja...“ schrie sie und Pablo bemühte sich zusehends seine Liebespartnerin zu befriedigen. ‚To satisfy one's lover-in-arms‘ sagte er zu sich selbst, wie er es im Englischen gehört hatte und dachte nach ob es eine Abwandlung von: ‚partner-in-crime‘ war. Sie wollte es hart und schnell und er gab es ihr.

„Jaaa...“ signalisierte ihre Klimax und als Pablo diesmal an ihrer Klitoris herumfingierte, bog sie sich wie ein wildes Tier und er musste sich an ihr festhalten um nicht getrennt zu werden. Nur ein paar Minuten mehr, dachte Pablo und begann zu zählen, während ihre schnelle Kopulation ihrem Höhepunkt zuraste...“JaaHhh...“schrie sie, „Jaahh...du verdammter Bastard...du Motherfucker in meinem...“ Sie brach ab. Sie konnte nicht länger ihren Emotionen Ausdruck verleihen. Sie zitterte als Pablo in sie ejakulierte und zur selben Zeit ein Beben durch ihren Körper ging. Pablo glaubte dass sie nahe einer Herzattacke war, aber dann spürte er dass sie endlich einen großartigen Orgasmus erlebte, den sie immer wollte. „Ahhh...aahh...“ Pablo keuchte, schnappte nach Luft in seinem aufgeregten Zustand, da er etwas so elementares und einmaliges erlebte, während sie noch länger nach Luft schnappte.

Er lag still, genauso wie sie. Sie schliefen zusammen ein. Er fühlte sich von einer sinnlichen Frau zu Tode geliebt worden sein, ihr Name war Lisa und sie flog vor seinen Augen davon. Er rief ihr nach: "Wohin?" Aber Lisa lachte nur. Auf einer weichen Wolke wollte sie ihn nackt sitzen sehen, während sie ihn sexuell animierte. Dann liebte sie ihn während sie vom Himmel fielen...

Pablo rührte sich, sein Arm unter ihr existierte nicht mehr. Er begann seinen Arm herauszuholen, aber es fühlte sich an, als ob er das Leintuch unter ihrem Hintern hervorzog. Endlich schaffte er es und seine Blutzirkulation funktionierte langsam wieder. Wie in einem Ameisenhaufen, dachte er. Er küsste ihre Hinterseite hinunter. Sie war noch immer feucht zwischen den Beinen. Er liebte ihren Muschigeruch und leckte sie. Sie murmelte und erwachte, streichelte seinen Kopf und öffnete ihre Beine für ihn. Dann, als er ihre Klitoris erregt hatte, drängte sie ihn weiterzumachen und ihren Hintern zu streicheln. Er spürte dass sie noch einmal kommen wollte, aber er musste seinen Finger zu ihrem Anus bewegen und sie dort entsprechend stimulieren. In diesem fein-abgestimmten Zusammenspiel wurde Lisa wieder hoch erregt. Sie streckte ihre formschönen Beine und umschlang ihn mit ihren Schenkeln, aber Pablo ließ nicht los.

„Mhh", murmelte er, „meine Manna-Liebe". Und Lisa, war durch ihren großen Orgasmus so entspannt, dass sie jetzt ein angenehmes Brennen verspürte. „Ohh..." seufzte sie und sank in einen wohligen Schlaf, ihre Lippen noch geöffnet.

Was für ein wunderbarer Morgen...dachte sie und streckte sich. Und letzte Nacht? „Wow!" seufzte sie. Pablo lag ausgestreckt und es ermunterte sie ihn zu kosten. „Mhh…" murmelte sie „ich habe dies seit meiner Studentenzeit nicht mehr gemacht…Er schmeckt gut, champagner und Austern, ein bisschen Asparagus". Das war von ihren Säften. Er bewegte sich und sein Penis reagierte. „Gut!" Er hatte sie geliebt, bis sie in die kleinsten Stücke zerfiel und nun zahlte sie ihm dieses Kompliment zurück. Ihre Lippen spielten geschickt auf seinem Peniskopf und sie nahm sich Zeit ihn vollkommen zu erregen. Als er hart wurde wachte er auf und murmelte im Halbschlaf ihren Namen. Als sie ihn soweit brachte dass er seinen Kopf abwärts bog, spürte sie dass er seinem Höhepunkt nahe war. Als sich sein Rückgrat wölbte, legte sie ihre Hand unter seinen Hintern und rollte ihn etwas zu sich, so dass sie einen Anus berühren konnte. Als er sich stärker bog und stöhnte, führte sie in seinen Anus ihren abgeschleckten Finger ein. Er schrie auf, gefolgt von Kontraktionen seines Anus um ihren Finger und er ejakulierte in ihren Mund. Sie schluckte seine süße Manna. „Ahh…" murmelte er. Sein Penis zog sich zurück und als er aus ihren Lippen schrumpfte, sank er wieder in einen Schlaf.

Lisa erwachte und war durstig. Oh, das muss von unserem außerordentlichen Liebemachen sein, sinnierte sie. Sie fühlte sich großartig und stieg aus dem Bett. Sie ging zur Bar und holte einen Krug mit frisch-gepressten Orangejuice, den das Zimmerservice bereits serviert hatte. Sie trank ein Glas in einem Zug. Pablo, mittlerweile erwacht, nahm sein Glas, das sie ihm angefüllt hatte und nachdem er es in einem Zug gelehrt hatte, folgte er ihr. „Ahh, danke dir!" sagte er. Sie lächelte.

„Du siehst blühend aus, bitte bleib so". sagte er. Sie machte ein Paar Tanzschritte. „Vielleicht etwas ‚Naked Lunch'?" lachte sie. Er lachte mit ihr. Pur ‚joie du vivre', sinnierte er. Er stieg aus dem komfortablen Bett und nahm ihren Arm. „Darf ich?" Sie folgte ihm zum Frühstückstisch. Lisa setzte sich und Pablo servierte ihr das Frühstück von dem Wärmebehälter auf der Frühstückskarre: Spiegeleier und Avocado, Asparagus mit weißer Sauce, Champignons mit einem gegrillten Filetsteak. „Mhh..." surrte sie „es ist köstlich". Er stimmte überein und aß mit einem Heißhunger. „Hah!" Lachte sie „Liebe macht sehr hungrig".

„Ja", erwiderte er „gute Liebe schon!" Sie lächelte zufrieden.

„Einverstanden!" Sie aßen schweigend fertig. Lisa musste gehen, stand auf und küsste ihn. Sie ging ins Badezimmer. Pablo wusste dass er mit Lisa gut zusammen war und sie würde sicherlich zu ihm generös sein, wenn er sie um eine Erhöhung seines Honorars mit ihr verhandelte. Sie kam vom Bad zurück und zog sich an.

„Lisa, ich würde mit dir gerne über Paris sprechen".

„Natürlich, worüber?" Sie war neugierig.

„Nun, wenn du dies als vertraulich bei dir behalten kannst..." Er räusperte sich.

„Sicher werde ich das. Was ist es?"

„Es ist ein Gemälde für die Eröffnung des Art Shop Paris, das ich selbst kreiert habe".

„Oh, eine wunderbare Idee, Pablo".

„Du solltest es sehen!" Sie pausierte, sah auf ihre Uhr und sagte zu.

„Aber ich habe bloß eine halbe Stunde Zeit".

„Das ist genug", sagte er.

„Wo ist es?"

„In meinem Atelier", erwiderte er. „Da du ja in der Innenstadt mit dem Auto fahren darfst, könnten wir schnell hinfahren".

„OK, lass uns gehen, Pablo". Pablo ging ins Bad, betrieb eine Schnellreinigung, trocknete sich ab und zog sich eilends an.

„Ich bin fertig", sagte er und sie verließen das Hotel in Eile.

„Ich würde mir mehr Zeit nehmen, aber ich muss morgen nach Shanghai fliegen und die Gemälde mitnehmen, siehst du?" Pablo nickte. Er war sich bewusst dass sie ein Jetsetter war.

Sie stoppte ihren Wagen vor dem Eingang zum Stiegenhaus das zu Pablos Atelier führte. Sie folgte Pablo. Als Pablo die Eingangstüre aufschloss, war Danny mit dem bemalen der gefalteten Leinwandseiten beschäftigt.

„Hallo Danny", begrüßte Lisa ihn und Danny grüßte zurück. Er trat von der Leinwand zurück und brachte Lisa einen Stuhl. Lisa setzte sich und betrachtete das große Gemälde. Sie war beeindruckt. „Mein Gott", sagte sie „sie sieht wie ich aus!" Danny lächelte.

„Ja, natürlich…sehr schön!" Und er begann über die nackten Frauen auf dem Gemälde zu sprechen, als würde er sie Lisa wie auf einer Party vorstellen.

„Auf eine Art hat es etwas geistliches auf sich", kommentierte Lisa. Pablo brachte ihr etwas Mineralwasser. Sie war durstig. Er lächelte und füllte ihr Glas. Das kühle Wasser erfrischte sie. Sie musste noch Autofahren, erinnerte sie sich, trank ihr Gals Wasser, erhob sich und fragte nach dem Badezimmer. Dann verabschiedete sie sich von Danny und Pablo begleitete sie zu ihrem Auto. „Schick mir ein E-Mail mit einem guten Foto von deinem Gemälde", sagte sie. „Ich werde über die entsprechende Platzierung deines Bildes nachdenken". Sie sperrte den Mercedes auf und Pablo hielt ihr die Tür auf. „Danke Pablo. Wie heißt das Gemälde?"

„Demoiselles de Vienne", sagte Pablo.

„Aha, etwas mit Picasso zu tun?" Pablo lächelte.

„Du hast den Nagel auf den Kopf getroffen".

„Nun, die Demoiselles haben dich verraten". Er lachte.

„Apropos, gib mir einen Kuss. Danke für die wunderbare Zeit, Pablo. Es war großartig und ich meine es!" Er seufzte.

„Es war unvergesslich, eine ewige Erinnerung!"

„Und bevor ich vergesse". Sie gab ihm ein Manilakuvert. Er küsste sie. „Ein kleiner Bonus dazu", zwinkerte sie und küsste ihn zurück. Dann legte sie den Sicherheitsgurt um und brauste davon. Er sinnierte dass sie nach Shanghai zu ihrer Dauerausstellung fliegen musste, wo sie gewöhnlich alle ihre Gemälde verkaufen konnte. In seinen Gedanken wünschte er ihr viel Glück.

Lisa war gut aufgelegt, da sie mit dem Mercedes ihrer Schwester rasch vorwärtskam. In fünfzig Minuten war sie in Wien. In ihrer Galerie hatten ihre Angestellten schon alles eingepackt. Nun holten sie die Gemälde aus dem Kofferraum um sie entsprechend dem Packet nach Shanghai mitzupacken, welches noch heute als unbegleitetes Gepäck zum Flughafen transportiert und aufgegeben wurde. Lisa fuhr den Mercedes zu der Garage ihrer Schwester und kam mit ihrem Jaguar zurück. Als sie bei ihrem Apartment am Rudolfsplatz ankam, duschte sie sich und ging ins Bett. Sie musste früh aufstehen und es war ein langer Flug nach Shanghai.

Lisa flog Businessklasse. Sie hatte ihr Tablet dabei, mit dem sie mit ihren Angestellten in Shanghai in Verbindung trat. Alles funktionierte wie eine gut geölte Maschinerie. Dann kontaktierte sie ihren Agenten in Paris. Nachdem er für sie eine Galerie vertraglich gesichert hatte, beauftragte er die Maler es mit einer weißen, umweltschützenden Malfarbe auszumalen. Außerdem hatte der beauftragte Architekt das vorgeschlagene Interieur, mit der gesamten Möblierung in perspektivischen Ansichten zugeschickt. Es umfasste Ihr Büro, die Eingangshalle, die Sitzgruppe für informale Versammlungen, die Konferenz-und Ausstellungsräume. Sie lud alle E-Mails herunter und studierte sie und ignorierte nicht dringende Angelegenheiten. Dann pausierte sie etwas und sah sich Pablos großes Gemälde an, welches sie mochte. Je mehr sie es betrachtete, desto mehr wurde das Gemälde ein Teil von ihr, wie Pablo es bereits war. Plötzlich hatte sie eine Idee. Sie würde es auf allen Eröffnungspostern publizieren und es dominant, als einzige Malerei in die Eingangshalle hängen. Besucher könnten dort im informellen Teil sitzen und es betrachten, den Katalog kaufen, wo es am Umschlag abgebildet war. Sie würde Pablo groß herausbringen, da er sie so liebte dass sie wie eine Sternschuppe über den weiten Himmel raste. Sie lächelte, als sie über den Marketingplan für ihn sinnierte. Das Gemälde *Demoiselles de Vienne* war auch als ein Geschenk für Tommy gedacht, aber sie würde es für sechstausend pro Panel kaufen. Dies wäre eine ebenso große Überraschung für Pablo, als auch für Tommy. Vielleicht könnte es Tommy für einen Profit verkaufen und die Galerie hätte ihr erstes Kapital in ihren Büchern zu verzeichnen. Als sie sinnierte und ihre Ideen mit Pablos Gemälde ihrer Kuratorin zusandte, war sie schon am halben Weg nach Shanghai.

Pablo hatte die Kopien von Lisas Originalen, die aus ihrer Familienkollektion waren, fertiggestellt. Sie war über das Copyright gut informiert. Jedoch verkaufte sie die Gemälde als Produkt Wiener Kunst und wurde darüber nie befragt. Lisa war eine gewiefte Geschäftsfrau und bestrebt ihr Geschäft auszubauen, solange sie die Gelegenheit wahrnahm. In Shanghai fühlte sie sich wohl. Die Stadt hatte eine Atmosphäre für den Handel und sie florierte in ihr, da sie sich gerne mit ihren Klienten unterhielt, die ihr immer wieder neue Klienten vorstellten. Ihre Verkaufsziffern waren gut und würden diesmal mehr anwachsen, da sie sehr erfolgreich war, dank ihrer chinesischen Agenten. Ihr Besuch war für sie eine Routine und dank ihrer freundlichen Mitarbeiter, war ihre Ausstellung immer ausverkauft. Sie hatte eine Vereinbarung zum Abendessen mit ihrem Agenten, aber sie war ungeduldig wieder zu ihrem Lieblingsprojekt zurückzukehren: Art Shop Paris, das in vierzehn Tagen eröffnet werden sollte. Sie ersuchte ihren chinesischen Agenten eine Liste der Kunstsammler anzufertigen, die an französischer Kunst interessiert waren. Dies wäre ein neuer Blickpunkt den sie erwägen sollte, als sie vorhatte den Künstler Guy mit Pablo für dieses Projekt zusammenzubringen. Sie würde diese Ausstellung in einigen Tagen schließen und sie sandte E-Mails an alle ihre Helfer, Mitarbeiter und Freunde, indem sie schon ihre eigene Öffentlichkeitsarbeit vorab startete.

Pablo wurde in Paris vor dem Wochenende erwartet, wie Lisa es ihm vorgeschlagen hatte. Er hatte sein neues Tablet, als Geschenk von ihr, sein neues Spielzeug, das er immer bei sich trug. Sie kommunizierte mit ihm andauernd: „Pablo bringe dein Gemälde persönlich mit dir mit", schrieb sie. „Natürlich", antwortete er. „Ich sehe dich in Paris, meine Liebe". Danny packte die vier Gemäldeteile vorsichtig in Luftkissenpolster ein und invertierte sie, die bemalten Seiten alle nach innen. Ein Griff aus Pappkarton erleichterte das Tragen. Viki buchte ihm einen Alitalia Flug am späten Morgen und er würde in eineinhalb Stunden am Flughafen Charles de Gaulle landen. Perfekt, dachte er, Viki war ein Star. Sobald er an Bord war würde er Lisa informieren. Eine hübsche Stewardess wies ihn zu seinem Sitz und er ersuchte sie seine Gemälde vorsichtig in einen gesicherten Schrank aufzubewahren, da sie sehr wertvoll waren. Er beobachtete sie beim Verstauen und war zufrieden. Dann erst setzte er sich zurück und entspannte sich. Er döste etwas als das Flugzeug sich gemächlich auf der Rollbahn zum Abflug bereitmachte. Als das Flugzeug sich in der Flughöhe festlegte, kam die Stewardesse mit Petite fours und Champagner. Sobald das Freizeichen für persönliche Kommunikation freigegeben wurde, wählte er seine Verbindung mit Lisa.

„Hallo Darling wo bist du?“

„Ich bin in den Lüften und nippe am Champagner“. Pablo lachte und Lisa kicherte.

„Gut gemacht. Wann bist du hier?“

„In eineinhalb Stunden“.

„Hast du deine Malerei mit dir?“

„Was für eine Frage. Natürlich. Es ist sicher verstaut“.

„OK. Guy wird dich vom Flughafen abholen. Er wird dein künstlerisches Interface in Paris sein“.

„Gut Lisa, Bussi. Seh dich bald“.

„Bussi“. Sie legte auf.

Der Alitalia Flug landete wie vorgesehen auf dem Rollfeld vom Charles De Gaulle Flughafen. Fantastisch, dachte Pablo, der Silbervogel ist gelandet. Er bewegte sich und bereitet sich vor, um rechtzeitig aus der Maschine herauszukommen. Er sprach zur freundlichen italienischen Stewardess und erklärte ihr seine Situation. Sie versprach ihm sein Packet mit den Gemälden vorzubereiten, sodass er, sobald sich die Ausstiegsluke öffnete, sofort aussteigen konnte.

Seine Gemälde in der Hand, war er schnell durch den Ausgang in die Halle und sah sich nach Guy um. Dann erblickte er einen jungen Mann mit Schnurbart der eine Tafel hochhielt: Willkommen Pablo Pozsony. Interessant, dachte er, Lisa hatte ihm einen neuen Namen gegeben der zu Picasso synonym war. Er winkte Guy zu, der ihn erkannte, wahrscheinlich von einer Fotografie die Lisa hatte.

„Willkommen in Paris“, sagte Guy. „Ich nehme dir die Tragtasche ab“.

„Danke Guy, ich werde die Gemälde tragen“. Guy redete die ganze Zeit.

„Wie ist das Art Shop in Wien?“

„Es macht gut, aber ich bin die meiste Zeit in Bratislava“.

„Oh, wie ist es dort?“

„Freundliche Leute, eine nette Stadt, schön in der Innenstadt zu leben…“

In der Parkgarage angelangt, öffnete Guy den Kofferraum des kompakten Citroens und Pablo platzierte sein Gemäldepaket damit es flach lag. Er zog es vor seine Tragtasche auf dem Hintersitz zu stellen. Sie fuhren los. Guy sprach erst als er sich in den Fließverkehr eingeordnet hatte.

„Und jetzt eröffnen wir Art Shop Paris. Madame Lisa erwartet dich…“ Er pausierte. Guy sprach gutes Englisch mit einer leichten Färbung eines französischen Akzents, das angenehm zu hören war, dachte Pablo. Guy sprach weiter. „Sie möchte schon dein Gemälde hängen sehen“.

„Ich bin froh hier zu sein“, sagte Pablo, „ich erinnere mich an meine Zeit als Student hier“.

„So, du hast Paris bereits besucht?“

„Ja, ich erinnere mich am Montmartre, La agile Lapin, die Arrondissements um das Linke Seineufer, Contrescarpe, Montparnasse…“

„Du bist herumgekommen…“ schnitt ihm Guy seine Aufzählung bekannter Pariser Sehenswürdigkeiten ab.

„Ich war im Louvre, im Museum für Moderne Kunst…“

„Nun, das ist super“, sagte Guy und benützte amerikanische Wörter. „Da bleibt nicht mehr viel was ich dir zeigen könnte“. Pablo räusperte sich.

„Nun, eine Menge hat sich hier seitdem verändert und viele moderne Gebäude sind erfolgreich fertiggestellt worden". Guy nickte und konzentrierte sich mit dem dichten Pariser Verkehr zurechtzukommen. Hie und da murmelte er ein bekanntes Fluchwort, wenn ein Auto vor ihm sich eindrängte. „Wir sind bald im Le Marais Distrikt", sagte Guy und Pablo konnte einige Sehenswürdigkeiten in der Distanz wahrnehmen, die durch die Ausrichtung der Straßen sichtbar wurden.

Guy lenkte den Wagen geschickt durch das Gedränge des Pariser Verkehrs. Durch einen plötzlichen Stillstand gezwungen, überprüfte er seinen elektronischen Navigator. „Nun", sagte er „die Galerie befindet sich in einem Bezirk, wo die meisten erstklassigen Galerien gelegen sind". Er sah zu Pablo hinüber. „An das Marai Arrondissement", kommentierte Pablo, erinnere ich mich gut, weil ich dort in einem Bistro ausgezeichnet gegessen habe". Guy lachte. „Ja, ist schon möglich, es gibt dort gute Plätze". Der Verkehr bewegte sich wieder, als er sein Linksabbiegen anzeigte. „Dies ist die Rue Vieille du Temple. Wir sind gleich da". Guy fuhr durch eine Einfahrt in einen Hof und parkte den Citroen auf einem reservierten Parkplatz. Er nahm Pablos Handgepäck, während Pablo seine Gemälde aus dem Kofferraum holte. „Dieser Art Shop ist gut gelegen", sagte Pablo.

„Ja, Madame Lisa hat sehr gut gewählt", sagte Guy. „Lass uns den Hintereingang nehmen". Guy öffnete die Tür mit seinem Schlüssel. Als sie vom Liefereingang hervortraten, sahen sie eine blonde Frau herumeilen. Sie bemerkte Guy und Pablo und rief Lisa, die heraneilte um Pablo zu begrüßen.

„Hallo mein Lieber", sie küsste Pablo. „Ich bin froh dass du da bist".

„Ich bin erfreut hier zu sein". Pablo küsste sie zurück.

„Wir haben vor dem großen Tag noch immer einen Wirbel hier. Pablo nickte.

„Kann ich helfen?“

„Nun ja! Dein Gemälde“. Sie nahm Pablo das Paket ab. „Komm lass uns sehen wo wir es hängen werden“. Pablo ging hinter ihr nach. Sie bewegte sich wie Quecksilber. In der Eingangshalle blieb sie stehen. Sie legte die Leinwände auf einen großen Glastisch und Pablo half ihr mit dem entpacken. Lisa ging zum Eingang. „Es sollte durch die Glastür gesehen werden und Interesse erwecken als man in die Eingangshalle hereintritt, wo die Besucher sich versammeln und wo die Ansprachen gehalten werden“. Sie ersuchte Guy eine Leiter zu bringen. Die blonde schusselige Frau erschien. „Pablo, das ist Marguerite“, stellte sie Lisa vor.

„Ich habe schon viel über dich gehört“, sagte sie und küsste seine Wangen.

„Ich hoffe gute Dinge“, Pablo lachte. Lisa wollte dass Marge Pablo beim Hängen helfen sollte.

„Ich denke dass dies ein guter Platz ist. Wir haben gegenüber die informelle Sitzgruppe, so könnte man es studieren“. Guy kam mit der Leiter, stellte sie auf und bewegte sich hoch. Pablo reichte ihm das oberste linke Panel. Er hielt es gegen die Wand. „Da!“ rief Lisa und Marge stimmte überein. „Pablo?“ Er überprüfte die Raumproportionen und sah es etwas anders.

„Ich würde sagen etwas nach rechts“. Guy machte Bleistiftmarkierungen und gab das Panel Pablo zurück. Er nahm einen Hammer und einen Stahlnagel und klopfte den Nagel in die Wand. Dann verlangte er von Pablo wieder das Panel und hängte es. Pablo reichte ihm das linke untere Panel und Guy markierte den oberen Rand auf der Wand, maß die Distanz von der Ecke des Panels zum unteren Teil des inneren Rahmens. Dann platzierte er den

Nagel in der Mitte zum oberen Panel und schlug den Nagel in die Wand. Pablo reichte ihm das linke untere Panel und Guy setzte es in die Position. Da Pablo wollte, dass die Paneele eng aneinander saßen, musste Guy die Nägel etwas aufwärtsgerichtet einschlagen. Nach einigen feinerem anpassen saß das Vier-panel-werk ganz eng und passte genau zusammen. Jetzt erst sah das Quadritych wie ein einziges Gemälde aus. Guy adjustierte die Zweckbeleuchtung von der elektrischen Schiene. Es war spektakulär mit reinen Farben die durch die LED Zweckbeleuchtung hervorgehoben wurden.

Marge und Lisa stimmten mit Pablos Positionierung überein und diskutierten das Gemälde. Es sollte allein stehen und nicht zu Picasso referenziert werden, sagte Marge. Man könnte es als Hommage zu Picasso erwähnen, aber hauptsächlich war es ja ein Geschenk an das Art Shop und ihre Besitzer. „Gut gedacht", stimmte Lisa überein. Pablo sagte nichts. Er saß in einem ‚Kandinsky-Stuhl', entworfen von Marcel Breuer. Er hatte eine starke Beziehung zu seiner Malerei und betrachtete es aus einer Distanz.

„Wir haben soeben den 135-sten Geburtstag von Picasso gefeiert", sagte Guy „so wird da eine gute Referenz zu den *Demoiselles de Vienne* sein, da sie ja eine Hommage an einen der größten modernen Maler des 20.-sten Jahrhunderts ist". Pablo stimmte ihm zu. „Nun, da der Name des Gemäldes eigentlich alles aussagt, ist dadurch genug Referenz, nicht?" Sagte Pablo. "Ich „stimme mit Pablo überein", sagte Lisa und ersuchte Pablo zu ihrem Büro im neuen Halbstock zu kommen. Sie hatte es kürzlich installieren lassen.

„Du hast eine sehr gute Arbeit geleistet, Pablo", sagte sie als sie die Tür schloss, sich umdrehte und ihn küsste. Lisa schmeckte süß. „Großartiges Parfum", sagte er

„Poison", sprach sie auf Französisch und lächelte. Pablo küsste sie.

„Charmant von dir vergiftet zu werden, Lisa" witzelte er. Er hörte nicht auf sie zu küssen.

„Ich muss noch einige administrative Arbeiten hinter mich bringen, mein Lieber". Pablo ließ von ihr ab. „Aber heute Abend werden wir eine gute Zeit haben, nicht?" Sie hatte ein verschmitztes Lächeln um ihre Lippen und Pablo spürte dass sie etwas im Schilde führte.

„Natürlich Lisa. ich werde Guy helfen".

„Nett von dir. Übrigens, bevor du gehst. Art Shop Paris möchte dein Kunstwerk kaufen und dir eine stattliche Summe dafür zahlen". Pablo war sehr glücklich Er machte einige Tanzschritte. „Aber…", natürlich stand noch die erforderliche physische und emotionelle Arbeit für die Verhandlungen bevor, dachte er „…wir könnten das heute nachts tun. Denkst du nicht Pablo?" Er pausierte und seufzte, aber Lisa wartete noch auf seine Antwort.

„Gut", sagte er nach einer Weile, als er in Lisas ungeduldigen Gesichtsausdruck blickte.

"Natürlich! Mann bin ich ausgehungert!" Lisa lachte.

„Dafür gibt es Soforthilfe. Ich werde Marge ersuchen uns einen Tisch in einem nahen Bistro zu buchen. Da gibt's exzellente Gerichte".

„Seh' dich später Lisa". Pablo ging zur Tür.

„Ich sehe dich gleich unten", sagte sie und telefonierte mit Marge.

Pablo ging hinunter und suchte die Toilette. Als er erfrischt zurückkam, ging er an einem Fenster vorbei. Ein großer dunkler Mann mit einer dunklen Sportkappe sprach mit einer Frau. Er blieb stehen. Das Gesicht des Mannes war ihm bekannt. Warte, sagte er zu sich – Das ist doch der Mann aus Bratislava. Hm, sinnierte Pablo, was macht der Kenianer in Paris? Noch dazu nahe des Art Shop Paris, das bald geöffnet wird? Ist er mit Louise hier? Dies machte Pablo Sorgen. Er telefonierte mit Danny.

„Hallo Danny, kannst du reden?"

„Ja, ich bin im Workshop und mache einige Kopien fertig".

„OK, hör zu. Ich sah eben den Kenianer. Ich bin besorgt. Danny räusperte sich. Schlechte Erinnerungen wurden in seinem Kopf wachgerufen. „Ich komme morgen und erzähle dir was ich noch herausfinden konnte".

„OK. Wann kommst du an?"

„Um 11:30".

„Ich hol dich vom Flughafen ab". Pablo klappte sein Mobiltelefon zu als er in das Foyer ging, wo Lisa und Marge auf ihn warteten.

„Dies ist ein großartiges Bistro", sagte Pablo. Er saß zwischen Marge und Lisa, die ihren Fuß nahe seinem stellte. Marge organisierte einen guten Tisch inmitten eines trendigen Bistros, da sie mit dem Besitzer befreundet war. Der Besitzer, ein junger algerischer Franzose begrüßte Marge, die ihm ihre Freunde vorstellte. „Albert, dies sind meine Freunde, Lisa und Pablo". Er begrüßte sie höflich und Marge bestellte einige Käsesandwiches, Rotwein und Wasser. Sie hatte noch viel Arbeit zu erledigen und blieb nur um etwas zu essen, dann wieder zurück zur Galerie, da sie die Tischler erwartete, die noch einige Arbeiten abschließen mussten.

Lisa sprach über die Voreröffnung für die Sponsoren und wollte von ihr eine endgültige Liste. Sie würde die Liste noch heute Abend an Lisa mit E-Mail senden. Sie war über ihre gemeinsamen Bemühungen freudig überrascht, so viele Sponsoren und vermögende Kunstsammler aus allen Lebensbereichen zu finden. „Wir haben ein Buffet

Lunch für eine selektive Gruppe. Wir haben auch für Sicherheit und für das Scannen der Gäste gesorgt Zu dieser Veranstaltung sind nur seriöse Kritiker eingeladen und keine Pressefotografen".

„Ich freue mich darauf", sagte Lisa. „Der Repräsentant des französischen Kulturministeriums wird kommen, der slowakische Botschafter und der österreichische Konsul".

„Gut gemacht ihr schönen Frauen", sagte Pablo und beide dankten ihm. „Ihr habt eine fantastische Arbeit in kurzer Zeit geschafft".

„Morgen kommen einige Mitglieder von Mr T's Team vom Art Shop Bratislava und vom Art Shop Wien", sagte Pablo.

Lisa hatte ihr Sandwich vertilgt und entschuldigte sich. Pablo erhob sich und verabschiedete sich von ihr. Marge dankte Lisa, küsste ihre Wangen, sagte ‚Au revoir' zu Pablo und küsste seine Wangen. Lisa spürte dass sie Pablo mochte.

„Bitte schau auf Guy und seine Helfer", sagte Lisa.

„Ich werde es", sagte sie und winkte Albert, bevor sie ging.

Als sich Pablo niedersetzte schob er seinen Sessel näher zu Lisa. Ihre Beine berührten sich, Pablo nahm ihre Hand und küsste ihre Finger. Sie kam näher und küsste seine Wange. Pablo flüsterte ihr einige französische Wörter zu und Lisa lächelte. Sie tranken ihren Wein aus und Lisa flüsterte Pablo ihre Zimmernummer ins Ohr. „Mhh, schön", erwiderte er leise. „Ich werde da sein!" Dann entschuldigte er sich dass sie gehen sollten. Er begleitete Lisa zum Art Shop. Guy wartete schon um ihn zum Flughafen zu fahren und Danny abzuholen.

22.

Der Flug war etwas verspätet, aber als Pablo und Guy am Flughafen ankamen, wartete Danny schon auf sein Gepäck. Er kam in die Eingangshalle und Pablo winkte ihm. Die Freunde begrüßten sich herzlich. „Das ist Danny", sagte Pablo zu Guy. Sie schüttelten sich die Hände.

„Wie steht es in Bratislava?" Pablo wollte über Dannys Arbeit wissen.

„Alles gut. Ich habe sechs Leinwände kopiert. Du musst nur noch die Feinarbeit und die Ausbesserungen machen".

„Großartig, Danny!" Guy konzentrierte sich auf den zunehmenden Verkehr.

„Nun, über die letzten Entwicklungen, die ich von meinen Freunden habe", begann Danny seinen Report. „Meine Quellen haben eine Verbindung mit einem Detektiv in Paris erstellt. Der Kenianer ist auf ihrer Beobachtungsliste. Er ist involviert in Erpressung und Lösegeldforderungen für gestohlene Kunstwerke".

„Verdammt! Ich wusste es!"

„Was?" rief Danny erschreckt.

„Du weißt dass er um das Art Shop herumgeschnüffelt hat. Er hat etwas vor".

„Ich bin da um das herauszufinden. Jacques wird ihn beschatten". Pablo seufzte.

„Nun, während wir durch Paris fahren, kannst du einige Monumente bewundern, Danny", warf Guy in ihre Konversation dazwischen.

„Danke Guy". Sagte Danny. Als sie bei der Galerie ankamen, hatten sie nicht gemerkt dass eine Stunde verstrichen war. Guy war ein vorsichtiger Autofahrer, aber benützte alle Verkehrslücken zu seinem Vorteil. Danny lobte seine Fahrkünste.

In der Galerie hat das Gebrumme der verschiedenen Subunternehmer aufgehört Danny sah sich die Ausstellung an und betrachtete die Gemälde. Es gab verschiedenen Arbeiten aus Bratislava und Wien aus dem späten 19.Jahrhundert, die Lisa den Parisern vorstellen wollte. Einige Avantgardearbeiten waren in einem separaten Bereich ausgestellt. Lisa fügte einige Aquarelle von Pablos Arbeiten hinzu. Sie hatte diese mitgenommen, als sie Pablos Atelier besuchte.

Danny half Pablo mit dem Arrangement der Sitze für die Voreröffnung für morgen. Dann setzten sie die Regale für die Flyer, Kataloge und Posters zusammen. Dannys Mobiltelefon läutete. Er ging zur Toilette nach rückwärts. „Hallo Louise, danke für deinen Anruf".

„Danny, ich kann nicht lange reden, er ist bald zurück. Triff mich in der Notre Dame in einer Stunde".

„OK, aber komme allein", sagte Danny.

„Natürlich". Sie legte auf. Danny rief Pablo an. „Kannst du in die Toilette kommen?" Pablo verspürte Ärger. „Ich komme". Er beeilte sich nach rückwärts. Danny rauchte. „Ich wusste nicht dass du rauchst!"

„Ich bin nervös". Danny erzählte Pablo von seinem Termin".

„Nimm ein Tonbandgerät mit. Wir brauchen alle Evidenz die wir kriegen".

„Ich nehme Jacques mit, nur für den Fall".

„Gute Idee, Danny". Pablo machte sich Sorgen. Etwas war los und er wollte darüber nicht spekulieren. „Berichte zurück und ruf mich sofort an, wenn du Hilfe brauchst!" Sagte Pablo mit Nachdruck.

Während Pablo mehr niedere Schränke zusammensetzte, half ihm Danny. Er wartete auf Jacques. Als er erschien, stellte Danny ihn Pablo und Lisa vor, die das Sicherheitssystem überprüften. Pablo half Lisa mit dem Testen, von Raum zu Raum, prüften Kamerafunktion und Abdeckung. Schließlich als sie in Lisas Büro endeten, prüften sie ihren Monitor, der alle Kameras anzeigte. Sie war besorgt. „Wird morgen alles gut gehen?" Pablo nahm sie in die Arme und küsste sie. „Natürlich wird es", erwiderte er. Lisas Telefon läutete. „Die Posters sind angekommen", sagte Marge. „Danke Marge".

„Pablo, bitte hilf Marge einige Poster außerhalb und im Eingangsteil des Art Shop aufzuhängen".

„Natürlich", sagte Pablo. „Ich bin schon weg".

Um 21:00 Uhr kam Lisa und inspizierte die Poster, als Pablo den letzten aufhängte. Marge entschuldigte sich. Sie musste gehen. Lisa ersuchte Pablo ihr zu helfen. Das Art Shop zuzusperren und den Alarm zu aktivieren. Guy fuhr sie zum Hotel und würde morgen am späten Vormittag abholen.

Endlich, etwas Zeit zur Entspannung, dachte Pablo und überprüfte sein Mobiltelefon. Er wollte Lisa, mit seinem Beschatten des Kenianers, nicht belasten. „Wir haben einige Evidenz aufgezeichnet", war die Nachricht von Danny. Pablo würde mit ihm später sprechen, wenn er zurückkam.

Lisa arrangierte ein Abendessen in ihrer Suite und lud Pablo zu einem tête-à-tête ein. Pablo hatte sich bedankt und konnte in wenigen Minuten bei ihr sein. Er holte sich die Rosen, die er durch die Rezeption bestellt hatte. Das Bouquet sah wunderbar aus. Er nahm den Aufzug und ging zu ihrer Suite. Er klopfte mit einem vereinbarten Code. „Es ist offen", hörte er Lisa rufen. Er öffnete die Tür und trat ein. Sie hatte die Lichter gedimmt und erschien in einem tief-geschnittenen Seidenkleid, das sich an ihren Körper schmiegte.

„Du siehst hinreißend aus", sagte er und reichte ihr das Bouquet mit den rosafarbenen Rosen. „Mein aufmerksamer Liebhaber. Die sind so wunderschön". Sie nahm eine Kristallvase, ging zum Badezimmer und arrangierte die Rosen.

Lisa war müde, aber hornig. Pablo öffnete den Champagner, aber warnte sie dass er genoss den Kork fliegen zu lassen. Sie lachte. Ihr Geist, wiedererweckt nach dem Genießen von Austern und einem Trunk Champagner, war in Stimmung gekommen. Sie küssten sich. Lisa hat solch ein entspanntes Kuscheln und Küssen für eine längere Zeit vermisst. Pablo konnte ihre Gedanken vom Geschäft weglenken und sie so erfüllen wie sie es am liebsten mochte.

Heute Abend ein großartiges Diner und im Bett kuscheln. Morgen war ein anstrengender Tag für sie. Sie aß ein paar kleine Steaks und marinierte grüne Bohnen, dann etwas Mate Grün-Tee zum Verdauen und ins Bett. Sie ersuchte Pablo eine sanfte Musik zu finden, die sie als Hintergrund, wie ein weißes Rauschen, im Art Shop installieren wollte. Dann küssten sie sich und schlüpften unter die Decke. Lisa konnte nicht einschlafen. Pablo streichelte ihren Körper und bewunderte ihr Derriere. Erst dann schlief sie ein.

Der Morgen des Tages der Vorschau der Ausstellung im Art Shop Paris, mit Kunstsammlern, Würdenträgern, einigen Kunstkritikern und Persönlichkeiten. Im Art Shop Paris waren die Mitarbeiter und Helfer entsprechend gut angezogen und noch einige Anpassungen in letzter Minute werden gemacht. Auf jedem Sitz waren ein Katalog und ein Flyer über die Ausstellung gelegt. Eine spezielle Bewertung von Pablos Gemälde wird für die allgemeine Eröffnung erwartet. Lisa und Marge sind mit endgültigen Vereinbarungen der genehmigten Caterer beschäftigt. Die vorläufige Bar ist gut beliefert worden und Getränke sind gut gekühlt. Dir Gläser sind gereinigt und stehen bereit auf dem Beistelltisch, nahe der Serviertheke für das Buffet.

Pablo und Danny haben das Sicherheitssystem des Perimeters der Räumlichkeiten geprüft. Private Sicherheitswachen waren auf ihren Plätzen. Ihr Vorgesetzter kontrolliert die Kopfhörerkommunikation. Alles ist für die große Veranstaltung bereit. Die ersten Gäste erscheinen und Lisa, Marge und Pablo, Guy und Viki sind verteilt um die Gäste zu begrüßen. Schade dass Nike nicht kommen konnte, da sie ihren Sohn, wegen eines bösartigen Bienenstiches, ins Spital bringen musste, aber sie wird morgen abfliegen.

Die Ansprache von Lisa ist gut gelungen, gefolgt von einem Mitglied des Kulturministeriums, der die kulturelle Bedeutung der neuen Galerie hervorhebt. Danach mit herzlichen Worten vom Vertreter des Pariser Bürgermeisters, der ein Loblied auf Paris als die Stadt der Kunst singt. In letzter Minute erscheint Mr T, der die Ehre hat ein paar Worte zur Eröffnung der Vorschau zu sagen hat Die Gäste grüßen Mr T, der viele Vertreter der Kunstwelt kennt. Ein Reporter und ein Kunstkritiker von Bratislava führt ein Interview mit Tommy, gefolgt vom Kulturkorrespondenten von Le Figaro und Herold Tribune. Für die offizielle Eröffnung wurden alle Zeitungen und auch das Fernsehen, mit Lisas Übereinstimmung, eingeladen. Tommy wird mit seinem Humor und Witz gut empfangen. Er zeigt auf das Gemälde von Pablo. „Das ist ein großes Kunstwerk und wurde mir gewidmet. Ich schätze das sehr und möglicherweise würde es zum Verkauf angeboten. Alle vernünftigen Angebote werden berücksichtigt. Lisa hat eine Box dafür in das Foyer gestellt". Aber sie hat von Tommy gehört dass er es nicht verkaufen wolle. Vielleicht, wenn der Preis sehr gut ist, wird er es sich überlegen, denkt Lisa. Sie muss allererst alle Kosten für die Eröffnung des Art Shop, sowie die administrativen Ausgaben abdecken.

Tommy genießt es im Rampenlicht mit Persönlichkeiten zu stehen. Sein Charme erobert die Franzosen, da er noch obendrein einige Wörter und Sätze in Französisch spricht. Er nimmt sich etwas Auszeit vom Interviewer. „Ich muss meine Partner begrüßen und auch Picasso". Der Interviewer sieht entfremdet drein, aber dann schaltet er…"oh sie meinen Pablo!" Tommy lacht. „Natürlich!"

Die Feier der Vorschau war ein Erfolg und die rechte Hand vom Bürgermeister betont die enorme Bedeutung, das Art Shop in den Bezirk Marais einzugliedern, da es eine Wiederbelebungsphase durchgeht, einst das geschäftige kulturelle Zentrum von Paris. „Wir werden das Art Shop unterstützen und möge es wachsen und Erfolg haben". Lisa war ermutigt durch den großen Beifall, da es ihre Hoffnung, auf eine gute Zukunft im Herzen von Paris, erhöhte.

Pablo und Danny beobachteten die Peripherie der Feier und gingen zeitweise durch die anliegenden Ausstellungsräume und die Toiletten. Die Hintertür war mit einem Alarm gesichert. Sie war mit dem Sicherheitsraum verbunden, wo Mitarbeiter die Zeremonien beobachteten. Pablo bemerkte dass Marge sich eigenartig verhielt und erkundigte sich ob es ihr gut gehe. Sie beklagte sich über Kopfschmerzen, aber sie hatte ein Medikament eingenommen. Jedoch wenn Pablo die Kamera auf sie fokussierte, konnte sie nicht sehr gut mit ihrem irritierendem Benehmen umgehen. Sie sprach kaum mit Besuchern, außer mit einem dunklen Mann, der mit ihr am Ende der Veranstaltung die meiste Zeit mir ihr verbrachte.

Lisa wollte Pablo sehen und sich für seinen Beitrag zu bedanken. Sie lud den Vertreter des Bürgermeisters zum Abendessen ein. Tommy würde sie begleiten. „Ich möchte dich gerne am späten morgen zum Frühstück erwarten", flüsterte sie ihm zu. „Oh, gerne", flüsterte Pablo zurück, „halte das Bett warm". Lisa lächelte und ging. Er sah ihr nach und erfreute sich an ihrem leicht-geschwungenem Gang, den sie sich als Model aneignete. Morgen, nach dem Frühstück würde er versuchen die Verhandlungen über sein großes Gemälde abzuschließen, da es sehr gut ankam. Danny unterhielt sich mit Viki, seiner bevorzugten Frau. Pablo dachte daran sie beide auszuführen. Er kannte einige Lokale am Linken Seineufer, wo die ganze Aktion in der Nacht stattfindet. Er wollte Marge auch einladen, aber sie hatte eine Verabredung. Eigenartig, dachte Pablo, als er ein Taxi bestellte. Marge schloss die Galerie ab, aktivierte den Alarm und wünschte ihnen eine gute Nacht.

Das Taxi brauchte zehn Minuten bis zum Boulevard Saint-Germain, vorbei an der Universität zu dem berühmten Café, Deux Magots, wo eine riesige Menschenmenge sich am Essen und Trinken erfreute und den Gehsteig komplett überflutete. Viki, die etwas Französisch sprach, konnte einen Tisch bestellen, der die Place Saint-Germain des Pres überblickte. Während Danny sich mit Viki unterhielt, verblieb Pablo in einem reflektierenden Zustand. Das Summen der Stimmen war für ihn genug. Er lehnte sich in seinem Sitz zurück, schloss seine Augen und sah wie Ana vor ihm gestikulierte. Ein schalldichtes Glas trennte sie und da er sie nicht hören konnte, versuchte er ihre Lippen zu lesen, was er als Kind erlernt hatte. Gefahr, las er, Gefahr, berauben…Er rührte sich als Viki einen Arm um ihn legte. „Was?“ Schreckte er auf. Danny und Viki lachten. „Du hattest einen Tagtraum“, sagte sie.

„Warum hast du gelacht?“

„Weil du Gefahr und beraub...“ gesagt hast. Wahrscheinlich beraubt“, sagte Viki. Pablo entschuldigte sich und ging zur Toilette hinunter. Die Wendeltreppe war eng und vorbeigehen war nur mit schlanken Personen möglich. Pablo wusch sich sein Gesicht mit kaltem Wasser. Als er die Toilette verlassen wollte, kam gerade ein großer dunkler Mann in die Toilette. Pablo erstarrte und konnte noch sein Gesicht vor dem Spiegel hinunterbeugen. „Der Kenianer!“ raste es durch sein Gehirn. Sein Inneres schrie auf und alle Alarmglocken schlugen an. Als der Kenianer eine Zelle betrat, verließ Pablo die Toilette in großer Eile. Als er die Wendeltreppe hochging, musste er stehenbleiben. Eine junge Frau hatte sich auf seinen Sessel gesetzt und unterhielt sich mit Viki und Danny. Pablo ging langsam auf seinen Tisch zu. Er nahm sein Mobiltelefon und kontaktierte Danny.

„Ja?“, sagte Danny.

„Ich muss mit dir dringend sprechen. Komm zum Café Deux Magot hinein, ich bin hinten“. Danny beeilte sich mit einem Taxi zu Pablo. Er sah Pablo im Café. „Was ist los?“

„Ich habe gerade den Kenianer im Untergeschoss gesehen. Er wird bald zurückkommen. Bitte rufe deinen Freund und Detektiv an und beschattet ihn!“ Danny verschwand und kontaktierte seinen Freund.

Pablo ging zu seinem Tisch zurück. Die junge Frau saß noch immer auf seinem Platz. „Oh, ich habe nur ein wenig ausgeruht“, sagte sie. „Sie sind willkommen auf meinem Schoß zu sitzen“, sagte Pablo und Danny, der zurückkam, musste lachen. „Danke für das Angebot, ich werde es probieren“. Sie stand auf. „Ich bin Sue“, sagte sie „und ich habe gehört dass sie Pablo sind“. Pablo nahm ihre Hand.

Er setzte sich hin und Sue setzte sich auf seinen Schoß. Sie erzählte ihm über ihr Studium. Pablo hörte zu. Viki wollte zum Hotel zurück und rief nach einem Taxi. „Wir haben einen schwierigen Tag morgen, ich sehe euch beim Art Shop". Danny entschuldigte sich, da er seinen Freund im Café de Flore treffen wollte. „Ich werde es dir wissen lassen, ob wir erfolgreich waren", sagte er zu Pablo und ging über die Straße.

Pablo war froh dass er endlich mit Sue allein sein konnte. Ein neues frisches Gesicht und eine junge Frau voll mit Enthusiasmus. Sie redete. Er hörte zu. Dann musste Sue gehen, da sie morgen früh eine Klasse in Philosophie hatte. „Ich würde mich gerne mit dir mehr über Philosophie und das Schreiben unterhalten", als sie sich zum Gehen wandte. Sie gab ihm ihre Visitenkarte. „Danke Sue, ich rufe dich morgen Nachmittag an, wenn ich meine Arbeit in der Galerie erledigt habe".

„Großartig", sagte sie „Ich habe nur über mich geredet seit ich dich getroffen habe. Ich möchte gerne über dich hören".

„Natürlich", erwiderte Pablo „ich hoffe du wirst es ebenso interessant finden". Sie lächelte. „Ich weiß ich werde es". Sie küsste seine Wangen und ging den Boulevard hinunter. Was für eine süße junge Frau, dachte Pablo, es gab kein Wort über materielle Dinge. Sie muss von einer guten Familie sein, da sie ein aristokratisches Flair ausstrahlt, heutzutage ungewöhnlich. Aber wie unsere Stimmungen übereinstimmten! Er rief den Ober, zahlte und winkte ein Taxi nieder. Er reflektierte über den Tag. Während das Taxi über den Pont Sully fuhr, bewunderte er die beleuchtete Fassade der Notre Dame du Paris. Als das Taxi einbog, konnte er die Lichter auf einem Sightseeing Boot sehen. Als sein Taxi in die Rue Saint-Louis en l'Ile abbog, sah er auf seiner Uhr dass er noch eine gute Nachtruhe vor sich hatte, bevor er Lisa zum Frühstück treffen würde. Er bezahlte den Fahrer und ging in ihr Hotel.

Er erwachte als er Lärm hörte. Die Verbindungstür zu Danny war zu. Er prüfte seine Uhr und erhob sich. Nachdem er geduscht hatte, hatte er noch etwas Zeit bis er Lisa aufsuchen würde. Er würde sie anrufen, wenn er fertig wäre. Dann erinnerte er sich dass er an der Rezeption eine langstielige rote Rose verlangt hatte. Sein Telefon läutete. Seine Rose werde ihm eben hinaufgebracht, sagte die Rezeption. Großartiges Service, dachte er. Die Angestellten waren freundlich und effizient. Es klopfte an seiner Tür. Er nahm einige Münzen von seinem Nachttisch und ging zur Tür. Als er die Tür öffnete stand die Frau vom Hotelservice vor ihm mit der Langstämmigen Rose, so wie er es bestellt hatte: eingewickelt in Seidenpapier mit einer roten Masche. Er gab ihr Trinkgeld. Sie bedankte sich und ging. Er kleidete sich sorgfältig an. Weißes Hemd, hellblaue Chinos mit einem Straußenledergürtel. Noch das Blaugemusterte Halstuch ins Hemd gesteckt. Er war für sein tête-à-tête bereit. Dann wählte er ihre Telefonnummer. Lisa schlief noch, aber als sie sich drehte wusste sie dass es ihr Liebhaber war.

„Guten Morgen, mein Lieber".

„Hallo Lisa. Ich hoffe ich habe dich nicht allzu früh geweckt". Sie seufzte.

„Nein, ganz und gar nicht. Bitte komm zu mir". Sie hängte auf. Er gab ihr zehn Minuten sich frisch zu machen. Dann nahm er die Rose und ging die Passage zu ihrer Suite hinunter. Er klopfte drei Mal und wartete. „Komm herein!" Pablo drehte den Türgriff und trat in ihre Suite ein. Lisa saß auf einer roten Ledercouch. „Hallo Lisa", sagte er.

„Hallo mein Liebhaber" gurrte sie, „komm zu mir". Er ging zu ihr und als sie sich erhob, öffnete sich ihre Seidenrobe und zeigte ihre wunderschönen Beine bis hinauf zu ihrer haarlosen Falte zur Muschi.

„Du siehst hinreißend aus, Lisa", sagte er. „Ich habe etwas für dich". Er überreichte ihr die Rose. „Oh, diese Rose ist einfach herrlich", gurrte sie.

„Genauso wie du". Sie küssten sich.

„Ich werde sie in eine hohe Vase geben", sagte sie und ging mit kleinen schnellen Schritten ins Badezimmer. Er folgte ihr. Als sie die Badezimmertür passieren wollte, umarmte er sie zuerst und küsste sie dann. Seine Hände lösten ihre Seidenrobe von ihren Schultern und sie fiel sanft wie eine Feder zu Boden. Er hielt sie eng an sich gepresst, mit einer Hand auf ihrem gut-geformten Po und er streichelte sie innig. Lisa stöhnte. Sie hatte solch einen Liebhaber für eine lange Zeit nicht mehr gehabt und die Chemie zwischen ihnen war elektrifizierend.

„Komm in mein Bett", flüsterte sie und nahm Pablos Hand. Mit ihrem plötzlichen Tauchen landete er in ihrem Bett. Sie fiel über ihn her und zerrte seine Hose hinunter. Da er keine Unterwäsche trug, war sie in ihrer Hitze überall an seinem Körper.

„Ich bin hungrig für dich Pablo, Künstler und Poet, verdammt guter Liebhaber so wie ich es liebe…Lass mich sehen wie es dir geht", flüsterte sie auf seinem Körper hinunterging und ihn mit ihrer Zunge über seine Hüften glitt, bis sie seinen Penis erregte. „Oh, du bist gesund und wächst noch mehr!" Er musste lachen.

„Lisa, du Zaubere mit dem Zungenspiel, süße, die von deinem ganzen Körper ausstrahlt, Bringerin der Freude und des Glücks, lass mich auch dich lieben". Sie ersuchte ihn ihre Muschi zu schmecken und dann ihren Anus zu befeuchten.

„Schlüpf rein, schlüpf jetzt hinein!" Schrie sie als er sich positionierte, zunächst penetrierte er sie von vorne um sie einige Zeit zu spüren, aber dann drehte er sie herum und hob ihren Hintern, bevor er in ihren Anus eindrang. Diesen Morgen war für Lisa kein Zurückhalten mehr. Sie schrie und stieß wie ein wildes Tier herum, das gefangen war und niedergehalten wurde, bevor sie aufgab und fertig wurde. Pablo geriet nie ins Wanken, er hatte eine gute, ruhige und friedliche Nacht verbracht, während Lisa sich extrem aufgeregt benahm. Jedoch, wann immer sie Sex wollte, sowie sie es mochte, war er der ideale Partner für sie.

„Bitte Pablo…verlass mich nie…" seufzte sie, immer noch mit schwerem Atmen. Pablo hatte inzwischen seinen Abschnitt animalischer Lust erreicht.

„Nein, warum würde ich meine Liebe…"seufzte er zurück…"Ich liebe dich…"

Zufrieden mit ihrer Klimax, streichelte sie Pablo, der still dalag. Er fühlte sich heute unruhig. Aber es mag wohl daran gelegen sein dass Danny ihn nicht zurückgerufen hatte. Er rührte sich nachdem Lisa duschen ging und er sich erhob, aus dem Bett stieg um sich ihr anzuschließen.

„Bitte seif mich ein, mein Lieber", sagte sie als er eintrat.

„Natürlich". Er liebte es ein Duschegel auf ihren gut-proportionierten Körper aufzutragen, ihre Körperkonturen zu bewundern und sie neu zu formen, wie ein Bildhauer den geschmeidigen Lehm. Sie war erregt und er küsste sie. Sie sah seinen erregten Penis.

„Setz dich auf die Bank", sagte sie, „lass mich Schoßtanzen". Er hatte eine gute Zeit und sie tanzte wunderbar auf seinem Schwanz, aber er konnte nicht kommen. „Bitte Lisa lass gehen und habe noch eine Klimax!" Er genoss ihre Bemühungen auf ihm, die sie schlussendlich zu ihrer Klimax bringen würde.

„Ah“, stöhnte sie und seufzte. „Es ist ein wunderbares Gefühl es unter einem warmen fließenden Wasser zu machen“. Er lächelte. Lisa war vielleicht pingelig und komplex, aber unkompliziert in sexueller Liebe.

Lisa servierte ihm ein Königsfrühstück. Es war außerordentlich: Austern und Champagner. Sein Mobiltelefon läutete. Er nahm es aus seiner Hemdtasche. „Pablo komm schnell, hilf uns…Jacques wird dich in fünf Minuten vom Hoteleingang abholen“. Pablo ließ seine Gabel fallen und entschuldigte sich bei Lisa. „Es ist dringend, ich muss Danny treffen“.

„Was ist es?“ Lisa klang alarmiert.

„Ich werde dich anrufen sobald ich mehr weiß“. Er küsste sie, beeilte sich zur Tür und lief die Treppen hinunter, indem er zwei Stufen gleichzeitig nahm.

23.

Als er vom Hoteleingang herausstürmte, stoppte Jacques seinen Renault am Randstein.

„Bon jour Jacques“, begrüßte ihn Pablo.

„Bon jour Pablo. Gutes Timing“.

„Nun, erzähle mir was los ist“. Jacques fuhr schnell und musste sich konzentrieren. Pablo fühlte sich unbehaglich und er wechselte seine Sitzposition.

„Wir sind in der Nähe der Großen Moschee von Paris“, sagte Jacques, „und bald am Place Monge. „Ich werde dir unseren Plan erklären wenn ich das Auto geparkt habe“. Er fand eine Parkmöglichkeit entlang einer Seitenstraße und parkte sogleich.

„Möglich dass alle jetzt in der Moschee beten", murmelte er. „Komm Pablo, wir treffen Danny hier". Er zeigte auf ein heruntergekommenes Gebäude das reparaturbedürftig war.

„OK". Sagte Pablo. Danny stand im Eingang eines Hauses mit einem Packet in der Hand. Er rauchte mit nervöser Art seine Zigarette.

„Hallo Danny", grüßte ihn Pablo. „Ich habe auf deinen Bericht gewartet…"

„Komm schnell", schrie Jacques, „er könnte bald hier sein!" Sie beeilten sich zu Jacques Auto und stiegen ein. Pablo folgte, aber langsam kam es zu ihm „Nein", sagte er.

„Ja", sagten beide, „Aber es ist wieder da!" Danny sagte „Entspanne dich Pablo, wir werden dir alles erklären…"

„Alles wann, wenn wir tot sind?" Pablo war zornig mit dieser Geheimtuerei.

„Nein", sagte Jacques, wir folgen nur einem logischen Schrittverfahren in dieser Angelegenheit von Erpressung und kriminellem Benehmen". Pablo schwenkte seine Arme. „Schon wieder dieser verdammte Kenianer?" Danny saß schweigend

„Wir müssen zuerst Louise finden". Pablo bewegte wieder seine Arme.

„Ist sie auch involviert?" Danny schluckte. Jacques fuhr wie verrückt. An einer Ecke winkte eine Frau mit ihrem Arm.

„Es ist Louise", bellte Jacques, „sie ist pünktlich!"

„Sie muss es sein", rief Danny drein, „er wollte sie töten!" Pablo saß nun und stoppte, in dieser schicksalhaften Fahrt, wie er es nannte, mit seinen Armen herumzufuchteln.

„Hallo alle", grüßte Louise, sprang in den hinteren Sitz neben Pablo und küsste seine Wange.

„Hallo Louise", sagte Pablo, „sag mir was los ist!" Sie schluckte.

„Ich muss mit Jacques zu einem Safe Haus". Jacques stoppte seinen Renault bei einer Parkgarage. „Pablo und Danny, bitte geht zu der Metro Station Beucicaut. Ich muss Louise in Sicherheit bringen, chop-chop". Die beiden Freunde eilten sofort weg. Mittlerweile ersuchte Danny dass Pablo das grob-verpackte Packet übernehmen sollte. Er griff nach dem Packet mit dem braunen Packpapier und ging neben Danny her, der seine Hände in den Taschen seiner Jacke vergrub.

„Ich weiß Pablo, dass dir all dies als verrückt vorkommt, aber wir mussten es unkommunikativ halten, da sie unsere Konversationen überhörten".

„Wer sind sie?" Pablo wollte Detail. „Ich werde dir alles mitteilen, sobald wir unsere kleine Aufgabe erledigt haben. Nur wenn alle Schlösser in der Galerie ausgewechselt worden sind und der Alarm neu eingestellt wurde, werden wir Tommy über unsere Maßnahmen informieren. Ich schlage vor dass du das tust, Pablo". Er nickte.

„Wer hat das Gemälde gestohlen?"

„Nun, wir wissen noch nicht wer, aber Louise teilte mir mit dass der Kenianer ein Packet in seiner Wohnung versteckt hatte". Pablo nickte. „Eine Angestellte hatte einen Schlüssel", sagte er, „und ich vermute dass Marge involviert war". Danny sah erstaunt aus. Sie hatten bereits die Metro genommen und fuhren Richtung Stadtmitte. Während Danny die Linien prüfte, Passte Pablo auf sein Packet auf. Es gab immer Gangster, die das Packet eines Mannes stehlen wollten. Endlich erreichten sie die Rathaus Station, kamen zur Rue Rivoli hoch, gingen weiter östlicher Richtung und bogen links in die Rue Vieille du Temple. Pablo wollte Lisa sprechen. Sie war gerade am Weg zum Art Shop.

„Wir müssen die Demoiselles wieder hängen", sagte er, „ich werde dir später darüber berichten". Er hängte auf. Das Art Shop war in Sichtweite. Viki wartete schon auf Lisa.

„Hallo Viki", grüßte Danny und küsste sie.

„Hallo zu dir", erwiderte sie. Lisa kam an und parkte im Hof. Sie entsicherte den Alarm und sperrte die Tür auf. Alle folgten ihr.

„Warum seid ihr so früh da?" Sie schien erstaunt. „Und was war so dringend für Pablo?" Er kam ihr näher und küsste sie.

„Das dringende war über das wiederaufhängen des Gemäldes".

„Fiel es von der Wand?" Sie runzelte ihre Stirne.

„Nun, sagen wir es hatte vorübergehend ihre Flügel ausgebreitet". Alle lachten.

„Ich bin froh dass du es wiedererlangt hast und werde dir später darüber erzählen", sagte Lisa mit ernstem Gesicht. Danny holte die Leiter und hängte die Paneele wieder auf ihre Plätze. „Wir hätten es an die Wand nageln sollen!" Murmelte er.

„Nun, wenn du mir darüber erzählen möchtest..." sagte Lisa zu Pablo.

„Ja, ich will, aber zuerst bringen wir die Galerie in Ordnung, dann ladest du uns zum Lunch ein und wir erzählen dir die Geschichte von den Demoiselles".

„Einverstanden", sagte Lisa und ging in ihr Büro um Marge anzurufen, die heute nicht erschienen war. Die Verbindung war auf besetzt. Sie antwortete nicht.

Plötzlich erschien der Schlosser und wechselte alle Schlösser in Windeseile, da die Alarm Spezialisten folgten. Die Einstellungen wurden zurückgesetzt, neu kodiert und überprüft. Pablo, Danny und Viki trugen die Stapelstühle in den Lagerraum. Nachdem Lisa den Schlosser und die Alarmleute abfertigte und ihr Büro verschloss, kam sie zur Eingangshalle. Sie nahm ihre treuen Mitarbeiter zur nahen Brasserie. Intuitiv hatte sie diese gewählt, da Marge nicht zur Arbeit kam. Da sie nun neue Schlüssel hatte, vermutete sie dass jemand die vorherigen Schlüssel missbraucht hatte. Das Essen in der Brasserie war exzelent und die Biere beruhigten ihre Anspannungen.

„Wir mussten dies zwischen Danny und dem Sicherheitsmann belassen", sagte Pablo.

„Siehst du", sagte Danny mit leiser Stimme, „als Pablo mich gestern vom Café anrief dass er den Kenianer gesehen hatte, Traf ich sofort Jacques. Wir beschatteten ihn bis Place Monge, aber plötzlich war er verschwunden. Zu dieser Zeit rannten wir gegen eine leere Wand. Wir gingen in ein Pub und bestellten Bier. Plötzlich rief mich Louise an. Der Kenianer ist fortgegangen, sagte sie, aber sie wusste nicht wohin. Sie hängte auf. Jacques wollte mich zurückfahren, aber durch eine Intuition fuhren wir zur Galerie. Lisa hatte gesagt dass sie Marge mit Jacques, in einem nahen Bistro, das von einem Algerier geführt wurde, mit ihm bekannt machen wollte, aber als wir zur Galerie kamen, war das Gemälde mit den Demoiselles bereits von ihm gestohlen worden. Wir besprachen uns und dachten nach wohin er das Packet mit den vier Gemälden wohl verstecken konnte. Dann kamen wir zu der Idee, dass er es wohl in der Nähe seiner Wohnung verstecken würde und wollten zur Polizei fahren. Aber Louise rief wieder an. Sie sagte dass er Rauschgift konsumierte und sie wieder geschlagen hatte. Wir ersuchten sie sich zu beruhigen, da wir zur Polizei gingen. Nein, nein, flehte sie uns an, er würde mich töten. Er war gerade hier mit einem großen verpackten Packet. Es könnten die Malereien sein. Louise prüfte ein loses Eck und sah dass es Leinwände waren. Er ist eine Stunde weg hat er gesagt, berichtete sie. Wir vermuteten dass er eine Lösegeldforderung an Tommy richtete. Wir mussten rasch handeln, Louise holen und verstecken und zur selben Zeit die gestohlenen Gemälde sichern. Nun haben wir es wieder hier und Louise ist in Sicherheit".

„Oh, ich vergaß Tommy zu informieren", sagte Pablo.

„Nein, nicht. Ich will das tun", sagte Lisa. „Gestern um ein Uhr morgens hat Tommy ein SMS, mit einer Forderung von 100 000 USD erhalten, in 24 Stunden bereit zu sein, oder sonst. Das war eine nicht-verhandelbare Summe für die Zürückerstattung der Demoiselles. Tommy rief mich heute Morgen an, dass er solch eine unmenschliche Person, die ihn an Unrat erinnerte, weder tolerieren, noch jemals daran denken würde mit einem brutalen Dieb zu verhandeln. Er meinte es könnte auch Fake-News sein. Wir mussten lachen. Lisa, sagte er, bitte sei so nett und überprüfe morgen worum es geht. Nun ist alles wieder gut und kein Grund seinen Blutdruck zu belasten". Lisa lächelte. Sie ist cool, dachte Pablo. Eindrucksvoll.

„Aber jetzt muss ich in mein Büro zurück, um die offizielle Eröffnung für morgen Nachmittag vorzubereiten". Sie ersuchte Pablo mittlerweile zu zahlen und ihr die Rechnung zu bringen.

Danny rief Jacques an um mit ihm eventuelle Konteraktionen des Kenianers zu besprechen. Pablo trank noch ein Bier. Er war sich nicht bewusst dass jemand in der Nähe seine Konversation überhörte. Ein Reporter von Le Monde war hellhörig und hatte einen scharfen Verstand. Er witterte eine große Story hier. Sein Kollege war gestern zu einer Vorschau des Art Shop Paris eingeladen. Er selbst würde berühmt werden, wenn er eine Spur für ein exklusives Interview verfolgen konnte. Er ging zu Pablos Tisch hinüber. Und stellte sich vor. „Jean Grove, vom Le Monde.

Ich habe überhört dass Probleme mit dem Demoiselle Gemälde waren". Danny machte Stirnfalten, aber Pablo blieb gelassen.

„So, du würdest gerne darüber etwas schreiben, ja?" Pablo grinste.

„Ja, ich würde". Pablo nahm ein Schluck Bier. „Magst du eins?" Er nickte.

„Ich bin Pablo und das ist Danny, mein Assistent". Sie schüttelten Hände.

„Ich hätte gerne die alleinigen Rechte für die Zeitung". Pablo räusperte sich und nahm einen Schluck. „Nun, ich denke du würdest. Lass sehen. Wir können darüber reden". Sie tranken alle einen Schluck. „was würde es dir Wert sein?" sagte Pablo und Danny schaute zu Pablo und zeigte ihm fünf Finger. Pablo stieß Dannys Bein. „Um die 20 000 Euro". Pablo hustete und nießte. Er nahm ein Taschentuch und reinigte sich. „200 000, erwiderte Danny, hustete und Jeans Kopf wurde rot. „Das ist eine zu hohe Bestellung", schnappte er. Pablo blieb cool. „100 000 Anzahlung jetzt und 100 000 wenn der Artikel vor deiner Konkurrenz erscheint". Jean schluckte heftig, entschuldigte sich und ging zur Toilette.

„Wow", Danny schluckte, „es ist zu hoch für ihn".

„Vielleicht", sagte Pablo „für ihn, aber nicht für die Zeitung". Danny stieß an Pablos Bein als Jean zurückkehrte.

„Ich habe mit dem Chefredakteur gesprochen. Als ich ihm die Situation erläuterte, stimmte er zu". Jean lächelte. „Jetzt würde ich den Hintergrund benötigen", sagte er.

„Jetzt würde ich die Anzahlung brauchen, erinnerst du dich?" Pablo grinste.

„Richtig, ich werde zu meinem Büro zurückgehen und die Anzahlung arrangieren" Pablo nahm einen Bleistift und schrieb ihm seine Kontonummer auf seine Visitenkarte.

„Ich werde dich Auge zu Auge sehen, wenn der Transfer bei meiner Bank verifiziert ist", sagte Pablo und Jean stimmte zu, stand auf, bedankte sich für das Bier und eilte zum Hauptbüro von Le Monde. Pablo bezahlte die Zeche und steckte den gestempelten Bon ein. Die beiden Freunde lachten, als sie zum Art Shop zurückkehrten.

„Wirst du zu Lisa sprechen, Pablo?" Danny schien besorgt. Pablo ging einige Schritte bevor er antwortete. „Ja, ich werde. Außerdem hat sie ja das Recht der Zensur für den Artikel". Er lächelte, aber Danny erfasste noch nicht die Bedeutung seiner zynischen Bemerkung. Außerdem hatte Lisa noch nicht für die Bezahlung seines Gemäldes zugestimmt. Es hatte sich soeben auf 200 000 Euro erhöht.

Tommy besuchte das Arts Shop und hatte mit Lisa, seinem stillen Partner, Besprechungen. Nach einer Stunde erschien er, wütend wie ein Hund und forderte Essen und Trunk. Viki war alert und eilte zur Brasserie um ein Käsesandwich und für eine Flasche nichtalkoholisches Bier. Lisa ersuchte Pablo zu ihrem Büro zu kommen um sie zu beruhigen. Er hatte keine Bedenken darüber. Lisa hatte unfertige Geschäfte mit Tommy und brauchte Liebe. Er küsste sie sofort nachdem er in ihr Büro eintrat. „Ah, Pablo!" Sie umarmten und küssten sich. Er streichelte ihren Hintern und sie seufzte. „Was würde ich ohne meinen kunstvollen Liebhaber machen?" Sie küsste ihn und wollte dass er sich in ihren Lieblingsstuhl setze, den sie für Lapdancing reserviert hatte. Jetzt ist die Zeit gekommen, dachte Pablo.

„Lisa Liebling". begann er, „hast du mit ihm schon eine Übereinstimmung über den Preis für mein Gemälde?" Sie schluckte. „Nein, noch nicht, aber wir sind auf dem Weg". Pablo öffnete den Zipp ihres Rockes und schob ihn hoch.

Lisa war wild über seine dreiste Annäherung, die sie mochte. Sie seufzte und stöhnte als Pablo mit ihr spielte. „Hast du 100 000 schon erreicht?" Sie seufzte „Noch nicht, er ging bei 75 000". Pablo lachte. „Sag ihm dass es nun 200 000 wert ist". Lisa ließ einen leisen Schrei aus der wie ein Pfeifen klang.

„Wer hat das angeboten?" Sie atmete schwer.

„Ich habe es gerade für diese Summe versichert". Er gab Seufzer von sich als sie auf ihm wild herumtanzte und Körpersignale eine nähernde Klimax andeuteten. Gerade als sie ihren Höhepunkt erreichte, läutete ihr Telefon. „Nimm es", sagte er und ging in das Badezimmer. Es war komfortabel und hatte ein enges Gym-Bett, eine Dusche und ein separate Toilette. Er adjustierte seine Chinos, erfrischte sein Gesicht und nahm etwas Rasierlotion. Dann ging er in ihr Büro zurück. Lisa saß und wartete, ihre Hand stützte ihr Kinn. „Er sagte geh zur Hölle". Pablo lächelte, er kannte den alten Fuchs. Er machte das immer.

„Mach dir nichts draus, Lisa, wir haben all das gut abgedeckt".

„Aber wie?"

„Bis wir das Gemälde verkaufen können, ist es eine Ikone und allen bekannt geworden. Nur dann werden Sammler anschwärmen um es zu kaufen"

„Vielleicht", gab Lisa zu.

„Du kennst den Kunstmarkt besser wie ich", sagte Pablo. Sie entspannte sich. „Ich habe die exklusiven Rechte für die Story über das Verschwinden des Gemäldes und das Wiederfinden an eine Zeitung verkauft", sagte er.

„Was du nicht sagst!" Lisa war beeindruckt.

„Ich sehe dass ich jetzt deine Aufmerksamkeit habe, da es ein Geschäft und nicht Kunst ist" Sie sah ihn mit einem zornigen Blick an. Gut, dachte Pablo, jetzt hab ich sie.

„Nun, der Mann wird sehen was er mir geben kann, etwa 100 000, oder 200 000?" Lisas Mund blieb offen.

„Komm nun, Pablo, du Schurke". Pablo ging herum. „Nun, ich spende dir das Gemälde, aber praktisch verkaufe ich es dir. Dann schenkst du es Tommy und gibst ihm eine Kondition, dass er das Gemälde nur verkaufen kann, wenn jemand mehr als diese Summe anbietet". Pablo blieb stehen, zündete sich eine Zigarre an und wartete auf Lisas Antwort. Er ging auf und ab, blieb beim Likörkabinett stehen und beäugelte die Flasche Hennessey. Lisa bewegte sich.

„Nun, Pablo du hast es sehr gut gemacht und ich habe deinen Geschäftssinn unterschätzt". Sie schluckte.

„Toll", sagte er „lass uns einen darauf trinken! Cognac?"

„Warum nicht", erwiderte sie, „es war trotz alledem ein guter Tag". Sie lächelte.

„D'accord", er prüfte sein Französisch. Sie lachte. Pablo füllte zwei Kristallschwenker mit dem Drink den nur Direktoren von Firmen trinken. Sie prosteten sich zu. „A votre sante", sagte er. Sie stießen mit ihren Schwenkern an.

„A la votre", erwiderte sie.

„Ich sehe", Pablo kicherte, „wir machen mit der französischen Sprache Fortschritte, genauso wie mit der Kunst der Liebe auf französische Art". Sie lachten zusammen. Es war was das was er am meisten mit Lisa genoss, abgesehen von ihrem sexuellen Appetit. Sie war eine coole Frau, ein Supergirl und ein echter Mensch obendrein.

24.

Nach dem Frühstück überprüfte Pablo sein Bankkonto, sobald die Bank öffnete. 100 000 Euro waren bestätigt als eine Anzahlung durch Jean Grove von Paris. Die Morgenpresse hatte schon eine Ankündigung der Eröffnung, der bereits bekannten Galerie, genannt Art Shop Paris, für die Öffentlichkeit. Außerdem war bereits ein sehr gut geschriebener Artikel über das mysteriöse Verschwinden der *Demoiselles de Vienne,* als erster einer Serie angekündigt. Der große dunkle Mann erschien als ein Geistdieb und das Wiedergefundene Gemälde wurde von einem Team guter Freunde zusammen mit dem Künstler wieder an seinen gebürtigen Platz zurückgestellt. Le Monde hatte einen riesigen Erfolgstag. Die Öffentlichkeit und die Polizei rief sie an, die Telefone wurden heiße Drähte – Hot-Lines – und die beantwortenden Mädchen bekamen heiße Wangen. Der Journalist, ein Mann namens Jean G, bekam tausende von Nachrichten. Er hatte über die Demoiselles geschrieben. Das Gemälde begann als eine Hommage zu Picasso, aber der Künstler, Pablo, hatte schlussendlich sein Gemälde, in seinem eigenem kontemporären Stil, zu Picassos Werk in Kontrast gestellt, wobei die Jungen Frauen venezianische Masken trugen, aber eine der Frauen ihren dunklen Körper zeigte. Ein Farbfoto war zugefügt zu den Neuigkeiten auf der Kulturseite und auf der Frontseite für die Eröffnung der Galerie. Die Zeitung war ausverkauft. Jedermann wollte über das Geheimnis des dunklen Einschleichdiebes wissen. Die Story war sehr gut geschrieben und Pablo hatte es zusammen mit Lisa, nach einer Liebessitzung, genehmigt. „Es ist ein großartiger Artikel und liest sich wie ‚Faktion‘, ein neuer Novellenstil", sagte Pablo. Sogar ihr Hotel hatte einen Stoß Zeitungen bestellt, da Gäste und Besucher mehr über diese Galerie wissen wollten. Da es am selben Tag ihre Türen für die Vernissage öffnete, wurde der Bezirk Marais, der renoviert wurde, wie der Bürgermeister schon verkündet hatte, ein Ort für neue Arbeitsmöglichkeiten und Jobs, als mehr und mehr Geschäfte folgen würden. So wie Pablo seine Vision zuvor mit Lisa teilte, schien es dass er Ereignisse wie aus einer geöffneten Pandora Box verursacht hatte.

In der Mitte von den Vorbereitungen für die zweite große Veranstaltung, erhielt Danny ein SMS von Louise. Eine Warnung von meiner Quelle: Der Kenianer schwur die Galerie heute Nacht in die Luft zu jagen! Rettet die Kunstwerke und verschiebt die Vernissage! Danny kopierte die Nachricht an Jacques, der verspricht dass er ein Bombenkommando, eine Stunde vor der Eröffnung zu schicken. Pablo stimmt überein. „Er ist jetzt komplett verrückt, da wir unseren Besitz, mit der Hilfe von Louise, zurückgeholt haben. Eine mutige Frau mit einem Sinn für Timing". Danny stimmt zu. „Wir müssen uns nach dem ‚Darkie' umsehen, er fällt in den Dialekt seines Freundes. „Aber wird dies nicht ein großes Risiko bedeuten?" sagte Danny. Pablo räusperte sich.

„Ja, aber nicht nur eine große Gelegenheit viele Leute anzuziehen, sondern ein wirkungsvolles Werkzeug für Marketing. Aber, ich befürchte dass er etwas anderes im Sinne hat", sagte Pablo und sinnierte laut, da er mittlerweile den verschlagenen und hintertückischen Kopf des Kenianers kannte. „Ich weiß nicht warum ich mich an Feuer erinnere. Pablo sinniert laut und informiert Lisa, Tommy zu sprechen und ihn für später zu bestellen, wenn es sicher ist und der Bombentrupp die Galerie und die umliegenden Liegenschaften untersucht hätte. Sie stimmt überein. „Lisa?" Pablo hatte einen nachträglichen Gedanken.

„Was ist?" Sie reagierte sofort.

„Ich denke dass du die Feuerwehr warnen solltest. Vielleicht bereitzustehen für eine mögliche Feuerattacke".
„OK".

Eine große Menschenmenge hatte sich bereits versammelt und die Besucher kleben an den großen Fensterscheiben aus Panzerglas. Sie alle wollen die Demoiselles, wie sie genannt werden, sehen. Das Gemälde welches verschwunden war und durch eine verdeckte Operation, mit guten Freunden und dem Künstler, wieder gefunden wurde. Das Bombenkommando packt wieder zusammen, nachdem nichts gefunden wurde. Danny überprüft alle Türen und Fenster und Lisa hat angeordnet dass alle Gemälde der hinteren Räume in den feuersicheren Safe gestellt werden. Als Danny zur Eingangshalle geht, platzt die Hintertür plötzlich auf und ein maskierter Mann wirft einen Molotow Cocktail in das Art Shop. Pablo schreit Lisa an zu fliehen und wirft die Löschdecke über die Flasche um die Flammen zu ersticken. Als er dem Kenianer nachläuft, stoppt er um Lisa in den Hof zu helfen, wo sie kollabiert. Danny hat Pablos Gemälde heruntergenommen und übergab die Paneele Viki, bevor er nach dem maskierten Mann nacheilt, verfolgt von Pablo, aktiviert er den Lautsprecher auf seinem Mobiltelefon und ruft Jacques. Als Pablo den maskierten Mann einholt, ruft er ihm zu sich zu ergeben und die Konsequenzen zu tragen. Sein Mobiltelefon ist mit Danny vernetzt und mit Jacques, der schon die Polizei verständigt hat. Lisa liegt noch im Hof, da sie durch eine Rauchgasvergiftung ohnmächtig wurde. Viki hatte die Feuerbrigade und die Rettung alarmiert. Dann nimmt Viki, die die Paneele an sich klammert und läuft in den Hof, wo sie diese ablegt um Lisa zu helfen.

Pablo kommt dem Mann näher, der ein Problem mit seinem Bein hat. Als dieser Pablo auf seinen Fersen verspürt, zieht er eine Pistole und feuert auf Pablo, aber verfehlt ihn. Pablo stellt ihn und bringt ihn mit einem Karatekick zu Fall. Dies ist nicht der Kenianer, schreit Pablo in sein Mobiltelefon. Der Mann erholt sich und zieht ein Messer und verletzt Pablo am Bein, aber Pablo setzt sich durch, entwindet das Messer und verdreht ihm den Arm bis es schnappt. Der Mann schreit in einer Sprache die Pablo nicht versteht, aber Pablo hält den Mann, mit seinem Gesicht zum Grund, nieder. „Wo ist der Kenianer?" schreit Pablo. Der Mann flucht. Pablo dreht an seinem Arm, bis er zum Jammern beginnt. „Sag es mir besser, oder ich breche dir den Arm". Aber Pablo kann seine Antwort nicht verstehen.

Endlich erscheint die Polizei und legt ihm Handschellen an. Pablo nimmt seine Maske vom Kopf. Er hat diesen Mann schon vorher gesehen. Er spuckt in Pablos Gesicht und bekommt dafür von Pablo einen blitzschnellen Tritt in seine Leiste. Er fällt nieder und die Polizei führt ihn ab. Pablo erkundigt sich nach Danny. „Wo bist du?" Danny reagiert nicht. „Verdammt!" Warum musste er dem Kumpel vom Kenianer nachlaufen? Er läuft zum Art Shop zurück. Die Menschenmenge war verschwunden, die Ambulanz hatte Lisa ins Spital gebracht und die Polizei jagte den zweiten maskierten Mann, der den Molotow Cocktail ins Art Shop geworfen hatte. Pablo rief Jacques an. „Wir sind vom Kenianer angeschossen worden, aber ich habe ihn verwundet und die Polizei hat ihn gefasst".

„Ich wünsche du hättest ihn getötet", sagte Pablo. „Ich schoss auf seinem Kopf, aber er schien unverwüstlich", sagte Jacques. „Komm besuche uns im Rue de Grenelle-Spital". Pablo räusperte sich. „Ist Danny OK?" Nach einer Pause sagte Jacques „Ich denke so. Er ist jetzt stabil. Hatte eine Menge Blut verloren".

„OK", sagte Pablo, „ich brauche auch ein Paar Nähte". Dann beendete er das Gespräch. Eine Ambulanz brachte ihn zum Rue de Grenelle-Spital. Nachdem seine Beinverletzung genäht und verbunden war und er etwas ausgeruht hatte, fragte er nach der Rezeption. Die Schwester versprach ihm zu helfen. Sie kontaktierte das Spital das heute Abend Ambulanzen vom Feuer in der Rue Vieille du Temple empfangen hatte.

Mr T sah auf TV die fürchterliche Attacke auf seine Galerie. Er weinte und schwur Tod den zwei dunklen Gangstern, die es verursachten hatten Außerdem hatten sie zwei seiner Mitarbeiter während eines Mordversuches schwer verwundet. Glücklicherweise gab es nur ein dutzend Fälle von Rauchgasvergiftung, aber nur Lisa hatte Verbrennungen erlitten. Viki hatte ihren Boss besucht und ihm Pablos Gemäldepaneele überreicht. Tommy arrangierte sofort eine Galerie die ihn gut kannte und die versprach vorübergehend, die mittlerweile berühmten Demoiselles, wegzusperren. Tommy kontaktierte sofort die Presse um Unterstützung für die Restoration und den Wiederaufbau seiner Galerie, die so verheerend vom Terror getroffen wurde. Der Bürgermeister versprach zu helfen. Le Monde druckte ihre nächste Fortsetzung der Story und würde mit Interviews fortsetzen mit der Anwesenheit des Sicherheitsbeamten und der beiden Künstler, die das Gemälde vor einer Zerstörung gerettet hätten. Le Monde versprach dem Art Shop ihre Ganze Hilfe und würde einen Prozentsatz von den Zeitungsverkäufen als eine Kontribution für den Wiederaufbau zur Seite legen. Jean Grove hatte persönlich die Interviews mit den Opfern geführt und seine Stories waren Schlagzeilen. Außer dass er sich einen Exklusivvertrag sicherte, wurde er zum Chefredakteur avanciert und er hatte großen Respekt bei seinen Kollegen geerntet. Jedoch wollte er Pablo persönlich danken für diese Idee, die ihn zu einer Reaktion herausgefordert hatte.

Pablo erholte sich schnell und besuchte seine Freunde, die ihm mit der Jagd auf die ‚Darkies‘ geholfen hatten, wie er die Gangster nannte. Jacques war gleichviel wie Danny verwundet. Und obwohl sie nur zu Jean in der Gegenwart von Pablo sprachen, waren sie nicht traurig gestimmt über den Tod des Kenianers am nächsten Morgen nach ihrem Meeting. Schließlich war Jacques verwundert über die ungewöhnliche Kondition des dunklen Mannes, aber die Kopfwunde war zu schwer um zu überleben. Sein Komplize wurde von Jean in einem Interview detailliert befragt und er öffnete sich zu ihm, sowie zur Polizei, die ihm sagte dass er so besser im Gericht davonkam, wenn er verurteilt wurde.

Pablo wurde vom Spital entlassen. Er überprüfte sein Konto mit seiner Bank in Bratislava. Der zweite Teil einer Zahlung von 100 000 Euro wurde seinem Konto gutgeschrieben. Pablo war erfreut. Er suchte seine Freunde auf und würde später ihnen über den Zustand von Lisa berichten, die im Spital De Dieu, in der Ile de la Cite, verarztet wurde. Er nahm die Metro zu Cite, rief bei der Rezeption an und war für Besuche erlaubt. Er ging von der Metrostation zu Fuß zum Spital. Die Schwester zeigte ihm Lisas Zimmer. Er klopfte. Dann hörte er die ihm vertraute Stimme: „Es ist offen“. Er trat in ihr Zimmer ein. Lisa lag im Bett und las. „Pablo!“ Ich war besorgt um dich, aber hörte von Tommy dass alles gut ist“. Er nickte.

„Oh Tommy ist ein eifriger Kommunikator“.

„Du wurdest in einem Kampf verletzt“: Pablo pausierte. „Ja, ich hatte Glück. Er hat mich von hinten gestochen. Ich war unvorbereitet“.

„Komm zu mir“, sagte sie „Küss mich!“ Er beugte sich zu ihr hinunter und küsste sie. Sie zog ihn auf sich und küsste ihn leidenschaftlich. Pablos Hände waren auf ihren Schenkeln und sie seufzte. „Hör jetzt nicht auf!“ Er schob ihr Nachthemd hoch und seine Lippen berührten ihre Vulva, küssten das Innere ihrer Schenkel und sie hielt seinen Kopf als er wieder ihre Muschi küsste. „Mehr, mein Liebhaber!“ Seine Zunge spielte geschickt mit ihrer Klitoris und sie stöhnte als sein Zungenspiel schneller wurde. Dann umarmte sie seinen Kopf und unterdrückte einen Schrei, um nicht die Schwester zu alarmieren. „Oh, war das so gut“. Sie zog ihn zu sich hinauf und küsste ihn. „Danke mein Lieber, ich fühle dass ich jetzt schneller heile“. Er lachte. Es war gut sie lachen zu hören, trotz ihrer Verbrennungen am Körper die noch bandagiert waren.

„Ich werde dich jetzt ruhen lassen, meine Liebe“. Sie lächelte und streckte sich. Er stand auf und richtete ihr Nachthemd. Sie kämmte seine schulterlangen Haare. „Wie sie gewachsen sind“, bemerkte Lisa. „Ich mag es“. Pablo freute sich.

„Es ist seit ich dir begegnet bin, aber speziell seit ich nach Paris kam“.

„Es ist die Pariser Luft“: Er lachte. „Nein, Lisa du bist es!“ Sie war jetzt dran zu lachen. Er küsste sie zum Abschied und würde morgen wiederkommen. Sie lächelte und schloss ihre Augen als er ging.

Tommy rief ihn an als er sein Zimmer im Hotel betrat. „Wie geht es dir?“

„Gut, ich bin gerade vom Spital gekommen“.

„Wie geht's den Jungs?“ Tommy hustete.

„Sie sind am Weg der Genesung und bei guter Laune“.

„Ich habe zu Gott für Gerechtigkeit gebetet und er hat es bereits begonnen“.

„Du meinst den Tod des Kenianers".

„Ja, aber da muss noch mehr kommen". Pablo räusperte sich.

„Ja, ich habe einen Frosch in meiner Larynx", witzelte er.

„Es ist ein gutes Zeichen, da es Glück bedeutet".

„Ich bin dankbar dass ich am Leben bin".

„Ja wirklich! Ich habe gute Nachrichten für dich, Pablo Picasso", witzelte er.

„Ich höre dir zu".

„Ich werde es dir erzählen wenn Lisa zurück ist".

„Ich habe sie besucht. Sie erholt sich gut, aber sie braucht eine Operation".

„OK. Ich will dazu sehen dass sie das Beste bekommt". Er betonte ‚das Beste'.

„Das ist nett von dir Tommy".

„Sicher, alle von euch bekommen Belohnungen. Ich werde das veranlassen. Viki wird mich begleiten. Dein Gemälde ist sicher bei einer gut-bekannten Galerie aufbewahrt. Aber jetzt bin ich müde und werde gehen".

„OK, bleib gesund und wir werden dich bald sehen".

„Ja, ich werde morgen nach Bratislava zurückfliegen. Bitte schau auf Lisa, aber auch auf die Boys":

„Natürlich werde ich das, Tommy". Er beendete das Gespräch und Pablo hatte eine frühe Nacht heute. Die Medizin die er schluckte hatte einen furchtbaren Geschmack. Er schenkte sich etwas Bourbon ein und trank es in einem Zuge aus. Dann ins Bett. Es war großartig von neuen Gemälden zu träumen, da Tommy generös war und er würde sicherlich für ihn eine Ausstellung organisieren, er war sich sicher. Er hatte eine gute Zukunft vor

Über den Autor

Geboren im mittleren Burgenland, nahe der ungarischen Grenze, hat er als junger Mann, die Schrecken der diktatorischen Unterdrückung einer Nation erlebt, die der Auslöser für die ungarische Revolution im Jahr 1956 wurde. Er beendete seine Ausbildung in Kunst und Architektur in Wien, heiratete und nahm einen Dampfer zum Kap der Guten Hoffnung, nach Afrika. Ein Abenteuer das ihn seit seiner Kindheit verfolgte. Er hatte Tiere von Afrika für seine Kunstkurse gezeichnet, aber nun war es an der Zeit diese in ihrer natürlichen Umgebung zu sehen.

Er begegnete einer Palette von verschiedenen Menschen und Kulturen, arbeitete als Zeichner in einem Ingenieurbüro, als Architekt für ein Kulturzentrum, als Koordinator für Handwerker und Professionelle. Von seinen Sprachkenntnissen konnte er während seiner Reisen durch das südliche Afrika guten Gebrauch machen.

Während einer Reise durch Lesotho, zeigte ihm ein lokaler Künstler Felsenmalereien mit ihren starken überzeichneten Konturen, die charakteristische Bewegungen der Tiere und Menschen darstellten. Es machte auf ihn einen bleibenden Eindruck und beeinflusste seine künstlerische Arbeit.

Seine Zeichnungen und Diapositive wurden während einer Übersiedlung verloren, aber ein weiteres Studium des San-Volkes erweckte sein Verlangen, sich durch seine eigene Kunst auszudrücken. Er füllte Skizzenbücher mit Zeichnungen und Notizbücher mit Poesie und Prosa. Während einer erneuten Reise zu den Hauptstädten Europas, erlebte er, dass das Band der Kunst frei und grenzenlos ist, und sich über Kontinente in die Welt hinausstreckte.

Im Laufe einer Kunstreise durch Griechenland, wo er einen Kreis von Poeten und Künstlern kennenlernte, wurde er ermuntert seine Kunst fortzusetzen. Eine Poetin, die seine Gedichte kritisierte, lehrte ihn mehr Verständnis für die Werke berühmter griechischer Dichter, um seine eigene Ausdrucksweise weiterzuentwickeln.

Zurück in Südafrika, besuchte er Workshops von Writers Write für Schreiben und Poesie. Diese interaktiven Tätigkeiten öffneten die Schleusen seiner Kreativität.

Er beschloss eine Reise nach Griechenland, um Stätten der Antike aufzusuchen, über die klassische Antike nachzulesen, und um Übersetzungen von griechischer Poesie und Prosa zu studieren.

In 2013/14 ließ er sich in Klosterneuburg-Weidling nieder, wo der Poet Nikolaus Lenau begraben ist. Franz Kafka hatte hier Zeit verbracht. Ihre Werke werden stets eine Inspiration für ihn sein.

Weitere Bücher vom Autor:
(im BoD-bookshop, als Buch oder E-Buch, erhältlich)

In deutscher Sprache:
König vom Eis – Eine poetische Legende
Zoras Fehler – Das Potential eines versteckten Irrtums

In englischer Sprache:
Acropolis – Book I Fervour
Athens Elegies – A Poet's Lament
Educating Pizzy – The Artist Evolves
Fighting Stance – Triangulation in Love
King of Ice – A Poetic Legend
Short Stories Part 1 – From a Writer's Workshop Book I
& Book II
Short Stories Part 2 – Book III & Book IV
Short Stories Part 3 – Perpetual Eros
Spleen of Love – Zen and the Lake Moeris Adventure
The Fabricator – Life and Death for a Great Canvas
The Mill below Owl Castle – Zol's Sentimental Education
The Vivenot Elegies – Along a Murmuring Brook
Two Loves – Adventure in Eros
Zora's Mistake – The Potential of a Hidden Error